BIS IN DEN TOD, AMORITA

AMORITA-REIHE 3

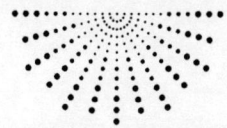

S. H. ROXX

Bis In Den Tod, Amorita

Dark Romance

Teil 3 der Amorita-Reihe

S. H. Roxx, 1. Auflage 2024, Österreich

ISBN: 978-3-7693-0153-3

Verlag: BoD · Books on Demand GmbH, In de Tarpen 42, 22848 Norderstedt
Druck: Libri Plureos GmbH, Friedensallee 273, 22763 Hamburg
Cover: © S. H. Roxx unter der Verwendung von canva.com

Korrektorat: Meike Friedrich

Für Anfragen jeglicher Art: www.shroxx.com

ÜBER DAS BUCH

»*Lass uns zusammen sterben, Amorita.*«

Ich habe getan, wovor Zade mich immer gewarnt hat, und den
größten Verrat an ihm begangen. Auch wenn es einen
irrationalen Teil in mir gibt, der meine Entscheidung bedauert,
weiß ich, dass sie richtig war. Diesmal dachte ich tatsächlich,
ihn überlistet zu haben, bis er mich eines Besseren belehrt und
mir erneut den Boden unter den Füßen wegzieht.
Zade macht seine Drohung wahr. Er nimmt mir alles, was ich
habe, und macht sich damit zu allem, was mir noch bleibt.
Seine Bestrafung ist grausam, zumal er sagt, dass ich ihm keine
andere Wahl gelassen hätte.
Ich schwöre mir, ihm das niemals zu verzeihen, doch er
versichert mir, dass es dazu kommen wird, weil ich laut ihm
nun ein ganzes Leben lang dafür Zeit habe ...

AMORITA-PLAYLIST

THE DEATH OF PEACE OF MIND – Bad Omens

MIDDLE OF THE NIGHT – Elley Duhé

Secrets – Omido, Ordell, Rick Jansen

PLEASE – Omido, Ex Habit

Drive You Insane – Daniel Di Angelo

Worship – Ari Abdul

skins – The Haunting

stalker – Stevie Howie

Make Me Feel – Elvis Drew

bad decisions – Bad Omens

Shut Up and Listen – Nicholas Bonnin, Angelicca

After Dark x Sweather Weather – mikeeysmind

Where Are You? – Elwis Drew, Avivian

DiE4U – Bring Me The Horizon

if u think i'm pretty – Artemas

Victim – memyself&vi

FRZZN – Ozzie, Teflon Segga

Bad For Me – Always Never

The Machine – Reed Wonder, Aurora Olivas

eyes don't lie – Isabel LaRosa

ALL I WANTED WAS U – Ex Habit, Omido

Who Do You Want – Ex Habit

Love You In The Dark – Adele

Again (feat. XXXTENTACION) – Noah Cyrus, XXXTENTACION

Devil Eyes – Hippie Sabotage

I Want It All – Cameron Grey

1
LAUREN

»Was soll ich jetzt mit dir machen, Amorita? Dich wie ihn umbringen?«

Heftig schüttele ich den Kopf, während die Tränen wie ein Wasserfall unaufhaltsam über meine Wangen strömen. Mein Verstand hat die Situation durchschaut, lange bevor Zade diese unmissverständlichen Dinge zu mir sagte und mir schließlich erzählte, wie er dahintergekommen ist. Ich wollte bloß einfach nicht wahrhaben, dass es tatsächlich ist, wonach es aussieht.

Dass er von meinem Verrat erfahren hat.

Dass er mich durchschaut hat.

Dass er *alles* weiß.

Dass ich verloren habe.

Der schlimmste Fall ist eingetreten und jetzt sitzt nicht er, sondern ich in der Falle.

»Bitte«, entfährt es mir weinend und ich klammere meine Hand um seine, um ihn davon abzuhalten, mich hier und jetzt umzubringen. Er bräuchte seine langen Finger bloß fester um meine Kehle zu schlingen und nach kurzer Zeit wäre alles vorbei. »Tu das nicht.«

»Oh, nein, ich tue es nicht«, sagt er, was mich verwirrt. »Ich hätte Lust, dich zu erwürgen, Amorita, nach allem, was ich nun weiß, aber das wäre ein sehr tragisches Ende für unsere Liebesgeschichte, meinst du nicht?«

Tränen verschleiern meinen Blick. Ich wage es kaum, zu atmen, während ich darauf warte, zu erfahren, was er stattdessen mit mir vorhat.

»Fast zu wenig tragisch in Anbetracht des tragischen Beginns unserer Liebesgeschichte«, fügt er hinzu.

»W-w-was?«, stottere ich.

»Ich fände mehr Drama gut«, meint er kryptisch. »Es soll ein richtiges Spektakel sein.«

Ich keuche. »Was meinst du damit? Was hast du vor?«

Seine blauen Augen werden eisig und seine Miene so entschlossen, dass es mir den Atem raubt. Er bringt seine Lippen nah an meine und flüstert: »Mein für immer, dein auf ewig. Ich habe es so gemeint, als ich das gesagt habe. Die Ewigkeit ist für uns bestimmt.«

Mir wird schwindelig von seinen Worten, weil ich sie nicht verstehe. Sie klingen unheilvoll und ängstigen mich bis ins Mark.

Was zur Hölle will er mir damit sagen? Mein Tod wäre zu wenig tragisch für unsere Geschichte, also …

»Lass uns zusammen sterben, Amorita.«

Meine Kehle schnürt sich zu. Ich spüre, wie mir blanke Panik den Hals hochsteigt.

Was soll das bedeuten? Er kann doch nicht meinen, was ich denke …

Als Zade mich plötzlich packt und in die Küche zerrt, beginne ich lauthals zu schreien.

»Lass mich los!« Ich werde hysterisch und wehre mich mit aller Kraft gegen ihn, doch er schlingt mühelos seine Arme um mich und schleift mich unbeirrt weiter. »Zade, was hast du vor? Bitte …«

»Ich werde in Ordnung bringen, was du angerichtet hast«, erklärt er mir in unheilvollem Ton. »Keine Sorge, Amorita, du wirst nichts davon mitbekommen.«

»Was?« Ein panisches Keuchen entgleitet meinen Lippen, als ich den weißen Stofffetzen auf der Kücheninsel entdecke, den er sich nun mit einer Hand schnappt. »Was ist das?«

Ich schreie wieder auf, als er mich an seinen Körper presst und von hinten mit einem Arm umschlingt. Ich bin unentrinnbar gefangen, da er meine Arme an meinen Seiten einquetscht, sodass ich mich kaum bewegen kann.

»Zade, was tust du? Bitte, lass mich los!« Meine Stimme tremoliert.

»Alles wird gut«, raunt er mir zu. »Ich sorge dafür.«

Mein Herz hämmert wie ein Presslufthammer gegen meine Rippen, als ich verzweifelt versuche, ihm zu entkommen. »Nein! Zade, nicht! Bitte, du –«

»Shsh«, macht er an meinem Ohr, bevor er das Stück Stoff, dessen Geruch mir scharf in die Nase steigt, vor mein Gesicht hält.

Dann drückt er mir den Stofffetzen auf Mund und Nase.

Blankes Entsetzen erfasst mich. Zade betäubt mich.

Kreischend reiße ich die Augen auf und versuche, ihn zu schlagen und zu treten, um mich aus seinem eisernen Griff zu befreien. Dadurch bewegen wir uns wild durch die Küche, stoßen an der Kücheninsel an und fegen ein paar der darauf liegenden Sachen zu Boden. Zade presst den Stofffetzen unnachgiebig auf mein Gesicht, während er mich genauso unnachgiebig festhält. Es gibt kein Entkommen für mich.

So wie immer.

Ich kreische dennoch, als könnte mich irgendjemand hören

und mir zu Hilfe eilen. Hysterisch verlange ich, dass er das Ding von meinem Gesicht nehmen und mich loslassen soll, doch mein Flehen findet kein Gehör. Dadurch atme ich ganz automatisch die chemische Substanz ein, mit der er den Stoff getränkt hat. Sie verätzt mir die Atemwege und hinterlässt ein Brennen in meiner Nase und in meinem Hals.

Ich beginne zu husten und spüre, wie meine Augenlider immer schwächer werden und sich gegen meinen Willen schließen. Meine Beine strampeln nur noch halb so kraftvoll in der Luft. Meine Gliedmaßen werden schwer und mein Kopf ganz benebelt.

»Zade …«, nuschele ich noch heiser und verzweifelt in den Stoff, bevor mein Körper gegen seinen sackt, als ich die gesamte Kontrolle über ihn verliere.

Er drückt mich fester an sich, um mir Halt zu geben. Sein vertrauter Duft umhüllt mich und wiegt mich in falscher Sicherheit, als er seine Lippen über mein Ohr streicht und flüstert, ehe ich in die Bewusstlosigkeit gleite: »Wenn du aufwachst, habe ich bereits alles wieder in Ordnung gebracht, Amorita. Und jetzt schlaf schön.«

2
ZADE

*V*orsichtig lege ich Lauren auf der Rückbank meines SUVs ab. Ich lege eine Decke über ihren zierlichen Körper, bevor ich sie darin einwickele. Dann schiebe ich ein Kissen unter ihren Kopf, damit dieser geschützt ist. Meine hübsche Amorita soll es bequem haben, auch wenn sie von unserer langen Autofahrt nichts mitbekommen wird.

Die Plastiktüte, in der ich weitere mit Chloroform getränkte Stofffetzen aufbewahre, schiebe ich verschlossen in das Seitenfach an der Autotür. Ich werde sie später noch brauchen. Die Autofahrt wird ungefähr achtzehn Stunden andauern, was bedeutet, dass Lauren zwischendurch zu sich kommen wird. Die Betäubung hält nicht so lange an.

Kurz verharre ich neben der Rückbank und starre auf die Frau herab, die meinem Leben erst wieder einen Sinn gegeben hat. Beim Gedanken an ihren Verrat kocht heiße, schwelende Wut in meiner Brust hoch. Sie hat mich hintergangen, mir kaltblütig ein Messer in den Rücken gerammt. Damit hat sie auf alles, was sich zwischen uns entwickelt hat, gespuckt.

Damit hat sie jegliches Vertrauen, das ich mühevoll zu ihr aufgebaut habe, zerstört.

Es wird dauern, bis ich ihr das verzeihen kann. Ich werde hart daran arbeiten müssen, aber sie ist mir diese Arbeit wert.

Ich schließe die Autotür, verriegele den Wagen – nur für den Fall – und kehre zurück zu ihrem Haus. Ein letztes Mal stelle ich sicher, dass all meine Vorkehrungen ausreichend sind, bevor ich gedanklich überprüfe, ob ich etwas vergessen habe, das uns später zum Verhängnis werden könnte.

Es darf keine Frage offenbleiben. Es muss klar und deutlich sein, was hier geschehen ist.

Ich umrunde den Leichnam der obdachlosen Frau, den ich an einen Stuhl im Wohnzimmer gefesselt habe, und schnappe mir den Benzinkanister, den ich vorhin ins Haus gebracht habe.

Dann übergieße ich die Tote mit dem Benzin, bevor ich es auch über dem Boden und allen Möbelstücken verteile. Ich fahre damit fort, bis die gesamte untere Etage damit übergossen ist, ehe ich nach oben marschiere und den leeren Kanister achtlos zu Boden werfe. Ich schnappe mir den anderen, den ich mitgebracht habe, und tränke auch im oberen Stockwerk alle Möbel, Böden und Vorhänge mit der scharfen Flüssigkeit.

Der männliche Leichnam auf Laurens Bett bekommt den Rest des Treibstoffs ab. Ich übergieße ihn damit und schleudere den leeren Kanister in die Ecke des Raumes.

Jetzt kommt der Teil, auf den ich mich am wenigsten freue.

Mit einer schweren Zange beginne ich systematisch, dem Toten alle Zähne zu ziehen. Die knackenden Geräusche, die dabei entstehen, jagen mir einen Schauer über den Rücken. Die Geräusche sind ekelhaft. Ich packe die Zähne in eine Plastiktüte und marschiere wieder nach unten. Dort tue ich dasselbe bei der weiblichen Leiche.

Die Zähne könnten meinen Plan gefährden, deswegen müssen sie weg. Über Zähne kann man zu viel herausfinden und feststellen. Sie könnten womöglich die Identität der Leichen verraten.

Aber wir sollen hier gestorben sein.

Als ich damit fertig bin, betrachte ich zufrieden den leeren Hohlraum und trete zurück. Ich schiebe mir die Plastiktüte in die hintere Hosentasche und sehe mich ein letztes Mal um, ehe ich zur Haustür marschiere. Obwohl Laurens Haus nicht sonderlich groß oder modern ist, habe ich mich daran als mein neues Zuhause gewöhnt. Ich werde es vermissen. Es war heimisch hier.

Schade, dass ich all die Erinnerungen an den Beginn unserer gemeinsamen Zeit vernichten muss. Aber in diesem Fall bleibt mir keine andere Wahl.

Ich beschließe, rein gar nichts mitzunehmen. Das Wichtigste habe ich ohnehin bei mir.

Nachdem ich die Haustür geöffnet habe, fische ich die Streichholzpackung aus meiner Hosentasche und entnehme eines daraus. Dann betrachte ich die kleine Flamme, die sich auf dem dünnen Holzstab bildet, und verliere mich kurz in ihrem Anblick.

Mit einem Schnippen landet das Streichholz auf dem Boden im Flur. Die Spur des Benzins, das ich dort vergossen habe, geht sofort in Flammen auf. Ich beobachte, wie sich die Flammen auf dem Boden in Richtung Wohnzimmer schlängeln und dort die Möbelstücke in Brand setzen.

Mit einem tiefen Atemzug schließe ich die Tür und entferne mich rückwärts vom Haus. Ich kann die lichterlohen Flammen, die binnen weniger Minuten im gesamten Haus aufsteigen, hinter den Fenstern sehen. Es qualmt stark. Es wird nicht lang dauern, bis hier alles in Schutt und Asche liegt.

Ein klitzekleiner Funken Reue keimt in mir auf, weil ich Laurens Leben buchstäblich niederbrenne. Ich habe damit das Haus, in dem sie aufgewachsen ist, und alles, was sie besitzt, vernichtet.

Jetzt bleibt ihr gar nichts anderes übrig, als mit mir ein neues Leben zu beginnen und neue Erinnerungen zu schaffen. Genau das, was ich immer wollte.

Hätte sie mich nicht verraten und so kaltblütig hintergangen, wäre ihr dieses Schicksal erspart geblieben. Ich wäre nie so weit gegangen, sie aus ihrem Zuhause und Leben zu reißen. Sie von der einzigen Familie, die sie noch hat, zu trennen, und ihr ihren Job und all ihre Gewohnheiten zu nehmen.

Jetzt bleibt ihr nichts mehr. Nur ich.

Sie hat es sich selbst zuzuschreiben, meine kleine, miese Verräterin.

Natürlich hätte ich auch einfach mit ihr fortgehen können, ohne die Chance, je wieder mit ihr zurückzukehren, ein für alle Mal zu zerstören. Da wir dank ihres Hinterhalts jedoch ohnehin nie wieder die Möglichkeit hätten, an diesen Ort zurückzukehren oder gar hier zu bleiben, ist es eigentlich nicht relevant. Dies hier ist die sicherste und einfachste Option für uns.

Eine Option, die garantiert, dass wir friedlich und ungestört bis zum Rest unseres Lebens zusammen sein können.

Bis in den Tod.

Dass dafür zwei Menschen sterben mussten, ist mir egal. Lauren ist schuld daran, dass ich meine guten Vorsätze vergessen musste. Ich habe es für sie getan. Für uns. Ich musste diese beiden Leben nehmen, um unsere zu retten. Ich musste diese Menschen töten, um dafür zu sorgen, dass wir eine gemeinsame Zukunft haben werden.

Es waren Obdachlose, die ohnehin nicht viel zu verlieren hatten. Sie führten kein schönes Leben, aus dem ich sie gerissen habe. Außerdem habe ich es kurz und schmerzlos gemacht. Es war keine bestialische Tat.

Dennoch weiß ich, dass Lauren mir das übelnehmen wird. Deswegen zögere ich so lange wie nur möglich hinaus, es ihr zu sagen. Früher oder später wird sie es sowieso erfahren.

Dann, wenn sie in den Nachrichten davon berichten, dass ein ehemaliges totgeglaubtes Mitglied einer schwerkriminellen Organisation sich und die Frau, die er bei sich festgehalten hat, in ihrem Zuhause in Brand gesteckt hat. Ich bin mir sicher, dass sie es so hinstellen werden, dass ich ein Monster bin, das eine unschuldige Frau bedroht und bedrängt hat. Agent Malone wird dafür sorgen, dass die Welt weiß, dass Lauren ein Opfer war.

Und ich sie geopfert habe.

Auch das ist mir egal. Sollen sie erzählen, was sie wollen. Mir ist nur wichtig, dass der Fall beim FBI geschlossen wird und wir in Vergessenheit geraten.

Nun werden wir beide totgeglaubt sein.

Bis jemand das Feuer meldet und die Polizei und Feuerwehr hier eintreffen, werden wir bereits meilenweit entfernt sein. Das FBI wird hinzugeschaltet werden, weil Lauren mit ihnen zusammengearbeitet hat, und es wird auf den ersten Blick offensichtlich sein, was passiert ist: Ich habe von ihrem Verrat erfahren und uns beide umgebracht, um nicht ins Gefängnis zu wandern und mich an ihr zu rächen. Niemand wird aufgrund meiner Vergangenheit daran zweifeln, dass ich sie mit mir in den Tod gerissen habe. Jeder hält mich für diese Sorte Mensch.

Die abscheuliche Sorte.

Nachdem sie die verbrannten Überreste der beiden Leichen untersucht haben, werden sie bloß feststellen, dass es sich um eine weiße Frau in Laurens Alter und einen Mann anderer Ethnie in meinem Alter handelt. Dadurch wird für sie bestätigt sein, dass es sich um Lauren und mich handelt. Durch den Zustand der Leichen wird nicht mehr festzustellen sein, wodurch diese Menschen tatsächlich gestorben sind. Von den Leichen wird kaum noch etwas übrig sein.

Dass die Zähne fehlen, wird ihnen womöglich verdächtig vorkommen, aber der Fall wird dennoch ad acta gelegt werden. Fehlende Zähne sind kein ausreichendes Indiz dafür, dass wir noch am Leben sind und all das bloß eine Täuschung war. Vielleicht wird der Bastard Malone trotzdem eine Zeit lang nach uns suchen lassen, aber auch darauf bin ich vorbereitet.

Er wird uns niemals finden. Niemand wird das.

Meine Frau nimmt mir nur über meine tatsächliche Leiche irgendjemand weg.

Außerdem kennt mich der FBI-Agent und wird möglicherweise davon ausgehen, dass ich uns bewusst die Zähne gezogen habe, um den Anschein zu erwecken, als wären wir gar nicht in diesem Haus gestorben. Damit er seine Zeit mit der Suche nach uns vergeudet. Er hält nichts von mir, wie mir Hanes damals erzählt hat. Der leitende Agent war damals gegen meinen ausgehandelten Deal, wurde aber überstimmt.

Nun misslingt es ihm ein zweites Mal, mich hinter Gitter zu bringen.

Ihm weiterhin ans Bein zu pissen und ihm einen Strich durch die Rechnung zu machen, befriedigt meine dunkle Seele. Bestimmt war es ein großer Schock für ihn, zu erfahren, dass ich noch unter den Lebenden weile.

Er soll an seinen Schuldgefühlen, dass Lauren aufgrund der Zusammenarbeit mit ihm gestorben ist, verrecken.

»Jetzt gehörst du nur noch mir«, sage ich zu meiner schönen Frau, als ich auf den Fahrersitz meines Wagens steige. Mein Blick fällt auf ihre reglose Gestalt auf der Rückbank. Ein Lächeln bildet sich auf meinen Lippen.

Dann fahre ich mit ihr davon und beobachte durch den Rückspiegel, wie unser altes Leben in Flammen aufgeht.

3

LAUREN

*E*s dauert ewig, bis ich behaupten kann, wieder bei mir zu sein. Nachdem ich aus meinem unfreiwilligen Schlaf erwache, bin ich noch so benommen, dass sich meine Augen nicht einmal öffnen wollen. Ich versuche es, doch all das Licht blendet mich und verursacht mir betäubende Kopfschmerzen. Mein Hirn ist schwammig, und es dröhnt schmerzhaft hinter meinen Schläfen. Das Ruckeln, das meinen Körper leicht hin und her schaukelt, ist übelkeitserregend.

Ich glaube, mich daran zu erinnern, dass ich bereits früher einmal zu mir gekommen bin, doch Zade hat mich erneut in einen tiefen Schlaf versetzt. Ich weiß nicht einmal, wo und wann. In meinem Kopf ist alles durcheinander und verschwommen.

Aber eines weiß ich: Dieser Mistkerl hat mich betäubt. Die markerschütternde Enttäuschung darüber sitzt tief.

Noch nie hat er etwas in dieser Art gegen meinen Willen getan. Vermutlich ist das meine Strafe und ich kann von Glück sprechen, dass er mich nicht gleich umgebracht hat.

Doch eine alles entscheidende Frage bohrt ein tiefes Loch in meinen Magen – *warum* hat er mich außer Gefecht gesetzt?

Lass uns zusammen sterben, Amorita.

Ein angestrengtes, schmerzerfülltes Brummen wirbelt in meiner Kehle. Plötzlich hört es auf, unter mir zu ruckeln, und mein Körper bewegt sich gleich darauf gar nicht mehr.

Mühevoll und stöhnend blinzele ich, sehe aber nur verschwommen und schließe meine Augen aufgrund der Helligkeit sogleich wieder. Ich höre dafür etwas. Eine Tür wird geöffnet und gleich darauf geschlossen. Der Knall lässt mich erbeben.

Ich bin in einem Auto. Ich liege, also muss ich mich auf der Rückbank befinden.

Oh mein Gott. Hat er mich entführt?

Eine Autotür öffnet sich erneut und kühle, frische Luft peitscht mir ins Gesicht.

Sofort nehme ich all meine Kraft zusammen und versuche, meine Augen erneut zu öffnen. Ich blinzele angestrengt und neige den Kopf, der auf etwas Weichem liegt.

Nur um dasselbe zu sehen, das ich auch als letztes Bild vor Augen hatte, bevor ich in die Bewusstlosigkeit gedriftet bin.

»Nein«, bringe ich krächzend hervor, als mir wieder der weiße Stofffetzen aufs Gesicht gedrückt wird.

Ich will mich wehren, doch ich bin zu schwach. Ein leichtes Zappeln ist das Einzige, das ich zustande bringe, bevor alles um mich herum erneut schwarz wird.

Beim nächsten Mal, als ich zu mir komme, ruckelt es nicht mehr unter mir. Ich liege ganz still da, kann keine Bewegungen und keine Geräusche um mich herum wahrnehmen.

Das Einzige, das ich wahrnehme, sind meine dröhnenden Kopfschmerzen und die Übelkeit, die in meinem Magen rumort. Ich fühle mich wie bei einer Grippe.

Als ich die Augen schwerfällig öffne, blicke ich direkt in Zades Gesicht.

»Hallo, Amorita.«

Ich gebe einen angestrengten Laut von mir, ehe ich mich räuspere. Mit der Hand fahre ich mir zittrig über das Gesicht und reibe mir die verquollenen Augen.

Dann schweift mein Blick durch das mir unbekannte Zimmer. Alles ist in Grau gehalten, wirkt trostlos und deprimierend. Die wenigen Möbel, die ich sehe, sind zwar neu, aber nicht sehr schön oder originell. Ich liege auf einem Doppelbett mit weißer Bettwäsche und hohen hölzernen Bettpfosten. Zade sitzt mir gegenüber auf einem schwarzen Lederstuhl.

»Wo bin ich hier?« Meine Stimme kratzt wie Schleifpapier und wieder räuspere ich mich.

Sein Gesicht ist eine starre Maske, als er mich auf dem Bett mustert. »In deinem neuen Zuhause.«

Mein Herz setzt für ein paar Schläge aus, bevor es wild gegen meine Rippen pocht.

»Hier wohnen wir jetzt«, verkündet er mir und klingt völlig empfindungslos dabei. Auch seine saphirblauen Augen wirken matt und haben jeden Glanz verloren. Sie tragen immer noch Wut und Enttäuschung wegen meines Verrats in sich. »Und ich werde darüber nicht mit dir diskutieren.«

»Was?«, hauche ich und setze mich überfordert auf. Meine Augen zucken erneut durch den fremden Raum, dabei wird es ganz eng in meiner Brust. Ich bemerke, wie sich purer Horror in meine Gedanken drängt, als ich nachfrage: »Wir wohnen jetzt hier?«

»Das sagte ich doch gerade.« Sein Blick ist genauso hart wie seine Stimme.

»Aber …« Schiere Verzweiflung erfasst mich, als ich mich ein drittes Mal umsehe. Doch auch das hilft nicht. »Aber wo sind wir hier?«

»In Dauphin.«

Ich runzele die Stirn. Das sagt mir rein gar nichts.

»Manitoba – Kanada.«

Mir wird noch übler.

»Wir haben achtzehn Stunden Autofahrt hinter uns.«

Ich spüre, wie mir Magensäure den Rachen hochsteigt. Schweiß bildet sich auf meiner Stirn.

»Kanada?«, frage ich dann erschüttert. Er nickt. »Warum …«

»Weil uns hier nie jemand finden wird«, erklärt er mir.

»Du hast mich betäubt«, entfährt es mir schwer atmend, als ich mir erneut über das Gesicht fahre, während ich mich bemühe, gegen die Panikattacke, die in mir emporsteigt, anzukämpfen. Mein Herz überschlägt sich mehrmals. »Dreimal.«

»So ist es«, bestätigt er ohne jede Spur von Bedauern oder Reue in der Stimme.

»Ich will nach Hause«, wimmere ich und beginne, lautstark zu keuchen. Ich rutsche an die Bettkante und kralle mich mit den Händen daran fest, als ich die Füße mühevoll auf den Boden setze. Als ich aufstehen will, wird mir schwarz vor Augen.

»Die Betäubung wirkt noch nach. Du solltest dich nicht allzu sehr anstrengen«, vernehme ich seine tiefe, unberührte Stimme, bevor ich aus dem Augenwinkel erkenne, wie er sich aus dem Stuhl erhebt. Mein Kopf baumelt nach unten, während ich versuche, regelmäßiger zu atmen. »Ich komme später wieder und sehe nach dir.«

Mein Körper versteift sich, als er sich zum Gehen abwendet. »Zade.«

Er marschiert unbeirrt weiter in Richtung der geschlossenen Zimmertür.

»Zade!«, stoße ich hektisch hervor, doch er reagiert wieder nicht. »Bleib verdammt noch mal stehen!«

Nun hält er inne. Als ich aufsehe, kann ich erkennen, wie sich jeder Muskel an seinem Rücken anspannt und verdickt. Er trägt ein enganliegendes weißes Shirt, in dem er noch breiter wirkt, als er ist.

»Du hast mich verschleppt«, werfe ich ihm ein weiteres Mal vor, als diese bittere Tatsache allmählich in mein Bewusstsein vordringt. »Du hast mich betäubt und entführt! In ein anderes Land!«

»So ist es«, bestätigt er erneut, ohne schuldbewusst zu klingen. Er wirft mir einen unleserlichen Blick über die Schulter zu. Seine Augen strahlen pure Kälte aus. »Und du hast mich reingelegt.«

Ich beginne, zu weinen. Ich weiß nicht, was ich sagen oder tun soll. Das ist im Moment alles zu viel für mich.

Alles ging so schnell. Ich erinnere mich noch daran, wie ich von der Arbeit nach Hause gefahren bin und befürchtet hatte, Zade wäre bereits vom FBI festgenommen worden, und im nächsten Augenblick betäubt er mich und bringt mich außer Landes.

Und nun sitze ich hier, achtzehn Stunden entfernt von meinem Zuhause, und höre mir an, dass ich ab jetzt hier mit ihm leben werde.

Meine Nerven brennen durch.

»Bring mich zurück«, entfährt es mir schluchzend. Ich erhebe mich auf wackeligen Beinen. »Bring mich sofort zurück!« Mein Weinen wird immer unkontrollierter und lauter, als ich mühevoll auf ihn zugehe und die Hände zu Fäusten balle, als er weiterhin bloß so unbekümmert dasteht und mich anstarrt, als wären ihm meine Worte nicht geläufig. »Hörst du nicht? Bring mich zurück!«

Er hört mich, doch er reagiert nicht auf meine Worte.

Ich reiße die Arme nach oben und schlage mit den Fäusten auf seine Brust ein. Sie trommeln wild gegen seine Muskeln. Ich bin immer noch schwach und mir ist immer noch etwas schwindelig, wodurch ich ihm vermutlich kaum Schmerzen bereite. Meine Schläge prallen einfach an ihm ab, was verdeutlicht, wie unangreifbar er ist.

»Leg dich wieder hin«, befiehlt er mir, und nun kann ich Emotionen aus seiner Stimme heraushören. Sie bebt ein wenig. »Du solltest dich beruhigen.«

»Mich beruhigen?« Verzweifelt starre ich ihm ins Gesicht. »Du hast mich wie deine persönliche Gefangene außer Gefecht gesetzt und mich ohne mein Wissen oder mein Einverständnis von meinem Zuhause weggebracht! Ich dachte, wir wären …«

Ich verstumme. Der Gedanke ist lächerlich, aber da. Tränen strömen über meine Wangen, die er mitleidslos betrachtet. Dennoch verraten ihn seine Augen, die zu stürmen beginnen. Es lässt ihn alles andere als kalt, mich so aufgelöst zu erleben. Zu sehen, was seine Tat in mir auslöst, trifft ihn mehr, als er mir zeigen will.

»Du dachtest, wir wären was?«, fragt er dann.

Resigniert lasse ich die Arme sinken und trete einen Schritt vor ihm zurück. »Partner.«

Ein hohles Lachen steigt seine Kehle empor, das mir das Herz zerfetzt. Genau wie seine kaltherzigen Worte, als er knapp sagt: »Du bist vieles, aber nicht meine Partnerin, Lauren.«

Ich schlucke schwer. »Das hast du hiermit ja deutlich gezeigt.«

»Nein, aber du!«, schleudert er mir plötzlich entgegen, woraufhin ich zusammenzucke und noch einen Schritt vor ihm zurückweiche. Seine Hand fasst in mein Haar, packt mich unerwartet brutal. Sein Griff zwingt mich nicht nur, stehenzubleiben, sondern ihm in die Augen zu sehen, als er mich mit seinem Blick förmlich durchschneidet, während er mir an den Kopf donnert: »Du hast mich verraten. Mich hintergangen. Du hast mir die ganze verfickte Zeit nur etwas vorgespielt und währenddessen hinter meinem Rücken geplant, mich dem FBI auszuliefern. Du wolltest mir ein Verbrechen anhängen und hast mich dann dazu gebracht, tatsächlich eines zu begehen, damit ich für den Rest meines Lebens im Gefängnis verrotte. Dabei war ich dir scheißegal. *Wir* waren dir scheißegal. Also wage es nicht noch einmal, *mir* vorzuwerfen, ich hätte dich nicht wie meine Partnerin behandelt. Das habe ich. Das wollte ich. Aber du hast mir gezeigt, dass du diesen Titel nicht verdient hast.«

Noch mehr Tränen kullern über meine Wangen. Ich schluchze immer heftiger, mache mich dabei von ihm los. Obwohl seine Ausstrahlung und Körperhaltung absolut bedrohlich sind, lässt er mich gewähren. Trotzdem zwingt er mich, ihn weiterhin anzusehen, indem er mein Kinn packt und in die Höhe reißt.

»Das hier hast du dir selbst zuzuschreiben, Amorita. Ich werde mich nicht dafür entschuldigen, wie ich in Ordnung gebracht habe, was du verbockt hast. Ich musste schnell handeln, und da blieb mir nicht viel anderes übrig, als dein Haus niederzubrennen, dich einzupacken und mit dir zu verschwinden.«

Nun blättert auch die letzte Schicht auf meiner bereits verwundeten Seele ab. Entsetzt und fassungslos reiße ich mich von ihm los. »Du hast mein Haus niedergebrannt?«

Er blinzelt nicht einmal. Die Reglosigkeit in seinem Gesicht zerrt an mir, wie ein Wildtier an seiner erlegten Beute. »Ja.«

»Das hast du nicht«, platzt es ungläubig aus mir heraus. Oder eher *will* ich nicht glauben, was ich da höre. »Sag mir, dass du das nicht getan hast, Zade.«

»Natürlich habe ich«, erwidert er so leichtfertig, dass ich für einen kurzen Moment mit dem Gedanken spiele, mich auf ihn zu stürzen. »Ich habe alles niedergebrannt und vernichtet. Wir werden ohnehin nie wieder an diesen Ort zurückkehren.«

Mir wird schwarz vor Augen. Dann sehe ich rot.

All das muss ein schlechter Scherz sein. Ein Albtraum, der sich bloß zu real anfühlt.

»Verstehst du jetzt, wie falsch es war, was du getan hast?«, bedrängt er mich, versetzt mich nur noch mehr in Rage und Fassungslosigkeit. »Du hättest besser darüber nachdenken sollen, Liebling. Ich habe dich gewarnt. Ich wollte weiterhin dein nettes Leben in Colorado Springs mit dir teilen, dich deinem Job nachgehen lassen, in der Nähe deiner Schwester sein und dort zusammen mit dir alt werden. Aber jetzt werden wir eines Tages zusammen an diesem überschaubaren, einsamen Ort sterben. Das sind die Konsequenzen deines Handelns. Niemand sonst ist dafür verantwortlich, nur du.«

»Ich hasse dich!«, spucke ich aus und betrachte ihn voller Abneigung, hinter der sich pure Enttäuschung und Verletztheit verbergen. Es bricht mir das Herz, dass er das getan hat.

Er hat mir vieles angetan, aber niemals so etwas. Mir vieles genommen, aber niemals alles.

Jetzt habe ich nichts mehr. Er hat mein Leben einfach ausradiert und mir alles weggenommen, was ich hatte. Der Schmerz, den das in mir auslöst, ist unbeschreiblich.

Werde ich meine Schwester je wiedersehen? Was ist mit Sophie? Beide brauchen mich.

»Das ist in Ordnung«, meint er, doch ich erkenne in seinen stürmischen Augen, dass es das nicht für ihn ist. Ihm tut das hier genauso weh wie mir, doch das macht es nicht besser. »Denn zurzeit hält sich meine Liebe zu dir ebenfalls in Grenzen.«

Ich zucke zurück. Das war ein Schlag ins Gesicht. Gleichzeitig sterben all die Schmetterlinge in meinem Bauch, die er dort hat schlüpfen lassen.

Er hat mir noch nie solch harte Worte um die Ohren gehauen, noch nie so negativ für mich empfunden. Bisher hat er mich immerzu seine Liebe und Begierde spüren lassen.

Zurzeit sehe ich nichts davon in seinen Augen.

Stattdessen erkenne ich, dass mich ein kleiner Teil in ihm ebenfalls hasst. Er hasst es, dass ich ihn genauso hintergangen habe wie Matt. Dass wir ihn beide haben in die Falle laufen lassen, ihn verraten haben.

Mein Verrat schmerzt ihn vermutlich noch um einiges mehr als Matts. Das war etwas weitaus Persönlicheres. Meine Tat war grausamer, denn sie war geplant. Matt hat ihn bloß verraten, um seinen eigenen Arsch zu retten.

Aber in Zades Augen musste mein Arsch nicht gerettet werden. Denn er hat mich nie schlecht behandelt. Er hat bloß versucht, mich dazu zu bringen, ihn zu lieben.

Weil er mich liebt.

Jetzt wird diese Liebe von dunklen, beängstigenden Gefühlen überschattet.

»Wir werden wohl beide daran arbeiten müssen, einander zu verzeihen«, meint er schließlich ruhig, obwohl es in ihm tobt. »Zum Glück haben wir dafür Zeit, bis wir alt und grau sind.«

Mit diesen Worten wendet er sich ab und verlässt den Raum.

4
LAUREN

*E*s sind ein paar Stunden vergangen, seit Zade das Zimmer verlassen hat. Mir fällt nicht im Traum ein, ihm zu folgen. Insgeheim warte ich dennoch darauf, dass er wiederkommt, obwohl ich ihn eigentlich gar nicht sehen will. Ich kann seinen Anblick gerade nicht ertragen. Dieser Mann hat mir alles genommen, was mir wichtig war.

Und das war ohnehin nicht sehr viel.

Ich will einfach nicht glauben, dass er das getan hat. Ich will mich der Realität nicht stellen, doch das muss ich, wenn ich dieses Zimmer verlasse und mich in meinem neuen Heim umsehe. Wenn ich diese Stadt erkunde, die er zu unserem Zuhause erklärt hat.

Ich will lieber sterben, als zu akzeptieren, dass ich von nun an mit ihm in einem einsamen Städtchen in Kanada leben muss.

Und hier nichts habe außer ihn. Ich bin vollkommen abhängig von ihm, so wie er es mir bei seinen früheren Drohungen prophezeit hat. Er hatte mich davor gewarnt, ihn zu verarschen; mich davor gewarnt, etwas Dummes zu tun, wie ihn zu hintergehen, und drohte mir an, genau das zu tun, was er letztendlich getan hat. Ich hätte mir nicht im Traum ausmalen können, dass er seine Drohungen tatsächlich in die Realität umsetzt.

Er hatte das wohl auch nie vor, doch meine hinterhältige Tat hat ihn dazu gezwungen.

Wie konnte er mich bloß wie immer überlisten? Ich verliere jeden einzelnen Kampf gegen diesen Mann. Er ist ein unbesiegbarer Gegner.

Etwas sengend Heißes breitet sich in meinem Magen aus. Zu wissen, dass ich zum Teil selbst daran schuld bin, nun in dieser Klemme zu stecken, bringt mich zur Weißglut. Hätte ich nie beschlossen, das FBI einzuschalten, wären wir jetzt nicht hier.

Aber ich bin noch nicht so weit, auch die Schuld bei mir zu sehen. Aktuell ist er mein einziges Hassobjekt.

Wieder kommen mir Tränen, doch ich beherrsche mich und würge das Schluchzen, das mir im Hals steckt, krampfhaft hinunter. Geweint habe ich genug, es hilft nicht. Immer noch habe ich Kopfschmerzen und bin zittrig auf den Beinen, und ich weiß, dass das nur zum Teil an den Umständen und Nachwirkungen der Betäubung liegt.

Es liegt auch daran, dass mein Körper nach Tabletten verlangt. In den letzten Tagen habe ich wieder regelmäßig Xanax und anderes Zeug zu mir genommen, und nun fehlt meinem Körper die Wirkung. Besser gesagt, ist er wieder auf Entzug.

Es fühlt sich an, als hätte ich noch nie zuvor dringender eine Pille benötigt. Diese Situation schreit förmlich danach, mich mit Pillen zuzudröhnen.

Als der Drang, auf die Toilette zu gehen, immer größer wird, bis ich ihn nicht mehr ignorieren kann, zwinge ich mich dazu, das Zimmer zu verlassen. Draußen ist es wohl bereits abends, denn im Haus brennt überall Licht, wie ich erkenne, als ich den schmalen Flur betrete. Mein Blick huscht von links nach rechts.

Links von mir endet der Flur, das Schlafzimmer ist das letzte Zimmer auf dem Gang. Rechts von mir kann ich zwei geschlossene Zimmertüren erkennen, der Flur mündet in einen großen Wohnraum. Gegenüber dem Schlafzimmer gibt es eine weitere geschlossene Tür.

Ich öffne die Tür neben dem Schlafzimmer und finde mich in einem Badezimmer ohne Toilette wieder. Ohne mich hier umzusehen, schließe ich die Tür wieder und reiße die daneben auf – die Toilette. Sofort schließe ich mich darin ein und entleere mich.

Beim Händewaschen weiche ich dem Spiegel oberhalb des Waschbeckens zwanghaft aus. Ich will mich nicht ansehen. Meinen Anblick könnte ich genauso wenig ertragen wie den von Zade.

Als ich den kleinen Raum verlasse, schiele ich nach rechts. Am Ende des Wohnraums gelangt man in einen kleinen Vorraum, in dem sich wohl der Eingang befindet. Ich mache einen Schritt zur Seite und erkenne, dass eine Küche im Wohnzimmer integriert ist.

In dieser steht Zade und rührt in einer Pfanne. Er kocht.

Als seine blauen Augen auf meine treffen, steigen mir wieder Tränen in die Augen. Gleichzeitig werde ich so wütend, dass ich gar nicht weiß, wie ich mit diesen in mir tobenden Gefühlen umgehen soll. Ich befürchte, dass ich jeden Moment explodieren könnte.

Die geladene Stimmung zwischen uns macht das nicht besser.

»Ich habe uns etwas zu essen gemacht«, bricht er die erdrückende Stille und deutet auf den kleinen, weißen Esstisch neben der langen Couch aus Leder im Wohnraum. Er hat den Tisch bereits gedeckt. »Setz dich.«

Ich ignoriere ihn und öffne stattdessen den Kühlschrank, der zu meiner Überraschung ziemlich gefüllt ist. Zade war wohl bereits einkaufen. Ich hasse es, dass er so gut vorbereitet ist. Es fiel ihm nicht einmal schwer, mich zu entführen und uns ein neues Zuhause zu finden. Er verhält sich bereits so, als würden wir ewig hier leben.

Ich entnehme eine Wasserflasche aus dem Kühlschrank und schließe ihn wieder, bevor ich gierig daraus trinke. Meine Kehle ist staubtrocken.

»Du musst etwas essen«, höre ich ihn mit seiner kratzigen Stimme sagen, sehe ihn aber nicht an. »Setz dich, Amorita.«

Nun verhöhnt er mich wirklich, so auch der Kosename. Ich bin weder seine Liebe noch seine Geliebte, mit der er hier Ehepaar spielen kann.

Ich bin seine verdammte Gefangene.

Aus einem Impuls heraus wirbele ich herum und werfe die halb volle Flasche nach ihm. Ich schleudere sie mit solch einer Wucht an seine Brust, dass sich der nur leicht zugedrehte Verschluss lockert und das Wasser in alle Richtungen spritzt. Die Flasche landet mit einem dumpfen Geräusch auf dem Boden, darunter bildet sich eine Pfütze.

Zades Augen stürmen. Ich kann sehen, wie seine Kiefermuskeln zucken, als er die Zähne fest aneinanderpresst. Seine schweren Brauen ziehen sich zusammen, was sein Gesicht zu einer düsteren Maske verwandelt. Die Temperatur im Raum sinkt rapide.

»Bist du fertig?«, fragt er mich dennoch ruhig, was mich unendlich provoziert. Ich weiß, dass er mich nicht herausfordern möchte, und doch fühle ich mich herausgefordert.

Davon, dass er meint, mir mein Leben entreißen zu können und damit davonzukommen. Denkt er wirklich, wir würden jetzt einfach dort weitermachen, wo wir aufgehört haben?

»Nein.« Ich stampfe auf ihn zu und fege mit einer Handbewegung alle Lebensmittel, die sich auf der schmalen Kücheninsel befinden, zu Boden. Dann schnappe ich mir die zwei aufeinandergestapelten Teller, die er bereits vorbereitet hat, und schleudere sie hinter ihm an die Wand. Einer der Teller saust nur haarscharf an seinem Kopf vorbei, doch der Mistkerl duckt sich weder noch blinzelt er überhaupt.

Dennoch bemerke ich, wie schwer sich seine Brust plötzlich hebt und senkt. Seine Finger umfassen die Pfanne auf dem Herd so fest, dass sie zittern.

»Heb das auf.« Jedes Wort kommt hart und laut aus seinem Mund.

Ich tue nichts dergleichen. Dadurch starren wir uns sekundenlang nur an, fechten einen stillen Kampf miteinander aus. Ich bin nicht bereit, unseren Blickkontakt zu unterbrechen, weil ich das Gefühl habe, noch lange nicht fertig damit zu sein, meine Wut über ihn und seine Tat herauszulassen.

Am besten an ihm.

Impulsiv greife ich nach der Pfanne mit dem gebratenen Fleisch. Ich versuche, sie ihm aus der Hand zu reißen, doch er hält sie unnachgiebig fest. Als ich daraufhin gegen seine Brust stoße, entfährt ihm ein leises, bedrohliches Knurren.

»Hör auf damit«, warnt er mich, seine Augen düster und schmal.

»Du hast mir *alles* genommen«, speie ich ihm verächtlich entgegen und versetze ihm erneut einen Stoß auf die Brust, diesmal mit beiden Händen. Er stolpert nicht zurück, was mich ärgert. »Alles! Meine Schwester, das Haus, in dem ich aufgewachsen bin, meinen Job ... Einfach alles.«

»Du hast immer noch mich«, hält er dagegen, und aufgrund dieser Aussage geht es wirklich mit mir durch.

Ich hole aus und will ihm ins Gesicht schlagen, doch er packt blitzschnell mein Handgelenk und zwängt es in eisernem Griff nach unten. Ich wimmere, weil es schmerzt, wodurch nur noch mehr Zorn in mir aufwallt.

»Du Arschloch.« Ich reiße meine Hand an mich und versuche gleichzeitig, mit der anderen über sein Gesicht zu kratzen. Ich erwische ihn nur am Hals, dafür erwische ich ihn richtig. Die roten Striemen meiner Nägel zeichnen sich sofort deutlich auf seiner Haut ab. Aus einem der Kratzer sickern unwillkürlich kleine, rote Tropfen.

Dunkler Zorn tritt in ihm hervor und pulsiert mir entgegen. Nun packt er beide meiner Handgelenke und quetscht sie in einem groben Griff vor meiner Brust zusammen. »Verschwinde.« Seine Stimme zittert, als ob er alles daransetzen würde, sich unter Kontrolle zu halten. »Ich meine es ernst, Lauren. Geh mir aus den Augen.«

Als er mich loslässt, weiche ich keuchend zurück.

Dann betrachte ich ihn verabscheuend von oben bis unten und sage, was ich glaube, was ihn am meisten schmerzen wird: »Ein ganzes Leben wird nicht reichen, um dir zu verzeihen. Selbst wenn ich tot bin, werde ich dich noch hassen und für das verfluchen, was du mir angetan hast. Und ich werde mir bis zu meinem letzten Tag auf dieser Erde wünschen, dass du den Angriff deiner Organisation nicht überlebt hättest. Matt hatte recht damit, dich ihnen auszuliefern.«

Plötzlich fliegt die Pfanne in meine Richtung. Ich ducke mich ruckartig, doch sie trifft mich ohnehin nicht. Stattdessen landet sie mit einem lauten Knall auf dem Kühlschrank neben mir und dann auf dem Boden. Das nach Gewürzen duftende Fleisch verteilt sich samt seiner Sauce zu meinen Füßen auf den Fliesen.

Mein Herz galoppiert wild und mein Puls rast.

»Mach, dass du mir aus den Augen kommst«, presst Zade mit solch einer Wut in seiner Stimme hervor, dass ich es nun mit der Angst zu tun bekomme. Meine eigene Wut tritt den Rückzug an, weil sie weiß, dass sie mit seiner nicht konkurrieren kann.

Meine Wutausbrüche sind nichts im Vergleich zu seinen. Mein Unterbewusstsein warnt mich davor, ihn noch mehr zu reizen und gegen mich aufzubringen. Das könnte nicht gut für mich enden.

Also kehre ich zurück in das Schlafzimmer und verriegele die Tür.

Soll er doch sehen, wo er heute Nacht schläft.

Dadurch, dass ich so lange bewusstlos war, bin ich nicht müde. Mein Körper wurde gerade erst richtig wach und fühlt sich endlich wieder fit, und so fällt es mir schwer, einzuschlafen. Ich döse eine Weile vor mich hin, bevor ich beschließe, das Zimmer erneut zu verlassen.

Diesmal nicht, um auf die Toilette zu gehen.

Es muss mitten in der Nacht sein, im Haus ist alles dunkel. Ich habe erst eine Weile an der Tür gelauscht, um sicherzugehen, dass dahinter keine Geräusche wahrzunehmen sind. Als ich auf Zehenspitzen durch den Flur husche und vor dem Wohnraum stehenbleibe, bestätigt sich meine Vermutung.

Zade schläft auf der Couch. Er trägt nur eine Unterhose, sein vernarbter Oberkörper ist nackt.

Ich schlucke und schiele zum kleinen Vorraum, in dem sich die Haustür befinden muss. Leise und langsam gehe ich auf Zehenspitzen darauf zu, meine Augen wachsam auf Zade gerichtet.

Ich will hier weg.

Er rührt sich nicht, also gehe ich weiter. Mit rasendem Puls setze ich meinen Weg fort, bis ich den kleinen Vorraum erreiche. Dort ist es so dunkel, dass ich kaum etwas erkennen kann. Es gibt kein Fenster, so wie im Schafzimmer auch nicht. Dieses Haus ist überhaupt nicht lichtdurchflutet.

Unwillkürlich frage ich mich, wie er überhaupt zu diesem Haus gekommen ist. Wann hat er es gemietet? Gehört es ihm vielleicht sogar? Warum hat er genau diesen Ort ausgewählt?

Meine Augen verengen sich konzentriert, als ich nach einem Schlüssel taste. Ich fahre mit den Fingern die Bretter an den Wänden ab und durchwühle dann Zades Lederjacke, die an einem der Haken hängt. Ich bemühe mich, leise zu sein, muss aber fluchen, als ich nicht fündig werde.

Wo ist der verdammte Hausschlüssel?

Obwohl ich nicht glaube, dass ich solch ein Glück habe und Zade dermaßen leichtsinnig ist, probiere ich, die Haustür einfach zu öffnen. Natürlich ist sie verschlossen.

Ich beschließe, mich in dem Zimmer gegenüber des Schlafzimmers nach einem Fenster umzusehen. Ich habe keinen Blick hineingeworfen und weiß nicht, was sich in dem Raum verbirgt. Irgendeines der Zimmer, abgesehen vom Wohnzimmer, muss doch ein Fenster besitzen. Durch dieses kann ich klettern – im Notfall schlage ich es ein.

Als ich mich umdrehe, entfährt mir vor Schreck ein Schrei.

Zade steht in all seiner Bedrohlichkeit vor mir und starrt mich geradezu dämonisch an.

Scheiße.

Seine dunklen Augen gleiten sekundenschnell über meinen Körper, der vollständig bekleidet ist, bevor sie auf meine treffen. »Kann ich dir helfen?«

»Ja«, murmele ich und mache einen Schritt auf ihn zu. »Geh mir aus dem Weg.«

Anstatt zur Seite zu weichen, sodass ich durch den offenen Durchgang zurück ins Wohnzimmer kehren kann, streckt er beide seiner starken Arme zu seinen Seiten aus und stützt sich mit den Händen an den Türstock. Nun blockiert er den Durchgang komplett.

»Weißt du, Amorita, es ist keine kluge Entscheidung, mich immer weiter wütend zu machen, wo ich doch bereits so wütend auf dich bin.« Er sagt es leise, doch eine Warnung schwingt in seinen Worten mit. »Außerdem machen mir deine Beleidigungen und gemeinen Worte nichts aus, also spare dir die Energie. Das Schlimmste hast du mir bereits angetan.«

»Warum willst du dann überhaupt noch mit mir zusammen sein?«, frage ich ihn geradeheraus. »Jetzt, wo du weißt, dass ich eine miese Verräterin bin?«

Seine blauen Augen tragen einen fast traurigen Ausdruck, als er sagt: »Weil ich dich trotzdem liebe.«

Ich schlucke schwer. Das zu hören, tut weh. Ich habe diese Liebe nicht verdient, wollte sie ebenso wenig haben und gebe sie ihm nicht auf dieselbe Weise zurück, und trotzdem hält er unerbittlich an ihr fest. Er ist ein besessener Mann, völlig irrational.

Aber das wusste ich und habe mich trotzdem in diesen Strudel aus Gewalt und Zärtlichkeit, Liebe und Hass hineinziehen lassen. Ich habe nicht genug gegen den starken Sog seiner dunklen Begierde angekämpft. Stattdessen habe ich mich irgendwann einfach davon mitreißen lassen.

Und mich in ihm verloren.

Mich in Zade verloren.

»Ich werde darüber hinwegkommen«, versichert er mir jetzt und es wirkt, als würde er sich das im selben Zug auch selbst sagen. »Über das, was du getan hast. Und du wirst über meine Tat hinwegkommen.«

»Nein, niemals«, schwöre ich ihm und gleichzeitig mir.

»Wir werden sehen«, sagt er optimistisch und weicht schließlich zurück. »In jeder Beziehung gibt es Höhen und Tiefen. Wir haben schon einige Tiefen überstanden, also überstehen wir auch dieses Tief.«

Ein verbittertes Lächeln bildet sich auf meinen Lippen, als ich mich an ihm vorbeischiebe. »Das hier ist kein Tief. Es ist der Untergang.«

Seine Hand schnellt vor und ergreift mein Handgelenk. Als ich zucke, weil es aufgrund seines groben Griffes früher an diesem Tag schmerzt, lockert er den Griff und streicht wie eine Entschuldigung mit dem Daumen sanft darüber.

»Der Untergang wovon?«

»Von uns.« Ich erwidere seinen Blick voller Bedauern, weil ich es tatsächlich bedaure, dass er dem, was wir hatten, einen so irreparablen Schaden zugefügt hat. »Denn es stimmt nicht, was du sagst. Ich habe dir nie nur etwas vorgespielt. Ich habe dich hintergangen, aber Gott weiß, dass ich mich in jeder verdammten Minute danach deswegen grauenvoll gefühlt habe.«

Etwas verändert sich in seinen Augen. Den Schmerz, den sie tragen, teile ich auf dieselbe Weise.

Ich löse meine Hand trotzdem aus seinem Griff. Ich bin gerade zu allem bereit, aber am wenigsten dazu, mich mit ihm zu versöhnen. Was er getan hat, ist unverzeihlich.

»Jetzt hingegen fühle ich mich nur grauenvoll, weil ich tatsächlich dachte, mit einem Mann wie dir glücklich werden zu können. Weil ich glücklich mit dir *war*.« Beschämt wende ich den Blick von ihm ab. »Aber du bringst nur gottverdammtes Unglück in mein Leben.«

Erst hat er Matt umgebracht und mich damit in den Selbstmord gestürzt, meine Tablettensucht verschlimmert und mich zu einem kompletten Junky gemacht. Und jetzt hat er mich allem beraubt, was ich hatte.

Jeder Hoffnung auf ein normales, fröhliches Leben.

Ich werde es nie haben.

Nie mit ihm.

Und am meisten tut es weh, dass ein Teil von mir ehrlich daran geglaubt hat. Ich wollte irgendwie, dass es mit uns beiden funktioniert, obwohl ich wusste, wie verrückt das ist. Hätte ich es gekonnt, hätte ich meinen Verrat an ihm vermutlich rückgängig gemacht. Ich musste mich so krampfhaft dazu zwingen, meinen Plan bis zum Ende durchzuziehen, während Zade nicht einmal gezögert hat, mich diesem grausamen Schicksal auszusetzen.

Es tut ihm nicht einmal leid, dass er mir das antut. Er ist selbstsüchtig und egoistisch.

»Die Tür ist abgeschlossen«, höre ich ihn sagen, als ich durch den Flur marschiere. Wie immer kann er meine Gedanken lesen und wusste, dass ich im anderen Zimmer versuchen würde, durch ein Fenster nach draußen zu kommen. »Mach dir nicht die Mühe und such nach einem Weg aus diesem Haus heraus. Es gibt keinen.«

Da ich Zade inzwischen gut kenne, weiß ich, dass es ihn wohl tatsächlich nicht gibt, und so kehre ich niedergeschmettert zurück ins Schlafzimmer.

5
ZADE

*L*auren und ich sprechen kein Wort miteinander, als wir am nächsten Tag zusammen frühstücken. Ich verbuche es bereits als gutes Zeichen, dass sie heute beschlossen hat, keine Dinge nach mir zu werfen oder mich zu schlagen. Das von mir zubereitete Essen schafft es tatsächlich auf den Esstisch, doch viel davon bekommen wir beide nicht hinunter.

Mein Magen ist dennoch aufgewühlt und schwer, weil mich meine Frau so sehr verabscheut, dass sie mir nicht einmal in die Augen sehen kann.

Ich beruhige mich mit dem Gedanken, dass sie es irgendwann muss, weil sie nur noch mich hat. Irgendwann wird sie akzeptieren, dass ich bloß getan habe, was ich tun musste.

Etwas, das einem kurzfristig wehtut, kann einem langfristig helfen. Sie wird das noch verstehen. Ich habe nichts anderes getan, als uns zu helfen, auch wenn sie das noch nicht so sieht.

Als ich mich erhebe und unsere Teller abräume, will Lauren sofort zurück ins Schlafzimmer gehen, aus dem sie mich nachts ausgeschlossen hat. Meine befehlshaberische Stimme lässt sie innehalten.

»Wir haben ein paar Dinge zu erledigen. Zieh dich an.«

»Falls du es vergessen hast, habe ich keine Kleidung hier«, erinnert sie mich vorwurfsvoll.

»Das ist eines der Dinge, die wir erledigen müssen«, sage ich. »Wir brauchen beide neue Kleidung.«

Widerwillig verschwindet sie und kommt kurz darauf angezogen zurück. Ich bin bereits bekleidet und so schnappe ich mir bloß den Autoschlüssel aus der Küchenschublade, in der ich ihn gestern versteckt habe, und marschiere in den Vorraum. Ich schlüpfe in meine Schuhe und reiche Lauren meine Lederjacke, da sie keine eigene Jacke mehr hat.

»Ich brauche sie nicht«, lehnt sie sie ab, doch ich lege sie ihr trotzdem um die Schultern. Hier hat es niedrigere Temperaturen als in Colorado Springs.

Zufrieden, weil sie nicht gleich wieder nach mir schlägt, schließe ich die Haustür auf und deute ihr, hinauszutreten. Den Hausschlüssel habe ich die ganze Zeit über bei mir getragen, weil ich Lauren kenne und bereits befürchtet habe, dass sie versuchen könnte, mir zu entwischen.

So weit ist es schon gekommen.

Vermutlich hätte sie das früher auch schon versucht. Damals hatte ich jedoch ein Druckmittel gegen sie in der Hand. Nun habe ich kein Ass im Ärmel mehr, das ich ausspielen könnte. Sie muss mir nicht mehr gehorchen, und das zeigt sie mir sehr deutlich.

Etwas, das ich schleunigst ändern muss. Dieser Zustand zwischen uns gefällt mir gar nicht. So kratzbürstig war sie noch nie, meine hübsche Frau.

Als wir zusammen auf die Straße treten, sieht sie sich unwillkürlich um. Ich kann erkennen, dass ihr ihr neues

Zuhause nicht sehr zusagt. Ich finde es hier ebenfalls nicht sonderlich nett. Die Kleinstadt wirkt trostlos und grau. In der Umgebung unseres Hauses gibt es absolut nichts zu sehen. Lediglich etwas weiter entfernt gibt es eine Bushaltestelle, wie ich bei unserer Ankunft entdeckt habe. Ein paar Minuten weiter erst andere Häuser.

»Wir sind hier in der Einöde«, stellt sie unzufrieden fest. »War das Absicht?«

Ich steige auf dem Fahrersitz ein und warte, bis sie neben mir sitzt, ehe ich den Motor starte und erkläre: »Ja und nein. Ich habe diesen Ort wahllos ausgewählt. Kanada war mein Ziel, aber in dem Land kenne ich mich nicht gut aus. Ich habe nur Wert auf Ruhe gelegt und dieser Ort erschien mir mehr als ruhig.«

»Du meinst, dass uns hier kaum andere Menschen über den Weg laufen«, giftet sie.

»So ist es«, bestätige ich ihr. »Wir laufen hier keiner Gefahr.«

Ich bemerke ihren Blick auf mir, erwidere ihn jedoch nicht. Er durchbohrt mich förmlich, ihre Wut ist greifbar. Jetzt gerade bin ich allerdings nicht in der Stimmung für einen weiteren Streit. Die gestrigen Diskussionen und all die bösen Worte, die zwischen uns gefallen sind, nagen noch genug an mir.

So wütend und feindlich habe ich meine süße Amorita noch nie erlebt. Es hat mich getroffen, was sie zu mir gesagt hat. Sie wollte mich verletzen, und sie hat es geschafft.

Am meisten hat mich getroffen, dass sie meinte, Matt hätte recht damit gehabt, mich meinen früheren Brüdern auszuliefern. Und dass diese mich hätten tatsächlich umbringen sollen.

Ich musste all meine Selbstbeherrschung zusammenkratzen, um meine Wut und den Schmerz darüber nicht an ihr auszulassen. Sie könnte nicht damit umgehen, niemand könnte das.

»Wie kamst du so schnell zu diesem Haus?«, will sie nach ein paar Minuten wissen, den Blick konsequent von mir abgewandt. Als könnte sie mein Anblick vergiften.

Ich weiß, dass sie eigentlich nicht mit mir sprechen möchte, aber sie hat wohl einige Fragen, deren Antworten sie blendend interessieren.

Ich biege nach links ins Stadtzentrum ab, in dem es ein paar wenige Geschäfte und Restaurants gibt. »Ich habe es online entdeckt und gemietet.«

»Sie werden nach uns suchen«, meint sie nun und starrt gedankenverloren aus dem Fenster. »Das FBI, meine Schwester … Sie werden nicht aufhören, zu suchen, bis sie mich gefunden haben.«

Das denkt sie, weil sie noch nicht alle Details meiner Tat kennt. Ich lasse sie noch in dem Glauben, da ich die halbwegs friedliche Stimmung zwischen uns für den Moment erhalten möchte.

»Wir sind da.« Ich parke den Wagen und schalte den Motor aus.

Lauren folgt meinem Blick durch das Fenster zu dem Frisörsalon, vor dem wir parken. »Musst du etwa zum Frisör?«

»Nein, aber du.«

Irritiert sieht sie zu mir. Ihre grünen Augen funkeln nervös und ihr sanftes Gesicht wird etwas blass. Obwohl sie sich weder die Haare frisiert noch sich geschminkt hat, und zusätzlich dieselben ausgeleierten Sachen trägt wie vor zwei Tagen, sieht sie umwerfend aus. »Was meinst du damit?«

»Wir müssen dein Aussehen ein wenig verändern«, eröffne ich ihr, woraufhin sie sofort zu protestieren anfängt. Damit habe ich bereits gerechnet.

»Vergiss es«, zischt sie und schüttelt heftig den Kopf. »Ich lasse mir das Haar nicht färben oder abschneiden, damit du mich besser verstecken kannst!«

Ich nicke vor mich hin, greife in den Hohlraum hinter meinem Sitz und ziehe die Waffe hervor, die ich dort verstaut habe. Dann entsichere ich sie und deute auf den Laden, durch dessen Glasfenster man ein paar Frauen bei ihrer Arbeit sehen kann. »Dann werde ich jetzt da reingehen und all diesen Frauen den Schädel wegschießen.«

Sie stößt ein entsetztes Keuchen hervor, als ich nicht zögere und aus dem Wagen steige. »Was?« Sie klingt hysterisch. Tollpatschig wirft sie sich förmlich aus dem Wagen und zerrt an meinem Shirt, als ich zielstrebig zum Eingang des Ladens marschiere. »Zade, stopp!«

Ruckartig halte ich inne und starre eindringlich auf sie herab. Ihre Augen schreien mich verzweifelt an, das nicht zu tun. »Nur weil du denkst, ich hätte dir bereits alles genommen und könnte dir nicht noch mehr schaden, bedeutet das nicht, dass ich nicht trotzdem noch andere Dinge tun kann, die dich zerstören würden. Lass es nicht so weit kommen, Amorita. Es wäre am besten für uns beide – und für jeden anderen Menschen – wenn du ab jetzt wieder tust, was ich dir sage.«

Ihre Augen werden glasig. Ich kann genau erkennen, wie enttäuscht sie von mir und meinem Verhalten ist.

Ich wünschte, ich müsste mich nicht so verhalten, aber sie lässt mir keine andere Wahl. Viel lieber hätte ich es wieder wie früher zwischen uns, aber das wird dauern. Ich brauche noch Zeit, und sie braucht sie ebenfalls.

Bis dahin muss ich mich damit abfinden, dass sie wieder das Monster in mir sieht, das vor Monaten in ihr Haus eingebrochen ist und sie bedroht hat.

Resigniert schließt sie die Augen, bevor sie stumm und

widerwillig nickt. Zufrieden stecke ich meine Waffe in den Hosenbund und ziehe mein Shirt darüber. Dann deute ich ihr, den kleinen Frisörladen zu betreten, und folge ihr hinein.

»Guten Tag«, begrüße ich die Frauen freundlich, die uns einen neugierigen Blick zuwerfen. »Meine Frau hätte gerne ein Umstyling.«

~

Auf dem Weg zu dem einzigen Klamottenladen in diesem Kaff starre ich Lauren immer wieder von der Seite an. Blond sieht sie anders aus, aber nicht minder attraktiv. Ihr Gesicht wirkt dadurch weicher, obwohl es bereits solch sanfte Züge besitzt, und sie ein paar Jahre jünger. Die seitlichen Stirnfransen sehen außerdem süß an ihr aus. Lauren scheinen sie zu nerven, da sie sie immer wieder zwanghaft aus ihrer Stirn streicht, bevor sie an ihre Haarspitzen greift, denen es nun an Länge fehlt.

»Du siehst schön aus«, schmeichele ich ihr trotz meines Grolls auf sie, doch sie kommentiert meine Aussage nicht. »Blond steht dir genauso gut wie deine Naturhaarfarbe.« Ich werde ihre rötlich braunen Haare dennoch vermissen. Ich mochte sie.

»Lass uns die Kleidung kaufen und zurückfahren«, murmelt sie sichtlich schlecht gelaunt vor sich hin.

Ich beschließe, kein weiteres Gespräch anzukurbeln. Es hat keinen Sinn und würde nur im Streit enden. Stattdessen ziehe ich die Tür zu dem Bekleidungsgeschäft auf und schnappe mir einen der Einkaufswagen, die aneinandergereiht an der Wand stehen. Ich lasse Lauren den Vortritt und bleibe dicht hinter ihr, als wir durch die Gänge spazieren. Eine Mitarbeiterin wirft uns ein fröhliches Lächeln zu, das ich erwidere.

»Such dir aus, was du möchtest«, sage ich zu Lauren, die

wie ein geschlagener Hundewelpe durch die Gänge trottet. Sie schenkt der vielen Kleidung an den Stangen und Regalen keinerlei Beachtung. »Nimm genug von allem mit. Es ist egal, wie teuer die Kleidung ist.«

»Und mir ist egal, dass wir genug Geld haben, um uns teure Kleidung zu leisten«, entgegnet sie hart. »Willst du mich besänftigen, indem du mir teure Sachen kaufst?«

»Du brauchst neue Kleidung«, presse ich bemüht beherrscht hervor.

Wie ein störrisches Kind schnappt sie sich blind ein Shirt von einem Regal und wirft es in hohem Bogen in den Wagen. Dann starrt sie mich trotzig an.

»Das reicht nicht«, brumme ich.

»Ich habe keine Lust auf eine verdammte Shoppingtour mit dir!«, stößt sie so laut hervor, dass uns die Mitarbeiterin einen verstohlenen Blick zuwirft.

»Lauren«, warne ich sie leise. »Mach hier keine Szene.«

»Entscheide du doch, was ich künftig anziehen soll – du entscheidest doch sowieso alles für mich«, fährt sie mich an und droht, auf dem Absatz kehrtzumachen.

Ich greife etwas grob nach ihr und ziehe sie mit einem Ruck an mich. Meine Finger schließen sich um ihren schmalen Nacken, als ich an ihrem Ohr flüstere: »Such dir verdammt noch mal irgendwelche Sachen aus und fang nicht wieder einen Streit an. Ich habe keine Nerven dafür, hörst du?«

Durch meinen harten Griff und meinen drohenden Tonfall fällt ein wenig der Streitlust von ihr ab. Tief in ihr drin ist ihr bewusst, dass sie mich nicht an meine Grenzen treiben sollte. Sie ist bereits nah dran.

Unauffällig macht sie sich von mir los und beginnt alles, was sie in ihrer Größe findet, in den Wagen zu schleudern.

Mehr oder weniger zufrieden sehe ich mich selbst nach Kleidung für mich um.

Nach gut zwanzig Minuten bezahle ich an der Kasse für all die Klamotten und nehme Lauren die Tüten ab, die sie bereits an sich genommen hat. Ich verabschiede mich freundlich von der Verkäuferin, die uns auffällig mustert, und folge Lauren aus dem Laden zum Auto. Dort werfe ich alle Tüten in den Kofferraum und wende mich ihr zu, bevor sie auf dem Beifahrersitz einsteigt.

»Wir wollen keine Aufmerksamkeit auf uns ziehen«, erkläre ich ihr bemüht ruhig. »Deswegen musst du aufhören, für Aussehen zu sorgen, und dich unauffällig verhalten.«

Herausfordernd funkelt sie mich an und verschränkt beide Arme vor der Brust.

»Wenn du es nicht tust, kann ich dich wohl nicht mehr aus dem Haus lassen«, drohe ich ihr.

Nun blinzelt sie mich an. Sie sagt nichts dazu, weil sie weiß, dass meine Drohungen keine leeren sind. Außerdem ist ihr klar, dass ich ihr nicht für immer durchgehen lasse, sich so zu verhalten. Ich verstehe, dass sie genau wie ich Wut in sich trägt und diese zum Ausdruck bringt, doch sie muss verstehen, dass meine Selbstbeherrschung begrenzt ist. Sie will nicht, dass ich die Kontrolle über mich verliere. Und ich auch nicht.

Schweigend steigt sie in den Wagen. Bevor ich ihre Beifahrertür schließe, beuge ich mich zu ihr nach unten und raune vor ihrem Gesicht: »Ich bemühe mich sehr, über deine Taten und Worte hinwegzusehen, also mach es mir nicht noch schwerer. Das wollen wir beide nicht.«

Damit knalle ich die Tür zu und steige auf dem Fahrersitz ein. Die Fahrt bis zu unserem nächsten Ziel verläuft schweigend. Ich checke mein Prepaid-Handy und stelle zufrieden fest, dass der Kerl, den ich gestern kontaktiert habe, mir bereits eine Nachricht geschickt hat. Er ist vor Ort und hat meine Bestellung. Etwas Gutes hat meine kriminelle Vergangenheit allemal – dadurch weiß ich immer, wie ich überall auf der Welt an andere kriminelle Leute gelange, um illegale Dinge zu beschaffen.

»Was machen wir hier?«, will Lauren wissen, als ich den Wagen vor einem heruntergekommenen Haus parke.

»Warte im Auto auf mich«, lautet meine Antwort, ehe ich aussteige und zur Haustür marschiere.

Ich kann Laurens Blick auf meinem Rücken spüren, als ich anklopfe und mich gleich darauf mit dem Kerl unterhalte, der mir eine Plastiktüte überreicht. Ich werfe einen Blick hinein, nicke zufrieden und gebe ihm das verlangte Geld.

Kaum sitze ich wieder neben ihr im Wagen, werfe ich die Tüte auf ihren Schoß und sage knapp: »Unsere neuen Reisepässe und Führerscheine.«

Schweigend blickt sie auf die Tüte herab.

»Willst du nicht nachsehen, wie dein neuer Name lautet?«, frage ich sie, als ich wieder losfahre.

Schulterzuckend blickt sie aus dem Fenster. »Es ist mir egal. Es spielt keine Rolle.«

»In Ordnung.« Ich nehme die Tüte und werfe sie blind auf die Rückbank. »Also, was wollen wir heute essen, Amorita?«

6
LAUREN

Zade kocht seine berühmten Enchiladas für uns. Er hofft wohl, dass mich das irgendwie besänftigt, aber er täuscht sich. Auch wenn ich seine Enchiladas liebe und gleich zwei auf einmal davon verdrücke, hasse ich ihn nach wie vor. Trotzdem wirkt er zufrieden, dass ich nun endlich einen vollen Magen habe. Er hat bereits auffällig geknurrt.

»Willst du noch etwas oder bist du satt?«, erkundigt er sich.

Stumm schiebe ich den Teller von mir und starre ihn emotionslos an.

»In Ordnung.« Er erhebt sich und beginnt, den Tisch abzuräumen. »Wollen wir zusammen einen Film schauen?«

Nein, absolut nicht. Aber stundenlang allein im Schlafzimmer zu sitzen und an die Wand zu starren, will ich noch weniger.

Somit erhebe ich mich widerwillig und lasse mich auf der Couch nieder. Ich greife mir die Fernbedienung von dem niedrigen Glastisch und schalte den kleinen Fernseher an der Wand gegenüber ein. Der Wohnraum ist genauso trostlos und deprimierend eingerichtet wie das Schlafzimmer. Es gibt nur zweckdienliche Möbel, alles ist in Grau und Weiß gehalten. Das Haus erinnert mehr an eine billige Ferienwohnung, zumal es ziemlich klein ist. Noch kleiner als mein Haus. Aber ich ahne, dass Zade keinerlei Wert darauf gelegt hat, als er uns online eilig eine Bleibe gesucht hat.

Lustlos zappe ich durch die TV-Sender des Free-TVs und überspringe all die kanadischen Fernsehsendungen und Talkshows. Bei einem Nachrichtensender stoppe ich, um wenigstens ein klein wenig das Gefühl zu bekommen, einen Anschluss zur Außenwelt zu haben.

Sie berichten erst von der Wetterprognose – diese ist beschissen, was mich nur noch mehr deprimiert –, dann von den internationalen Nachrichten des Tages. Zade lässt sich nach einigen Minuten neben mir auf die Couch sinken. Für mein Gefühl sitzt er viel zu nah bei mir, wodurch ich demonstrativ an den Rand der Couch rutsche.

Er kommentiert das nicht.

Insgeheim hoffe ich darauf, gleich mein Gesicht im Fernseher zu sehen, doch das geschieht nicht. Wird etwa nicht nach mir gesucht? Ich war mir absolut sicher, dass Agent Malone sofort eine weltweite Suche nach mir starten und eine Fahndung nach Zade ausrufen würde.

Als die Nachrichtensprecherin eine abendliche beliebte Sendung ankündigt, seufze ich in mich hinein. Mein Magen ist aufgewühlt, weil ich nicht verstehe, warum ich nicht als vermisst gelte. Sollte das der Fall sein, müsste doch darüber berichtet werden, oder? Darüber, dass ein totgeglaubter Schwerkrimineller mein Haus niedergebrannt und mich entführt hat?

Ganz bestimmt wäre Agent Malone so klug, diese Nachricht international zu verbreiten, denn es ist nur logisch, dass Zade mich in ein anderes Land verschleppt hat. Es ist bereits

Tage her, seit ich zuletzt Kontakt zu Agent Malone hatte. Es muss doch verdächtig für ihn gewesen sein, dass ich plötzlich nicht mehr erreichbar war und zur Arbeit erschienen bin. Spätestens meine Kollegen oder Brooke werden mich als vermisst bei den Behörden gemeldet haben.

»Wo ist deine Kette?«, reißt mich Zades Stimme aus den chaotischen Gedanken.

Ich sehe ihn nicht an, als ich sage: »Ich habe sie abgenommen.«

Ich kann förmlich spüren, wie er sich neben mir versteift. Seine Augen bohren Löcher in meine Seele, als er wissen will: »Warum?«

»Weil sie auch zu meinem alten Leben gehört – das, in dem ich dich noch nicht gehasst habe – und du dieses vernichtet hast. Also habe ich die Kette ebenfalls vernichtet.«

Das stimmt nicht. Ich habe die Kette, die er mir geschenkt hat, bloß abgenommen und im Schlafzimmer unter der Matratze versteckt. Der Gedanke, ich hätte sie weggeworfen oder zerstört, soll ihm einfach wehtun.

Seine große, schwere Hand legt sich auf mein Bein, klammert sich darum. Davon stolpert mein Herz, bevor sich mein Schoß sanft zusammenzieht, was ich jedoch ignoriere.

»Amorita … Nur weil du etwas, das ich dir geschenkt habe, vernichtest, bekommst du mich trotzdem nicht aus deinem Leben. Meiner kannst du dich nicht einfach entledigen.«

Ich sage nichts darauf, sondern ziehe die Luft ein, als seine Hand höher gleitet. Er lehnt sich mit dem Oberkörper über mich, seine Augen fest auf meine gerichtet. Sie tragen ein solch dunkles Verlangen in sich, dass mir eiskalt wird. Und irgendwie trotzdem heiß. Mein Körper arbeitet wie immer gegen mich. Ich kann die tiefe Sehnsucht nach mir in seinen Augen erkennen, aber heute ängstigt sie mich.

Weil ich dieselbe Sehnsucht nach ihm und seinem Körper verspüre und mich deswegen hasse. Ich weiß, dass ich mich nur noch mehr hassen würde, wenn ich ihr – und damit ihm – nachgebe. Das wird nicht passieren.

Ich hätte mich ihm gar nie erst hingeben dürfen. Niemals. Hätte nie zulassen dürfen, dass mir dieser Mann körperlich und emotional nahekommt. Das war der größte Fehler meines Lebens.

Denn wo hat es mich hingebracht?

In eine kanadische Hölle.

»Wir müssen beide ein bisschen Stress abbauen, meinst du nicht?«, raunt er mir zu, seine Stimme dunkel und schmeichlerisch. Ich versteife mich spürbar, als seine Hand zum Bund meiner Jogginghose gleitet. »Vielleicht mögen wir uns wieder ein wenig mehr, wenn wir gefickt haben. Wir ficken schließlich so gut.«

Obwohl ich es schätze, dass er mir die Wahl lässt, indem er nicht einfach über mich herfällt und mich nimmt, sträubt sich alles in mir dagegen. Ein primitiver Teil in mir mag die Vorstellung, dass wir unsere Wut aneinander auslassen, indem wir miteinander vögeln. Aber mein Verstand ist lauter und beschwört mich, es nicht zu tun.

Also ergreife ich die Chance, eine Wahl treffen zu können. Diese habe ich nicht allzu oft.

»Nein.« Entschlossen schiebe ich seine Hand von mir und erwidere seinen Blick feindselig. »Ich will nicht.«

Mein Herz klopft heftig gegen meine Rippen, als sich seine Augen in meine brennen. Sie lodern gefährlich und wirken genauso entschlossen, wie ich es bin. Dennoch signalisiere ich ihm weiterhin deutlich, dass er seine Finger von mir lassen soll.

»Was denkst du, Amorita, wie es nun weitergehen soll?«, fragt er mich mit herausfordernder Stimme. »Du verweigerst dich mir und wir streiten jeden Tag?«

Ich zucke mit den Schultern. »Vermutlich.«

»So ein Leben führe ich nicht mit dir«, lässt er mich wissen.

»Dieses Leben hast du dir aber ausgesucht«, provoziere ich ihn. »Das sind die Konsequenzen deines Handelns. Niemand sonst ist dafür verantwortlich, nur du.«

Als ich bewusst dieselben Worte wähle wie er bei unserem Streit nach unserer Ankunft, spannen sich seine markanten Gesichtszüge an. Ein dunkler Schatten verschluckt all die Sehnsucht in seinen Augen.

»Gute Nacht«, sage ich, erhebe mich und atme tief aus, als ich feststelle, dass er mir nicht ins Schlafzimmer folgt.

Diesmal verriegele ich nicht die Tür, weil ich weiß, dass er nicht zu mir kommen wird.

Würde er sich nehmen wollen, wonach alles in ihm verlangt, hätte er es bereits getan.

So wie immer.

Zwei Wochen sind vergangen, seit Zade mich nach Kanada verschleppt hat. Zwei verdammte Wochen, seit mein Leben so trostlos ist wie der Ort, an dem ich es verbringe.

Unsere Tage laufen immer nach dem gleichen Schema ab: Wir frühstücken schweigend zusammen, gehen einkaufen und spazieren, später kocht einer von uns beiden etwas und wir essen wieder zusammen. Abends schauen wir still eine Fernsehsendung, bevor wir getrennt zu Bett gehen. Zade übernachtet weiterhin auf der Couch, was mir nur recht ist.

Das ist die Hölle auf Erden. Wir haben in den letzten Tagen so gut wie kein Wort miteinander gewechselt. Nachdem er zu Beginn noch mehrmals versucht hat, Gespräche mit mir zu starten und sich um eine bessere Stimmung zwischen uns bemüht hat, hat er schließlich aufgegeben. Nun lässt er mich völlig in Ruhe, und wir koexistieren einfach. Wie Mitbewohner, die sich nicht viel zu sagen haben. Und auch nicht besonders gut leiden können.

Selbst auf unseren Spaziergängen reden wir kaum miteinander. Wir haben es zu unserer Routine gemacht, einmal täglich rauszugehen und die Stadt zu erkunden. Es gibt ein paar nette Stadtwanderwege, die wir entdeckt haben, die sehr grün und sehenswert sind. Diese Spaziergänge sind das einzig Schöne an meinen Tagen. Ich genieße es, täglich neue Routen zu entdecken. Gestern waren wir an einem hübschen Fluss, in dem unendlich viele Biber geschwommen sind.

Ich wünschte, ich hätte wenigstens Kopfhörer und ein Handy, um Musik zu hören. Manchmal ist die Stille zwischen Zade und mir so laut, dass ich sie kaum ertrage. Ich weiß, dass es ihm genauso gehen muss, doch als ob er mich damit quälen wollte, bricht er sie nicht. Als ob er denkt, dass ich diesen Zustand zwischen uns ohnehin nicht mehr lange aushalten werde und er schließlich gewinnen wird.

Täglich ermahne ich mich, das nicht geschehen zu lassen. Er hat es nicht verdient.

Dennoch schwindet meine Wut von Tag zu Tag mehr. Ich hasse ihn für das, was er getan hat, aber ich hasse ihn nicht wirklich. All die negativen Gefühle ihm gegenüber lösen sich allmählich in Luft auf, weil sie von der Sehnsucht in mir verdrängt werden. Ich vermisse es, mit ihm zu reden und von ihm berührt zu werden. Vermisse die Art, wie er mich *Amorita* nennt, und unseren leidenschaftlichen Sex. Ich vermisse sogar unsere gemeinsamen Trainingsstunden.

Am meisten fehlt es mir, nachts von ihm gehalten zu werden. Das hat mir paradoxerweise immer ein solch sicheres und beschütztes Gefühl verliehen.

Zade macht jeden Tag Sport. Entweder geht er früh morgens eine Runde laufen oder er macht abends noch ein paar Übungen. Er hat sich Gewichte gekauft, um Krafttraining zu betreiben, und nutzt auf unseren Spaziergängen alle sich ihm bietenden Gelegenheiten, um ein Workout zu machen. Letztens haben wir eine Art Trainingsplatz entdeckt, auf dem es metallene Stangen in einem Käfig gab, an denen er trainiert hat.

Wenigstens hat er ein Hobby. Mir hingegen ist sterbenslangweilig.

Außerdem hat mir der Tablettenentzug schwer zu schaffen gemacht. In den ersten Tagen war ich so reizbar und empfindlich, dass ich bei gefühlt jedem Wort, das Zade von sich gegeben hat, an die Decke gegangen bin. Es war schwer, wieder von den Tabletten loszukommen, aber allmählich geht es mir besser. Dennoch denke ich täglich daran, wo ich eine Xanax herbekommen könnte.

Täglich verfolge ich auch die Nachrichten, doch nach wie vor wird nichts über Zade oder mich berichtet. Ich verstehe es einfach nicht. Allmählich verliere ich die Hoffnung, dass nach mir gesucht wird. Aber wie könnte das sein?

Immer noch geht ein realitätsferner Teil in meinem Hirn davon aus, dass dieser Zustand hier bloß ein dummer Machtkampf zwischen uns beiden ist. Dass Zade mir, nachdem er mich genug für meinen Verrat bestraft hat, mein Leben wieder zurückgeben wird. Es ist, als könne ich einfach nicht akzeptieren, dass es mein Leben, wie ich es kannte, nicht mehr gibt.

Mir fehlt meine Schwester. Ich vermisse sie so sehr, dass es wehtut. Mir fehlen mein Job und die Möglichkeit, unter Menschen zu kommen. Mir fehlen mein vertrautes Bett und all meine persönlichen Sachen. Ich will mein Handy zurück, will meine Kleidung zurück, will mein Auto wiederhaben.

Ich will frei sein, nicht gefangen.

Als ich heute Mittag aus dem Badezimmer komme, stoße ich mit Zade zusammen. Keuchend weicht er einen Schritt zurück und wischt sich mit einem Handtuch den Schweiß von der Stirn. Er trägt bloß Shorts, sein Oberkörper ist verschwitzt und verströmt Hitze wie ein Ofen. Er hat wohl wieder trainiert.

»Bist du fertig?«, will er knapp wissen, woraufhin ich nicke.

Mein Blick haftet etwas zu lang an ihm. Er hat sich in den letzten beiden Wochen optisch verändert, und ich würde eher Gift schlucken, als es zuzugeben, aber nun gefällt er mir sogar noch besser. Er hat sich einen Bart stehen lassen, der inzwischen recht dicht ist, und kürzt sein Haar alle drei Tage auf ein paar Millimeter. Meine neue Frisur mag ich deutlich weniger als seine. Ich hasse den Blondton, weil er billig wirkt und nicht zu mir passt.

Als ich zur Seite gehe, damit er eintreten kann, sage ich: »Ich würde heute gerne in die Bibliothek.«

Achtlos wirft er das feuchte Handtuch ins Waschbecken und zerrt sich die Shorts von den muskulösen Beinen. »Warum?«

Ich schlucke, als ich ihn in all seiner Pracht und Männlichkeit vor mir habe. Nun ist er splitterfasernackt. So verschwitzt ist sein Körper noch viel verführerischer. Durch das Training treten seine Muskeln deutlicher hervor, und ich kann den Schweißtropfen mit den Augen folgen, die in den tiefen Einkerbungen an seinem Bauch herabwandern.

»Ich möchte mir ein paar Bücher ausleihen.« Meine Zunge ist belegt.

Seine blauen Augen mustern mich flüchtig, ehe er nickt. Dann wendet er sich der Dusche zu und ich ziehe mich zurück.

Aus einem Impuls heraus schließe ich die Tür nicht, sondern lehne sie nur an. Verstohlen beobachte ich ihn durch den schmalen Spalt dabei, wie er seinen Körper wäscht. Er verteilt die schäumende Seife auf seinem Oberkörper und dann auf seinem Kopf. Mir wird warm dabei, ihm zuzusehen, und zwischen meinen Beinen pocht es verdächtig.

Das ärgert mich immens. Warum reagiere ich immer noch so auf ihn? Ich hatte gehofft, unsere körperliche Distanz würde meinen Körper dazu bringen, sich von seinen Berührungen zu entwöhnen – sogar zu vergessen, wie es sich angefühlt hat, sich mit seinem zu vereinen –, aber nichts dergleichen. Stattdessen sorgt unser schweigsames nebeneinanderher Leben bloß dafür, dass ich mich immer mehr nach ihm sehne und förmlich verzehre.

Als ich ihm dann dabei zusehe, wie er an seinen Schwanz greift und diesen langsam zu massieren beginnt, beginnen meine Wangen zu brennen. Mein Schoß zieht sich ruckartig zusammen.

Er besorgt es sich, weil ich es ihm nicht besorge.

Unwillkürlich erinnere ich mich daran zurück, als ich ihm zum ersten Mal dabei zugesehen habe, wie er Hand anlegt. Er war ebenfalls in der Dusche – in meiner Dusche –, nur stand ich damals mit ihm darin. Er hat mich bloß angesehen und war von meinem nackten Anblick so erregt, dass er zu einem heftigen Orgasmus gekommen ist.

Ich frage mich, was er sich heute vorstellt, während er sich einen runterholt.

Nachdem er damals aus der Dusche gestiegen ist, habe ich es mir ebenfalls selbst besorgt. Die Erinnerung macht mich zu meinem Unmut ganz wuschig.

»Komm rein, wenn du möchtest.«

Ich zucke ertappt zusammen und trete abrupt von der Tür zurück.

Verdammt. Er hat mich bemerkt. Das wollte ich nicht.

»Aber wenn du es tust, sei dir im Klaren darüber, dass wir es heute nicht mehr zur Bibliothek schaffen«, fügt er wie eine Drohung hinzu.

Ich beiße mir auf die Lippe und zögere.

Nein, Lauren! Gib ihm nicht nach.

»Ich warte im Wohnzimmer auf dich«, murmele ich eilig und zwinge mich, mich von der Tür zu entfernen.

Enttäuschung nistet sich in meiner Brust ein. Insgeheim wünschte ich mir, er würde mich einfach zwingen, zu ihm in die Dusche zu steigen.

Ich schüttele über mich selbst den Kopf. Früher habe ich mir inständig gewünscht, dieser Mann würde mich in Ruhe lassen und meine Wünsche akzeptieren, und nun bin ich enttäuscht darüber, dass er es tatsächlich tut. Immerhin habe ich ihm klar gemacht, dass ich weder daran interessiert bin, mit ihm zu plaudern und unser Kriegsbeil zu begraben, noch daran, mit ihm ins Bett zu steigen.

Was zur Hölle stimmt also nicht mit mir? Bestimmt ist es nur die Einsamkeit, die mich solche Dinge fühlen und denken lässt. Ich habe hier nichts und niemanden, nur ihn.

Und ihn auch nicht richtig.

Als wir später in die Bibliothek fahren, schweigen wir uns wieder an. Zade wartet auf einer Couch zwischen all den hohen Bücherregalen auf mich, während ich mich durch die Gänge und Bücher stöbere. Dieser Ort ist solch ein Kaff, dass es keinen richtigen Buchladen gibt, wo man Bücher kaufen kann, sondern bloß diese alte Bibliothek, in der ich sie ausleihen und wieder zurückgeben muss. Wenigstens gibt es auch moderne Bücher aus den letzten Jahren zu finden.

Ich hasse diesen Ort. Die Kleinstadt hat absolut nichts zu bieten. Wie die wenigen Einwohner hier nicht allesamt depressiv und suizidgefährdet sind, kann ich beim besten Willen nicht verstehen.

»Wo haben sie noch weitere Thriller wie diesen?«, frage ich eine Angestellte, als ich sie beim Einsortieren einiger Bücher entdecke.

Die ältere Dame setzt ihre Brille auf und wirft einen Blick von der Leiter zu mir nach unten. Ich halte das Buch in die Höhe, da murmelt sie: »Zeige ich Ihnen gleich.«

Nachdem sie mühevoll heruntergestiegen ist, folge ich ihr durch die Bibliothek, in der ein paar jüngere Leute an Tischen sitzen und lernen. Manche sitzen auch hinter den alten Computern, für deren Internetbenutzung man zahlen muss.

»Bekomme ich von Ihnen das Passwort für das WLAN?«, erkundige ich mich aus einem Impuls heraus.

Die ergraute Dame nickt. »Kostet aber was.«

Mich nach Zade umsehend, fische ich eilig ein paar Münzen aus meiner Hosentasche. Es handelt sich um das Wechselgeld von unserem letzten Einkauf. »Reicht das?« Ich halte ihr das Geld entgegen.

Durch ihre dicke Brille blickt sie stirnrunzelnd darauf herab und schnappt sich dann drei der Münzen. »Das Passwort lautet: Dauphin0101. Es wird täglich geändert. Sie können einen der Computer bis zur Schließung heute Abend nutzen.«

»Danke«, murmele ich und sehe rasch weg, als ich Zades Blick auf mir spüre. Immer noch sitzt er auf der Couch und wartet geduldig auf mich.

Nachdem mir die Angestellte die anderen Thriller gezeigt hat, schnappe ich mir noch zwei davon und kehre zu Zade zurück. Ich deute ihm, dass wir gehen können, woraufhin er sich still erhebt. Wir gehen zu dem U-förmigen Pult, hinter dem sich einige Menschen der Reihe nach aufgestellt haben.

»Da müssen wir wohl warten«, murmele ich vor mich hin. Mein Blick zuckt zurück zu den Computern, von denen sich ein paar hinter einem deckenhohen Regal befinden und somit außer Sichtweite sind. »Kann ich mich inzwischen noch weiter umsehen? Vielleicht finde ich doch noch ein paar mehr Bücher.«

Zade nickt und nimmt mir die Bücher aus der Hand. »Wie lange willst du sie ausleihen?«

Ich zucke mit den Schultern und wende mich ab. »Eine Woche, oder so.« Das erscheint mir ein guter Zeitraum, denn das garantiert, dass ich in einer Woche wiederkommen muss, um sie zurückzubringen. Sollte ich es also jetzt nicht schaffen, den Computer zu benutzen, bietet sich mir in einer Woche eine neue Gelegenheit.

Angeblich auf die vielen Bücher konzentriert, schlendere ich erst durch einen Gang, in dem Zade mich noch beobachten kann – was er auch tut –, ehe ich um die Ecke biege und sofort auf einen der freien Computer zusteuere. Hektisch lasse ich mich auf den Stuhl hinter dem Tisch fallen und tippe mehrmals ungeduldig auf die Maus, sodass der alte Bildschirm aufleuchtet.

Ich gebe erst das auf der Tastatur notierte Passwort für den PC, dann das WLAN-Passwort ein und öffne umgehend den Internetbrowser.

Mein Herz klopft wie verrückt, als ich in die Suchleiste meinen Namen eintippe.

Sofort blitzen ein Dutzend Artikel aus amerikanischen Zeitungen auf.

Mir sackt das Herz in die Hose.

Der erste Artikel stammt aus der *Colorado Springs Gazette*, unserer örtlichen Zeitung. Der Titel lautet: Beraterin der örtlichen Telefonseelsorge auf tragische Weise ums Leben gekommen.

WAS?

Ohne zu zögern, klicke ich darauf und ärgere mich über die lange Downloadzeit. Als der vollständige Artikel, der mit einem früheren Datum versehen ist, endlich aufscheint, überfliege ich mit rasendem Herzen und krampfendem Magen die Zeilen.

Es ist eine Tragödie, wie sie in unserer kleinen Gemeinde noch nie vorkam: Lauren Lane, ausgebildete Psychologin und Beraterin bei der örtlichen Telefonseelsorge, wurde vor drei Tagen tot in ihrem Haus aufgefunden. Die Story dahinter ähnelt einem Film: Der örtlichen Polizei zufolge, die in diesem Fall eng mit dem FBI zusammenarbeitet, hat ein ehemaliges Bandenmitglied, das sich vor Jahren von seiner Organisation abgewendet und diese an das FBI verraten hat, die unschuldige Frau mit sich in den Tod gerissen, als er ein Feuer in ihrem Haus gelegt hat. Dieses hat er selbst nicht überlebt, wie es wohl sein Plan gewesen war, um dem Gefängnis zu entkommen. Die junge Psychologin war einst mit dem Mann liiert, mit dem Zade Raoni als Spitzel zusammengearbeitet hat. Agent Frederick Malone, leitender Agent in diesem Fall, gibt bekannt, dass Matt Hanes, ehemaliger FBI-Agent, mit großer Wahrscheinlichkeit ebenfalls durch die Hände von Zade Raoni starb. Sein Tod liegt einige Monate zurück. Seither hat der Schwerverbrecher, der früher mit Frauen gehandelt hat, Lauren Lane monatelang belästigt. Diese wandte sich schließlich heim-

lich an ihren früheren Bekannten Agent Frederick Malone, um
aus dieser Hölle zu entfliehen. Gerüchten zufolge lebte das
ehemalige Kartellmitglied sogar bei Ms. Lane zu Hause, zwang sie
in eine Beziehung mit ihm. Agent Frederick Malone spricht von
einem Verbrechen bestialischer und unmenschlicher Natur. Ein
Verbrechen aus Leidenschaft und Hass …

»Tragisch, nicht wahr?«

Ich wirbele auf meinem Sitz herum und starre mit großen
Augen zu Zade auf, der den Bildschirm düster betrachtet.
Seine Augen überfliegen die letzten Zeilen des Artikels.

»Was …«, entfährt es mir, doch dann stocke ich. Ich weiß
gar nicht, welche Frage ich ihm zuerst stellen soll. »Warum –«

»Nicht hier«, unterbricht er mich.

Völlig durcheinander erhebe ich mich und folge ihm
widerwillig nach draußen. Ich bin ganz schwach auf den
Beinen. In meinem Kopf poltern die vielen Fragen, die der
Artikel bei mir hervorgerufen hat.

Warum zur Hölle geht man davon aus, dass Zade und ich
bei dem Feuer in meinem Haus ums Leben gekommen sind?
Das ergibt keinen Sinn.

Aber jetzt ergibt es wenigstens Sinn, weshalb nicht nach
mir oder ihm gesucht wird.

Lass uns zusammen sterben, Amorita.

Das meinte er also damit. Er wollte, dass wir für die
Öffentlichkeit sterben. Er hat auf irgendeine Weise unseren
Tod vorgetäuscht.

Ich kann nicht aufhören, ihn anzustarren, als wir zu
seinem Wagen marschieren, dessen Nummernschilder er zur
Sicherheit getauscht hat. Er verstaut meine Bücher im
Kofferraum und lässt sich schweigend auf dem Fahrersitz
nieder.

Ungeduldig steige ich auf der Beifahrerseite ein und foltere ihn mit meinem Blick, damit er endlich mit der Sprache rausrückt.

Zade lehnt sich an die Mittelkonsole und streicht geschmeidig über seinen Kiefer, bevor er meinen durchbohrenden Blick erwidert. Seine unrasierten Wangen verleihen seinem Gesicht einen dunklen Rahmen, lassen es noch maskuliner erscheinen. »Ich habe zwei Leichen in deinem Haus platziert, bevor ich es in Brand gesteckt habe.«

Mir stockt der Atem.

Zwei Leichen?

»Es waren zwei Obdachlose«, eröffnet er mir, als würde das irgendetwas besser machen. Seine Stimme klingt beängstigend neutral in Anbetracht dessen, dass er mir gerade zwei Morde beichtet. »Sie mussten nicht sehr leiden.«

»Du … du hast …« Alles um mich herum verschwimmt. Ich atme zittrig aus und schüttele entgeistert den Kopf. »Du hast zwei Menschen ermordet, um den Anschein zu erwecken, dass wir zusammen in meinem Haus gestorben sind?«

Bitte, lass mich ihn falsch verstanden haben. Lass ihn durch einen Zufall zwei Leichen gefunden und diese in meinem Haus platziert haben.

Seine Worte zwingen mich jedoch, der brutalen Realität ins Auge zu sehen. *Seiner Brutalität* ins Auge zu sehen.

»So ist es.«

Fassungslos lehne ich mich im Sitz zurück, weg von ihm. Meine Brust verkrampft sich aufgrund unterschiedlicher Gefühle. Einerseits bin ich wieder einmal entsetzt über sein Verhalten, seine Brutalität und Gnadenlosigkeit und darüber, dass er damit umgeht, als wäre das vollkommen normal und zu rechtfertigen. Andererseits bin ich absolut verzweifelt, nun zu erkennen, dass mich niemand aus diesem Schlamassel retten wird. Niemand sucht nach mir.

Die Welt hält mich für tot.

»Ich war mir nicht sicher, ob Malone tatsächlich glaubt, dass wir die beiden Personen in dem Haus waren«, redet er genauso neutral weiter, als ginge es ums Wetter. »Aber offenbar wurden uns die Leichen zugeordnet, trotz der fehlenden Zähne. Somit hat sich dieser Fall für die Behörden erledigt. Alles ist gelaufen, wie ich es wollte.«

»Fehlende Zähne?«, würge ich hervor.

Zade nickt, der Ausdruck in seinen Augen unberührt und gleichgültig. »Ich musste den Toten die Zähne ziehen, damit man nicht feststellen kann, um wen es sich bei den Leichen handelt. So konnten sie zwar auch nicht zweifellos feststellen, dass es sich dabei um uns beide handelt, aber auch nicht etwas Gegenteiliges beweisen. Es ist naheliegend, was in deinem Haus geschehen ist, und sollte jemand Zweifel daran hegen, wird sich jede Spur, der er nachgeht, im Sand verlaufen. Niemand wird uns je finden.«

Ich bekomme Probleme mit meiner Atmung und schließe krampfhaft die Augen.

»Shsh«, macht er, als ich auf eine Panikattacke zusteuere. Seine Finger streichen sanft über meine Wange, doch ich entziehe mich seinem lächerlichen Trostversuch. »Nicht aufregen, Amorita. Es ist ohnehin bereits passiert und nun kann man nichts mehr daran ändern.«

»Du bist …« Ich verstumme und greife mir an die Brust. *Atmen, Lauren, atmen.* »Du hast zwei unschuldige Menschen getötet.«

Zade wendet den Blick von mir ab, startet den Motor und fährt uns zurück zu dem Haus, das er als unser neues Zuhause erwählt hat. »Das sind nur zwei weitere Namen auf einer sehr, sehr langen Liste.«

7
ZADE

*E*s ist bereits spät, als ich höre, wie Lauren das Schlafzimmer verlässt. Ich habe mich darauf getrimmt, aufzuwachen, sobald sie in der Nähe ist. Ich lasse nicht zu, dass mir meine störrische Frau entwischt.

Heute hat sie darauf verzichtet, mit mir zu Abend zu essen. Sie hat sich nach unserem Besuch in der Bibliothek im Schlafzimmer verkrochen, nachdem wir uns die restliche Autofahrt über angeschwiegen haben. Ich verstehe, dass sie einiges zu verdauen hat, da ihr die Tragweite meiner Tat erst jetzt richtig bewusst wird. Sie kennt nun alle Puzzleteile und braucht etwas Zeit, um sich damit abzufinden.

Natürlich war mir klar, dass sie auf die Information, dass ich zwei Leben genommen habe, nicht sehr gut reagieren wird. Deswegen habe ich es ihr nicht selbst gesagt. Ich hatte gehofft, dass wir bereits an einem anderen Punkt wären, wenn sie davon erfährt, aber jetzt ist es so passiert und kann nicht wieder ungeschehen gemacht werden. Im Grunde bin ich eigentlich froh darüber, dass es nun keine Geheimnisse mehr zwischen uns gibt. Die Details unserer Flucht aus dem Land waren das Einzige, das unausgesprochen zwischen uns war.

Deswegen war ich auch nicht wütend, als ich sie an einem der Computer erwischt habe. Irgendwie hat es mich erleichtert, dass sie die Geschichte in einem Zeitungsartikel zu lesen bekam, anstatt dass ich sie ihr erzählen musste.

Ich höre ihre schnellen, entschlossenen Schritte, bevor sie mit einem genauso entschlossenen Blick im Wohnraum stehenbleibt. Mit verschränkten Armen taxiert sie mich im Dunkeln aus einigen Metern Entfernung. Nur das Licht der Straßenlaterne, das durch das Fenster scheint, gibt ein wenig Helligkeit ab, sodass ich sie problemlos sehen kann.

Und auch, wie finster mich ihre Augen mustern.

Als ich mich aufrichte, platzt sie hervor: »Ich will meine Schwester kontaktieren. Sie soll nicht denken, dass ich tatsächlich tot bin. Das ist grausam.«

Ich schüttele mir den unruhigen Schlaf ab und hebe eine Augenbraue. »Und wie stellst du dir das vor?«

»Ich stelle mir vor, dass du mir dein Telefon gibst und ich sie anrufe«, erklärt sie mir, ihre Stimme fordernd und bemüht gefasst.

»Nun«, setze ich ruhig an und stütze mich mit den Unterarmen auf meine nackten Oberschenkel, während ich breitbeinig und entspannt dasitze. »Das wird nicht passieren.«

»Brooke trauert um mich, obwohl ich gar nicht tot bin!«, wirft sie mir fuchsteufelswild vor.

Lange konnte sie ihre Fassung nicht wahren. Anscheinend hat sie die letzten Stunden genutzt, um meine Tat gedanklich in ihre Einzelteile zu zerlegen und zu analysieren, welche Folgen sie für sie und alle Beteiligten nach sich zieht.

»Kannst du dir vorstellen, wie sie sich fühlen muss?«, will sie vorwurfsvoll wissen.

»Ein bisschen«, antworte ich, woraufhin sie die Stirn runzelt. »Ich trauere auch um meine süße, anschmiegsame Amorita, die es mochte, mit mir zu ficken und mich bei sich zu haben, auch wenn sie das nie offen zugegeben hat. Offenbar ist sie auch gestorben.«

Ein missbilligendes Schnauben entfährt ihr. Ihr Anblick macht mich trotzdem hart. In diesen kurzen Shorts und dem engen weißen Tanktop, mit diesem unordentlichen blonden Zopf, bringt sie mich ungewollt auf ganz andere Gedanken als meine grausame Tat und ihre arme Schwester, die unter dieser zu leiden hat.

Es ist zu lange her, dass ich sie mir genommen habe. Ich kann verfickt noch mal nicht mehr klar denken. Der einzige Weg, sicherzustellen, nicht wie ein wildes Tier über sie herzufallen, ist der, ihr fernzubleiben und sie am besten gar nicht richtig zu beachten. Genau das tue ich seit gut eineinhalb Wochen. Genauso wie ich versuche, meine angestaute Energie beim Sport loszuwerden.

Es hilft dennoch nicht, den dunklen Hunger in mir zu stillen. Auch nicht, dass ich mir mehrmals am Tag einen runterhole, während ich an unsere heißen Stunden zurückdenke. Ich schwelge in den Erinnerungen an frühere Zeiten und werde dadurch immer frustrierter.

Ich weiß, dass ich mir meine Frau einfach nehmen könnte. Ich könnte ihr meinen Willen aufzwingen und wüsste, dass sie es sogar genießen würde.

Dieses Wissen macht es mir nicht leichter, an meinen guten Vorsätzen festzuhalten, die besagen, darauf zu warten, dass sie von selbst auf mich zukommt.

Mit dem heutigen Tag haben wir wohl wieder einen großen Rückschritt gemacht.

»Brooke wird nichts verraten«, versucht sie mir nun weiszumachen. »Bitte, ich will mich doch nur bei ihr melden, damit sie weiß, dass alles gut ist …«

»Sie wird Agent Malone anrufen«, bin ich mir sicher. »Deswegen ist das keine Option. Tut mir leid, Amorita.«

Üble Beschimpfungen gleiten über ihre Lippen, die ich geflissentlich ignoriere.

»Ist dir eigentlich klar, was du mir damit antust?«, fragt sie dann und fast verdrehe ich meine Augen, weil sie immer wieder auf denselben Dingen herumreitet. Irgendwann ist es auch mal genug. Ich reibe ihr auch nicht täglich unter die Nase, dass sie eine miese Verräterin ist.

»Ja«, sage ich also einfach erschöpft. Ich hielt es für unmöglich, dass ich einmal genervt von dieser Frau sein könnte. So sehr ich auch bereit bin, alles über mich ergehen zu lassen, um von ihr zu bekommen, was ich will, so wenig ertrage ich ihre Tiraden allmählich noch.

»Ist dir klar, um was du mich alles beraubt hast?«, fährt sie dennoch damit fort, mich anzukeifen. Aus ihren grünen Augen spritzt Gift in meine Richtung, als sie auf mich zustampft und immer lauter wird, während sie dieselben Dinge wiederholt, die sie mir schon mehrmals an den Kopf geworfen hat, als würde das irgendetwas ändern. »Du hast mir alles weggenommen, Zade. Du hast mir die einzige Familie genommen, die ich noch hatte. Die arme Brooke muss todtraurig und völlig verzweifelt sein! Du sperrst mich hier an diesem Ort mit dir ein, der einfach nur furchtbar ist und –«

»Wenn du nicht sofort still bist, bringe ich dich zum Schweigen«, unterbreche ich sie aus einem dunklen Impuls heraus. Meine Augen warnen sie zusätzlich davor, fortzufahren. »Ich will mir denselben Scheiß nicht andauernd anhören, verstehst du das?«

Beinahe empört verzerrt sich ihr hübsches Gesicht. »Wie

bitte?« Nun schießen ihre Augen zusätzlich giftige Pfeile auf mich. »Anstatt dich bei mir zu entschuldigen und zu versuchen, das wiedergutzumachen, sagst du *so etwas?*«

Jetzt werde ich wütend. Ich kann spüren, wie sich mein Körper anspannt, als ich mich erhebe und einen Schritt durch den dunklen Raum auf sie zumache. »Hast du dich je bei mir entschuldigt?«

»Hm?«, macht sie, obwohl sie mich ganz genau verstanden hat.

»Weil du mich hintergangen und an das FBI verraten hast?« Ich mache noch einen Schritt auf sie zu, sie weicht zurück. »Darüber reden wir nie.«

»Was gibt es da groß zu reden«, murmelt sie und bemüht sich, meinem harten Blick tapfer standzuhalten. »Ich habe keine zwei Menschen geopfert, um meinen Plan durchzuziehen! Deine Tat war viel schlimmer als meine.«

»Und wenn du einhundert Menschen dafür geopfert hättest, wäre es mir scheißegal«, knurre ich. »Du hast mein Vertrauen zu dir geopfert. Du hast damit alles zerstört, was sich zwischen uns entwickelt hat. Und wage es nicht, zu behaupten, dass sich unsere Beziehung nicht verändert hat, bevor uns dein grandioser Plan um die Ohren geflogen ist.«

»Du bist einfach unfassbar«, zischt sie und weicht dadurch dem aus, was ich gesagt habe. Gleichzeitig will sie den Raum verlassen, doch ich ergreife ihren Arm und ziehe sie mit einem Ruck zu mir zurück. Erschrocken keucht sie auf.

Ich lasse sie weder vor mir fliehen noch vor meinen Anschuldigungen.

»Äußere dich dazu«, fordere ich streng von ihr.

Ihre grünen Augen tragen ein nervöses Funkeln in sich, als sie in mein Gesicht aufsieht. Lange sagt sie nichts, bevor sie schließlich leise murmelt: »Da wusste ich ja auch noch nicht, wie sich die Dinge zwischen uns entwickeln werden.«

Ich ziehe die Augenbrauen zusammen.

Sie windet sich, als sie gesteht: »Als ich mich an Agent Malone gewandt habe, war es noch anders zwischen uns. Noch nicht so … intensiv. Da … da fühlte ich noch nicht, was ich später fühlte.«

Ich lasse ihren Arm los. »Und was fühltest du später?«

»Das sagte ich dir schon«, murmelt sie befangen.

»Sag es noch einmal«, befehle ich ihr.

Nun funkelt sie mich wütend an. Ihre Wangen werden ganz rot, als sie aufbrausend sagt: »Was bringt es dir, wenn ich dir sage, dass ich irgendwie glücklich mit dir war? Mich an dich gewöhnt habe? Dich irgendwann gerne um mich hatte, ha? Was bringt es *uns?* Du hast alles kaputtgemacht!«

»Ich habe nichts kaputtgemacht, sondern gerettet«, erkläre ich ihr ruhig, mein Tonfall versöhnlich. »Es gab keinen anderen Ausweg für uns, um weiter zusammenzubleiben.«

»Mag sein«, gibt sie zu und schluckt schwer. »Aber dabei musste nur ich Opfer bringen, nicht du.«

Ein freudloses Lächeln bildet sich auf meinen Lippen. »Was hätte ich für uns opfern können, Liebling? Ich hatte bereits nichts mehr, nur dich. Du warst und bist alles, was ich habe. Alles, was mir wichtig ist. Und dich wäre ich nie bereit zu opfern, wie meine Tat deutlich gezeigt hat. Es tut mir leid, dass ich alles, was du besaßt, opfern musste, um uns zu retten, aber ich würde es immer wieder tun.«

Tränen treten in ihre Augen, wodurch sie glasig werden. Ich kann förmlich sehen, wie schnell ihr kleines Herz gegen ihre Rippen pocht. Ihre Hände zittern an ihren Seiten.

»Deswegen kann ich mich nicht aufrichtig bei dir entschuldigen«, fahre ich angespannt fort. »Weil es mir im Grunde nicht leidtut, was ich getan habe. Ich will nicht ohne dich sein. Ich werde nie wieder ohne dich sein. Und dass dafür unschuldige Menschen ihr Leben geben mussten, ist mir auch egal. Ich würde jeden Menschen auf dieser Erde auslöschen, wenn das nötig wäre, um für immer mit dir zusammen zu sein.«

»Das ist so gestört«, wirft sie mir vor, klingt dabei aber nicht wütend. Im Gegenteil. Ihre Augen tragen nun einen ganz anderen Ausdruck als zuvor, was verrät, dass ihr meine Worte und mein eiserner Wille sowie meine Entschlossenheit, jedes Hindernis zu überwinden, um sie in meinem Leben zu behalten, insgeheim schmeicheln.

»Ja, vielleicht«, räume ich ein und mache einen Schritt auf sie zu. Diesmal weicht sie mir nicht aus. »Ich bin ein gestörter Mann. Aber auch ein verliebter. Und verliebte Männer kämpfen um ihre Frauen.«

»Noch nie hat ein Mann so sehr um mich gekämpft wie du«, flüstert sie, doch es klingt nicht, als wolle sie mir damit schmeicheln, sondern wie eine nüchterne Feststellung. »Ich weiß nicht, was ich davon halten soll.«

»Doch, das weißt du.« Ich überbrücke auch den letzten Abstand zwischen uns, sodass nicht einmal mehr ein Lineal zwischen unseren Körpern Platz hätte. Ihr Herz klopft gegen meines, als sich unsere Oberkörper berühren. »Es gefällt dir.«

»Aber es ist falsch.«

»Es gefällt dir trotzdem«, beharre ich, zu wissen, was sie fühlt, woraufhin sie mir nicht mehr widerspricht.

Mein dunkler Hunger auf sie nimmt überhand, je länger ich sie so nah vor mir habe und betrachte. Ich verzehre mich nach dieser Frau, als ob sie das wäre, was ich zum Überleben bräuchte. Mein Sauerstoff. Allmählich geht mir die Luft aus, weil sie so weit von mir entfernt ist, obwohl sie immer in der Nähe ist. Zum Greifen nah.

So wie jetzt.

Bereits bei dem Gedanken, wie leicht es wäre, sie zu packen und mir zu nehmen, tue ich es. Ich kann nicht einmal zu Ende denken, da finden meine Hände bereits ihre zierliche Gestalt. Eine Hand schiebt sich besitzergreifend in ihr Haar, zerstört ihren Zopf, die andere umschlingt sie wie eine Würgeschlange.

Dann prallt mein Mund verlangend und grob auf ihren. In meiner Inbesitznahme liegen keinerlei Zärtlichkeit oder Bitte um Erlaubnis.

Lauren wehrt sich trotzdem nicht dagegen. Ein überraschter Laut entgleitet ihren Lippen und vibriert an meinen, als ich meine Zunge dazwischen stoße und ihren Mund erobere. Es dauert einige Sekunden, bis sie den Kuss erwidert, und doch tut sie es.

Mit derselben Entschlossenheit, Leidenschaft und Grobheit.

Ihre schlanken Finger krallen sich in meine nackte Brust, als ich sie durch den Raum dränge und mit dem Rücken gegen die Wand stoße. Keuchend bohrt sie ihre Nägel in mein vernarbtes Fleisch. Meine Hand findet ihre Kehle und schlingt sich darum, um ihr jegliches Entkommen unmöglich zu machen, während ich sie weiterhin mit meinem Mund für mich beanspruche und verschlinge.

Ein Knurren wirbelt in meiner Kehle. Mein Schwanz ist schmerzhaft hart und die sengende Hitze, die durch meinen Körper strömt, lässt mich immer ungeduldiger und rauer mit ihr werden. Ich will diese Frau auf jede nur erdenkliche Weise besitzen; will meinen Schwanz in ihren Mund schieben und diesen ficken, will ihre Beine für mich spreizen und von ihr trinken; doch die letzten zwei Wochen ohne jede körperliche Nähe zu ihr fordern ihren Tribut und so bin ich bloß noch darauf aus, sie zu spüren. Mich in ihr zu vergraben und unsere Körper zu vereinen. Bloß noch darauf aus, dieses primitive Verlangen tief in mir zu stillen, das sich bereits wie ein Stein in meinem Magen festgesetzt hat.

Mit einem brutalen Ruck reiße ich mir die Shorts von den Oberschenkeln und ihre gleich mit. Lauren ächzt. Bereits etwas außer Atem blickt sie mir verhangen in die Augen, als ich mir ihre Beine um die Hüften schlinge, sie hochhebe und mit dem Rücken an die Wand presse.

Dann versenke ich mich bis zum Anschlag in ihr und stöhne animalisch auf. Sie gibt einen heiseren Schrei von sich und krallt sich in meinen Hals.

Verdammt. Wie sehr habe ich mich danach gesehnt, diese Frau auszufüllen? Zu fühlen, wie ihre engen Wände meinen breiten Schwanz zerquetschen, während sie ihn mit ihrer seidigen Nässe ummantelt? Ich könnte grölen wie ein Tier, das ein anderes erlegt hat.

Ohne Vorbereitung und ohne ein Wort, beginne ich, sie zu ficken. Ich tue es nicht langsam, nicht zärtlich, nicht auf eine Weise, als wolle ich ihr emotional nahekommen. In diesem Moment bin ich ein ausgehungertes Tier; ein Mann mit urtümlichen Bedürfnissen, die gestillt werden wollen.

Und einer, der immer noch Wut in sich trägt, weil ihn seine Frau hintergangen hat.

Lauren stöhnt laut und abgehackt, ihre grünen Augen von meinen gefesselt. Wir starren einander ohne zu blinzeln an, während ich sie hart und schnell gegen die Wand an ihrem Rücken ficke. Ich ziehe mich immer wieder weit zurück, nur um meine Hüften dann mit einem brutalen Stoß vorzuschieben, sodass ihre Wirbelsäule dagegen knallt. Es muss ihr wehtun, doch sie jammert nicht oder bittet mich, sanfter zu sein.

Weil sie das hier genauso sehr braucht und will wie ich. Ich kann es in ihrem befriedigten, lustvollen Blick erkennen, sehe die Verdorbenheit in ihren hübschen, unschuldigen Augen. Sie trägt auch eine dunkle Seite in sich, die gut mit meiner harmoniert, auch wenn ihr Kopf im Krieg mit mir steht. Unsere Körper wollen einander, verzehren sich nacheinander.

Das beweist auch der plötzliche Orgasmus, der sie überkommt. Er erschüttert ihren Körper und zerfetzt sie förmlich von innen heraus. Sie erzittert heftig und schreit auf, dabei wirft sie den Kopf zurück und kratzt mit den Nägeln über meinen Hals, an dem ihre früheren Kratzspuren erst verheilt sind.

Ich zwinge mich mit aller Kraft, meinen eigenen Orgasmus zurückzuhalten, weil ich noch lange nicht genug von ihr habe. Noch nicht genug davon, meine Wut und meinen Hunger an ihr auszulassen und abzubauen.

Und so ficke ich sie weiter, während meine Eier kribbeln und mein Schwanz in ihrer heißen, nassen Muschi pocht, bis sie lautstark wimmert, weil sie Schmerzen von meinen heftigen Stößen und dem Aufprallen mit der Wirbelsäule an der Wand hat.

Ich habe kein Mitleid mit ihr, doch dieser sanfte Teil in mir, den nur sie in mir hervorgelockt hat, der, der sie lieben und ihr nicht wehtun will, zwingt mich, einen Gang runterzuschalten. Also ziehe ich mich schwer atmend aus ihr, setze sie auf dem Boden ab und wirbele sie herum. Ihre Knie sind weich und zittern, deswegen presse ich meine Hand auf ihren Nacken und somit ihr Gesicht an die Wand.

Dann schiebe ich ihre Beine fordernd auseinander, mich wieder in sie und ficke sie weiter. Hart, schnell, wie manisch. Mein Griff um ihren Nacken ist fest, tut ihr aber nicht weh, und meine andere Hand krallt sich von hinten in ihre linke

Brust. Rabiat zerre ich das dünne Tanktop nach unten, um ihre heiße Haut zu fühlen. Ihre Brustwarzen ziehen sich sofort zu kleinen Knospen zusammen. Ich ziehe daran und beiße ihr in die Schulter.

»Oh Gott …«, stöhnt sie mehr gequält als erlöst, doch das stoppt mich nicht. Ich kann genau sehen, wie sehr es ihr gefällt, so von mir genommen zu werden. Gerade will sie mich nicht sanft, sie will mich nicht rücksichtsvoll und vorsichtig. Sie braucht diese Grobheit von mir, der sie vollkommen ausgeliefert ist.

»Amorita«, entfährt es mir mit einem dunklen Grollen, während ich immer weiter fest von hinten in sie stoße. Ein unanständiges Klatschen erfüllt den Raum, mischt sich unter unsere lustvollen Klänge. Ich gehe leicht in die Knie, um mich von unten in ihr zu versenken, wodurch ich sie noch tiefer ausfüllen kann. »Ich will dich so lange ficken, bis du mich um Verzeihung anflehst.«

Am besten, bis sie weint. Ich will, dass sie wegen ihres Verrates an mir Tränen vergießt. Obwohl ich sie in dieses neue Leben mit mir zwänge, reicht mir das nicht als Bestrafung für sie. Was sie getan hat, ist unentschuldbar. Sie muss mehr Abbitte leisten.

Dasselbe würde sie wohl auch von meiner Tat und mir behaupten.

»Ich komme«, lautet ihre unpassende Reaktion darauf, bevor sie sich ein weiteres Mal ruckartig um meinen Schwanz zusammenzieht.

Das macht mich wütend. Ich will sie bestrafen, nicht belohnen.

Noch während der Kontraktionen ihres Orgasmus ziehe ich mich aus ihr und drehe sie grob zu mir um. Sie presst die Beine stöhnend zusammen und wimmert an meinem Mund, als ich meinen hart darauf presse. Ich beraube sie allem Sauerstoff, den sie so dringend benötigt, dann drücke ich sie ohne Vorwarnung hinunter auf ihre nackten Knie.

Schwer atmend und immer noch nicht ganz bei sich, weil der Orgasmus in ihr nachhallt und ihren Körper beherrscht, packe ich ihre geröteten Wangen, zwinge sie, ihren Mund für mich zu öffnen und schiebe meine gesamte Länge hinein.

Sie würgt fast augenblicklich.

Mein Schaft ist von ihrer Lust nass, und meine Brust hebt und senkt sich schwer, während ich auf sie herabstarre. Ich ziehe mich zurück und schiebe mich wieder in ihren Mund. Bis zum Anschlag. Ihre Augen werden glasig, als sie demütig und unschuldig zu mir aufsehen. Ein stilles Flehen liegt darin, nicht so grob zu sein, doch ich ignoriere es. Denn sie ist nicht so unschuldig, meine süße Amorita, somit lasse ich ihr auch keine unschuldige Behandlung zuteilwerden.

»Lutsch meinen Schwanz«, befehle ich ihr rau, als wäre sie bloß irgendeine Frau, die ich aufgegabelt habe und nun zu meinem alleinigen Vergnügen benutze. »Und massier meine Eier. Gib dir Mühe.«

Es scheint sie nicht zu stören, dass ich sie wie eine Hure behandele. Willig und fast zu bemüht, mich zu befriedigen, greift sie an meine prall gefüllten Hoden und bewegt ihren Kopf rhythmisch vor und zurück. Sie lässt ihn in ihre zarte Kehle gleiten, bis sie würgen muss, und leckt gleichzeitig mit der Zunge darüber. Ihre Finger an meinen Eiern drücken und kneten mich sanft. Ihre Augen starren wie hypnotisiert in meine, während ich stöhnend und keuchend auf sie herabblicke. Ich nehme meine Hände weg, als ich bemerke, dass es gar nicht nötig ist, sie bei mir zu halten.

Sie bleibt freiwillig da.

Solange es geht, zögere ich meinen Höhepunkt hinaus. Ich

genieße, dass mir diese störrische, unnachgiebige Frau wortwörtlich zu Füßen liegt, oder in diesem Fall kniet, und habe dabei den Gedanken, dass ich möchte, dass sie einmal genauso hart um etwas kämpfen und sich bemühen muss, wie ich es ständig bei ihr tue. Sie soll all ihre Energie und Hingabe in ihre Arbeit stecken, so wie ich meine in sie. Sie soll nicht einfach etwas von mir bekommen, ohne sich erst richtig dafür angestrengt zu haben.

Früher waren die Umstände anders. Ich hatte zu kämpfen, nicht sie. Ich stand in ihrer Schuld.

Aber jetzt haben wir uns beide etwas zuschulden kommen lassen und müssen das nun wieder ausbügeln. Gemeinsam und jeder für sich.

Als eine Träne über ihre Wange kullert, weil sie zum wiederholten Mal würgen muss, spüre ich dunkle, beängstigende Befriedigung in mir. Nun bekomme ich doch noch die Tränen zu sehen, die ich mir von ihr gewünscht habe.

»Ich will mehr Tränen sehen.« Meine Finger fahren grob in ihr Haar, drücken ihren Kopf an mein Becken. »Wein' für mich, Amorita.«

Und das tut sie. Ohne es verhindern zu können, ziehen sich meine Eier mit einem Prickeln zusammen und etwas Heißes läuft mir wie Lava über den Rücken, verbrennt mich förmlich. Ich knurre und stöhne wie ein Tier auf, packe ihren Kopf mit beiden Händen und ramme mich bis zum Anschlag zwischen ihre Lippen, als der erste Tropfen Sperma aus mir schießt. Weitere folgen, die in ihrem Hals landen, der sogleich verstopft ist, was sie zum Husten bringt. Erst, als ich mich vollständig in ihrem Mund entladen habe, lasse ich sie los und ziehe mich zurück.

Lauren hustet immer noch, als sie mit nassen Augen zu mir aufblinzelt. Tränen glitzern auf ihren langen Wimpern, ihre

Wangen glühen feuerrot. Ihr Blick ist verschleiert, wirkt erschöpft.

Es gefällt mir, ihr erst durch die heftigen Orgasmen Energie entzogen zu haben und dann durch den ewig langen Blowjob, bei dem sie sich wirklich Mühe geben musste, weil ich es ihr schwer gemacht habe. Sie weiß es, aber es schien sie nicht zu stören. Sie hat bereitwillig ihre Bestrafung hingenommen und hingebungsvoll ihren Job gemacht.

So wie ich erst meinen, obwohl ich mich dabei gar nicht bemühen musste. Ihr Körper reagiert ganz automatisch auf mich, egal wie grob oder sanft ich zu ihr bin. Er will mich, und sie will mich insgeheim auch.

Irgendwann wird sie mich auch genauso sehr lieben, wie ich sie liebe. Ich wusste immer, dass der Weg zu ihrem Herzen über ihren Körper geht. Darüber sind wir lange hinaus. Ihr Kopf hat sich ebenfalls mit mir angefreundet und ihr Herz hat begonnen, sich für mich zu erwärmen. Ich habe einen Platz darin, den mir ihr Verstand zwar streitig machen will, aber dieser dunkle Teil in ihr, den sie nicht akzeptieren will, kämpft gegen ihn an und stellt sicher, dass ich meinen Platz dort nicht verliere.

Und bald schon gehört mir ihr ganzes Herz, dafür sorge ich.

8
ZADE

*U*ngeduldig starre ich mein Handy an und warte auf Matt Hanes' Anruf. Es ist bereits auffällig lange her, seit er mich zuletzt kontaktiert hat.

Heute ist es so weit, das FBI wird zuschlagen und meine Organisation zerschlagen. Zumindest ist das der Plan, den wir monatelang vorbereitet haben.

Wir haben lange auf diesen Tag hingearbeitet. Alles bis ins kleinste Detail besprochen. Mein einziger Job heute ist es, mich außer Schussweite zu bringen und ruhig zu bleiben, bis Matt mir Bescheid gibt, dass es vorbei ist. Wenn alles nach Plan läuft, verhaften sie jedes einzelne Mitglied meiner selbst ernannten Familie.

Und ich bleibe als Einziger zurück, weil ich sie verraten habe.

Das wird nie jemand erfahren, selbst nach all den Verhaftungen nicht. Das hat mir das FBI, vor allem Matt, versichert. Es wäre selbst zu riskant für mich, wenn meine ehemaligen Brüder im Gefängnis säßen und von meinem Hinterhalt erfahren würden. Sie sind gut vernetzt und ein Kopfgeld ist schneller angesetzt, als man denkt.

Und es wäre nicht nur eine Person, die damit beauftragt würde, mir meinen Schädel wegzupusten. Sie würden jeden befreundeten Gangster dieses Landes auf mich ansetzen. Ich hätte nie eine Chance.

Ein dunkler Teil in mir verabscheut mich dafür, meine Familie verraten zu haben. Keine Faser meines Körpers ist dazu geschaffen, unehrlich und illoyal zu sein. Ich wurde nicht als Verräter geboren. Und ganz sicher hat mich mein Leben zu keinem gemacht.

Als mich die Männer bei sich aufgenommen haben, noch lange bevor unsere Vereinigung so gewachsen ist, schwor ich mir, ihnen auf ewig den Rücken zu stärken, wie sie ihn mir gestärkt haben. Sie haben mich aus meinem einsamen Loch befreit, haben mir gezeigt, was Familie bedeutet. Ich hatte nie eine richtige, also war das Neuland für mich.

Mit ihnen an meiner Seite fühlte ich mich stark und wurde erwachsen, dann mächtig.

Heute bin ich ein Mann, von dem man behaupten kann, dass man sich lieber nicht mit ihm anlegt. An meinen Händen klebt so viel Blut, dass man die verschiedene DNA kaum auseinanderhalten könnte. Ich habe Menschen verletzt, Menschen entführt, Menschen gefangen gehalten und Menschen getötet. Ich habe öfter in meinem Leben eine Waffe benutzt als Beamte der Polizei. Ich habe dazu beigetragen, unschuldigen Frauen ihre Freiheit zu rauben.

Mit all dem konnte ich leben. Ich habe verstanden, dass ich dafür geboren wurde, in dieser Dunkelheit zu leben. Dass ich einer der unzähligen Schatten davon bin. Deswegen konnte ich mich früher nie in eines der Leben, die mir von Pflegeel-

tern geboten wurden, einfügen. Ich habe dort nie hineinge-
passt. Ich war immer anders.

Durch meine Brüder habe ich meine Bestimmung
gefunden.

Und jetzt zerstöre ich sie und alles, woran ich geglaubt
habe.

Mein Handy gibt immer noch kein Geräusch von sich. Ich
reiße das Glas Wodka an mich und stürze den Inhalt meine
Kehle hinunter. Dann knalle ich das Glas auf den Tisch und
erhebe mich.

Irgendetwas muss schiefgelaufen sein. Ich kann es spüren.
Wäre alles nach Plan gelaufen, hätte ich längst einen Anruf von
Matt erhalten.

Ich beschließe, zu verschwinden. Wenn alles einstürzt, will
ich nicht unter den Trümmern liegen.

Mit meiner gepackten Tasche über der Schulter schnappe
ich mir meinen Autoschlüssel und verlasse die Wohnung am
Stadtrand, die mir das FBI vorübergehend zur Verfügung
gestellt hat. Ich marschiere zu meinem Wagen, werfe die
Tasche auf die Rückbank und steige hinter dem Steuer ein.

Dann fahre ich los in Richtung meines neuen Lebens. Ins
absolut Ungewisse. Ich habe keine Ahnung, was ich mit
meinem neuen Leben anfangen soll, doch ich weiß, dass ich es
anders leben muss. Ich möchte das alte Kapitel meines Lebens
in der Organisation abschließen und ein neues aufschlagen. Ich
möchte ein besserer Mensch sein. Will nach vorne blicken und
nie wieder zurück.

Ich werde lange brauchen, um mir zu verzeihen, was ich
getan habe, auch wenn ich hinter meiner Entscheidung stehe.
Ich bereue sie nicht.

Dennoch fällt mein Blick immer wieder angespannt auf das

schwarze Display meines Prepaid-Handys. Obwohl ich so schnell wie möglich aus der Stadt fahren sollte, halte ich mein Tempo langsam. Ich habe es nicht eilig, obwohl ich das im Grunde sehr wohl habe. Wenn etwas aus dem Ruder gelaufen ist, kann ich nur dafür beten, dass ich es schnell genug aus der Stadt raus schaffe, bevor mich meine Brüder finden und elendig hinrichten.

Aber meine Gedanken an Matt lassen mich zögern. Auch wenn er auf der anderen Seite des Gesetzes steht, ist er mein Freund. Ich befürchte nun, dass ihn meine Brüder erwischt haben.

Es sollte mir scheißegal sein, aber das ist es nicht.

Ich fahre bereits auf dem Highway, als mein Handy plötzlich klingelt.

Sein Name blitzt auf dem Display auf.

Grob reiße ich es an mich und stelle den Lautsprecher an. »Hanes, wo bist du?«

Ein paar Sekunden lang ist es still in der Leitung. Ich kann abgehackte Atemgeräusche hören, bevor seine verzerrte und schmerzerfüllte Stimme murmelt: »Sie haben mich, Raoni. Sie haben mich.«

Das Blut gefriert in meinen Adern. »Wo?«

»Bei den Containern«, *krächzt er atemlos.* »Dort, wo wir die Mädchen abfangen wollten.«

Ich denke nicht einmal nach, was vermutlich meinem Todesurteil gleicht, sondern nehme die nächste Abfahrt runter vom Highway und ändere meine Fahrtrichtung.

Kurz frage ich mich, wie es so weit kommen konnte, dass ich mein Leben für einen verschissenen FBI-Agenten riskiere, während ich all meine Brüder hintergangen habe und ihrem Schicksal überlasse, doch die Antwort liegt eigentlich auf der Hand.

Sie alle sehe ich als meine Freunde an, mit einem Unter-

schied – Matt Hanes ist ein guter Mensch, zumindest halte ich ihn für einen. Er kämpft für Menschen, für das Richtige. Er tut der Welt etwas Gutes.

Meine Brüder und ich haben das nicht getan. Aber schlimmer noch, haben sie sich schließlich dazu entschieden, etwas noch weitaus Grausameres zu tun, als bloß mit Frauen und Waffen zu handeln. Auch das garantiert uns allen eines Tages das ewige Höllenfeuer, aber ich hatte keine Wahl, mich dafür oder dagegen zu entscheiden. So läuft das bei uns nicht. Ich wurde von ihnen aufgenommen und war fortan ein aktives Mitglied unserer Organisation. Jeder hatte seine Jobs, und sie alle waren dreckig. Beschwerden waren unwillkommen.

Aber das, was sie zu unserem neuen Geschäftsmodell gemacht haben, war selbst mir zuwider. Ich verabscheute jeden einzelnen meiner Brüder ab dem Moment, an dem ich davon erfuhr, dass sie Minderjährige entführt und verschleppt hatten, um sie zu verkaufen. An Kinderbordelle auf der ganzen Welt. Manche der Jungen, die ich zu Gesicht bekommen habe, waren gerade einmal sechs Jahre alt. Die Mädchen teilweise noch jünger. Es ist ein weitaus lukrativeres Geschäft als das mit den Frauen.

Ich wusste, was ich zu tun hatte. Es war keine Frage der Loyalität mehr. Kein Abwägen der Vor- und Nachteile. Ich musste handeln, und das tat ich.

So wie ich es jetzt auch wieder tue, als ich mich dazu entschließe, dem FBI-Agenten, mit dem ich monatelang eng zusammengearbeitet habe, den Arsch zu retten, anstatt in mein neues, friedliches Leben zu flüchten. Anstatt weg von der Gefahr und in Sicherheit, laufe ich direkt in den Abgrund hinein.

»Was ist passiert?«, will ich von ihm wissen.

»Sie haben einen unserer Wagen bemerkt«, nuschelt er und

spuckt, als ob ihm Blut aus dem Mund laufen würde. »Sie haben jeden meiner Kollegen umgebracht und mich zum Verhör zu sich gebracht. Irgendwie konnten sie meinen anderen Kollegen dabei entkommen. Niemand weiß, wo ich bin, oder dass sie mich überhaupt haben.«

»Ich weiß es«, sage ich dunkel. »Und ich komme.«

Stille. Dann: »Du musst durch den Hintereingang rein. Dort ist niemand. Ich weiß nicht, wie lange ich mich noch hier verstecken kann. Ich habe es geschafft, mich loszubinden.«

Ich versichere ihm, gleich da zu sein, und lege noch einen Zahn zu. Als ich mein Ziel erreiche, springe ich aus dem Wagen, reiße die hintere Wagentür auf und schnappe mir gleich zwei meiner Waffen. Ich lade sie, entsichere sie und bewege mich dann unauffällig zu dem Gebäude neben den Containern mit den Mädchen. Für heute war eine Lieferung angesagt und das FBI sollte die Mädchen befreien, während sie die Männer gleichzeitig festnehmen. Ich höre Schluchzen und Wimmern, als ich mich an einem der Container vorbeischiebe und zur kleinen Lagerhalle laufe.

Keiner meiner Brüder ist in Sichtweite.

Weil ich diesen Ort wie meine Westentasche kenne, brauche ich nicht lange, um einen Weg in die Lagerhalle zu finden. Ich komme von hinten rein, wie Matt mich gebeten hat, bin vorsichtig und leise. Meine Sinne sind aufs Äußerste geschärft, während ich Ausschau nach Hanes halte, den ich jedoch nirgendwo entdecken kann.

Stattdessen tauchen um mich herum mindestens zwanzig Köpfe auf.

Ich bleibe stehen, rühre mich nicht mehr. Die Männer, die mich mit voller Abscheu anblicken, sind meine Brüder. Unter ihnen Xatar, unser Anführer, der mich immer wie seinen Sohn behandelt hat.

Sie alle bewegen sich auf mich zu, wie ein Löwe auf seine Beute. Ich bin umzingelt von ihnen, habe sie vor mir und im Rücken. Zu meinen Seiten tauchen weitere meiner Brüder auf. Ich erkenne so viel Verachtung in ihren Augen, dass ich weiß, dass sie es wissen.

Und ich weiß auch, dass zwei geladene Waffen nicht ausreichen werden, um mich zu schützen.

»Du bist es, Raoni«, poltert Xatars schneidende Stimme durch die lärmende Stille. »Du bist die Ratte, die wir so lange gesucht haben. Die du für mich gesucht hast.« Er lacht so hohl, dass es an den Wänden widerhallt. Mir stellen sich alle Nackenhaare auf, und ich spüre, wie sich mein Körper auf einen Kampf vorbereitet.

Einen Kampf, den ich nicht gewinnen kann.

»Ein ehrloser Hurensohn in unseren Reihen«, fährt er fort, und meine Augen starren direkt in seine. Ich kann all die Abgründe in ihnen erkennen, die ich gleich persönlich kennenlernen werde. »Und das Schlimmste an allem ist, dass du es wagst, hier aufzukreuzen, um diesen Hurensohn von FBI-Agenten zu retten. Deinen Freund.« Das letzte Wort spuckt er mir förmlich angewidert entgegen, dann fällt sein Blick nach hinten in ein dunkles Eck der Halle. Hinter einigen Kartons, in denen sich Vorräte von Schusswaffen befinden, kann ich Hanes entdecken.

Er ist weder gefesselt noch hält ihn jemand fest.

Ich sehe ihm in die Augen und spüre, wie unbändige Wut in mir explodiert.

Er hat mich verraten, mich in eine Falle gelockt.

Er hat mich reingelegt.

»Wie fühlt es sich an, so hintergangen zu werden?«, verhöhnt mich Xatar und bewegt sich auf mich zu. »Kein schönes Gefühl, was? Und dabei hast du diesem Hurensohn kein Bett, kein Essen und kein Dach über dem Kopf gegeben. Ich dir einst schon.«

Ich richte eine meiner Waffen auf seinen Kopf, woraufhin jeder einzelne Mann im Raum, abgesehen von Matt Hanes, seine Waffe auf mich richtet. Die zwei Brüder, die mich einst als Ratte bezeichnet haben, weil sie Verdacht schöpften, wirken am ehesten bereit, mir den Schädel wegzuschießen.

»Du hast keine Chance, Raoni«, sagt Xatar mit einem blutrünstigen Lächeln. »Vielleicht, wenn wir uns in der Hölle wiedersehen. Aber heute …«, er macht eine Pause, »heute werden wir mit dir abrechnen.«

Scharfer Schmerz explodiert in meiner Brust. Binnen Sekunden ist mein Shirt blutdurchtränkt und dunkelrot.

Jemand hat mir in den Rücken geschossen.

Wieder ertönt ein Schuss, und als er mich diesmal trifft, breche ich auf dem Boden zusammen. Die Waffen fallen mir aus den Händen.

Dann sehe ich nur noch, wie all die schweren Stiefelpaare auf mich zumarschieren, bevor mich Messer durchbohren, meine Haut zerschlitzen und weitere Kugeln durch meinen Körper sausen.

Als ich mit meiner letzten Kraft meinen Kopf zur Seite drehe, ist Matt Hanes verschwunden, als wäre er nie da gewesen.

Und als ich Stunden später wie durch ein Wunder wieder zu mir komme, schwöre ich mir, dass ich ihn für seinen Verrat büßen lasse. Und wenn es das Letzte ist, das ich tue.

Unruhig erwache ich aus dem Schlaf. Der Traum des schlimmsten Tages meines Lebens hat mich fest im Griff, als ich mich schweißgebadet aufsetze und mir über die glühende

Stirn reibe. Ich brauche ein paar Minuten, um mir die bösen Erinnerungen und düsteren Emotionen abzuschütteln.

Wenn ich es könnte, würde ich Hanes noch einmal umbringen.

Ich hielt ihn für meinen Freund. Ich behandelte ihn so. Klüger wäre es wohl gewesen, ihn weiterhin als Feind zu betrachten, so wie zu Beginn unserer Zusammenarbeit, als er noch genau das war. Ein staatlicher Beamter, der gegen Leute wie mich vorgeht.

Der Unterschied zwischen Feinden und Freunden ist, dass Feinde dich nicht enttäuschen können.

Immer noch schwer atmend, erhebe ich mich und hole mir eine Flasche Wasser aus dem Kühlschrank. Ich leere sie in einem Zug und versuche, all die Bilder aus meinem Kopf zu vertreiben, die wieder und wieder darin aufblitzen. Es gelingt mir nicht. Ich unterdrücke das Bedürfnis, meine Faust in die Wand zu rammen, und werfe stattdessen die leere Flasche achtlos in die Spüle.

Als ich am Flur vorbeigehe, halte ich inne. Mein Kopf neigt sich in Richtung des Schlafzimmers, dessen Tür geschlossen ist. Aus einem Impuls heraus trete ich näher und lausche. Es ist mucksmäuschenstill dahinter.

Leise öffne ich die Tür und schiele durch den Spalt. Lauren liegt friedlich und zusammengerollt auf dem großen Bett, direkt in der Mitte. Ich kann ihr blondes Haar erkennen, das sich in einem unordentlichen Zopf befindet, und ihren Kopf, der auf dem hohen Kissen ruht. Sie schnarcht leise, etwas Neues. Ihr femininer Duft liegt in der Luft und ich atme tief ein, um ihn zu inhalieren.

Unwillkürlich spüre ich, wie ich ruhiger werde. Meine Muskeln entspannen sich, und mein Puls beruhigt sich. Allein ihr sanfter Anblick reicht aus, um die Dämonen in mir zu vertreiben. Oder sie zumindest in Zaum zu halten. Ich denke an all das Schlechte in meinem Leben und daran, dass sie sich zu dem Besten darin entwickelt hat. Das Schicksal meinte es einmal gut mit mir.

Heute verstehe ich, dass all das so kommen musste, um mich dahin zu bringen, wo ich sein soll.

Hier bei ihr.

Es war Gottes Wille, dass ich all diese Schüsse und Messerstiche überlebt habe, weil er noch nicht fertig mit mir war. Er wollte meinem Leben erst noch einen Sinn geben, bevor er mich von der Erde reißt. Früher hielt ich meinen Posten in der Organisation für diesen Sinn, doch heute weiß ich es besser.

Er wollte mich damit auch auf die Probe stellen. Mir eine Chance geben, tatsächlich ein besserer Mensch zu werden. Ein normales Leben zu führen. Der Dunkelheit zu entkommen.

Ich weiß nicht, ob er zufrieden mit mir ist, weil ich diese unschuldige Frau dafür benutzt habe, um ein besserer Mann zu werden. Weil ich Dunkelheit in ihr Leben gebracht habe, ihre Welt mit meiner Düsternis überschattet habe.

Aber eines weiß ich sicher. Am Tag des Jüngsten Gerichts werde ich für nichts lieber Abbitte leisten als dafür.

9
LAUREN

*I*ch betrachte die wunden Stellen an meinen Knien und seufze. Vorsichtig reibe ich mich mit dem Handtuch trocken und begutachte auch die blauen Flecken auf meinem Rücken. Der Spiegel gewährt mir außerdem einen Blick auf den Bissabdruck an meiner Schulter, den Zade mir nachts zugefügt hat.

Ich trage all die Beweise meiner Niederlage und fehlenden Willenskraft auf meinem Körper, und die Schande darüber zerrt an mir. Ich bin von mir selbst enttäuscht, weil ich doch schwach geworden bin, obwohl ich so inständig versucht habe, stark zu bleiben und mich Zade zu verweigern. Ihm und seiner irrationalen Besessenheit von mir. Sein dunkles Liebesgeständnis hat meinen Verstand verwirrt. Die Dinge, die er gesagt hat, waren zwar erschreckend, aber sie haben irgendetwas tief in mir angesprochen. Mir andere Gefühle entlockt als die, an die ich mich so sehr klammere, um ihm zu widerstehen.

Zum Beispiel meine Enttäuschung, Wut und Ablehnung ihm gegenüber. Was er getan hat, war abscheulicher, als ich dachte, da ich erst gestern erfahren habe, dass er nicht nur mein Leben ausradiert hat, sondern auch das der zwei Obdachlosen.

Warum wollte ihm mein Herz dann trotzdem wieder verfallen, als er mir erklärte, dass er jeden Menschen auf dieser Erde auslöschen würde, um für immer mit mir zusammen zu sein?

Letzte Nacht ist es ihm auch verfallen. Aber heute bei Tageslicht und klarem Verstand sieht die Welt wieder anders aus. Dennoch nagt der Gedanke an mir, dass das gestern mitunter der beste Sex war, den wir je hatten – obwohl wir immer grandiosen Sex haben.

Manchmal frage ich mich, ob er bewusst all diese Dinge zu mir sagt, von denen er weiß, dass sie mich weichkochen, auch wenn sie das nicht sollten. Zade kann mich lesen wie ein Buch. Oft weiß er besser, was ich fühle, als ich selbst. Er kann meine Emotionen besser einschätzen, zuordnen und verstehen als ich. Manchmal fühlt es sich sogar an, als könne er meine Gedanken lesen, und das ist beängstigend.

Denn er kontrolliert mich und mein Leben auf so vielen Ebenen, dass meine Gedankenwelt der einzige Ort ist, an den ich fliehen kann. Der einzige, der noch mir allein gehört. Der einzige, an dem ich für mich sein kann. Ihn aussperren kann. Und sogar den macht er mir streitig.

Ich schlüpfe in einen grauen Trainingsanzug und binde mir das blonde Haar zu einem Pferdeschwanz zusammen. Meine Augen sehen müde aus, weil ich nach dem nächtlichen Zwischenfall, in dem sich Zades Schwanz in mich verirrt hat, nicht gut geschlafen habe. Zade wusste wohl, dass es mir danach wie früher immer zu viel wäre, in seiner Nähe zu sein, weil mich Schuldgefühle plagen, somit hat er erst gar nicht versucht, mit mir in einem Bett zu schlafen. Er hat kurz gezögert und überlegt, mir ins Schlafzimmer zu folgen, doch ich bin förmlich vor ihm davongelaufen, wodurch er seinen Platz auf der Couch kommentarlos wieder eingenommen hat.

Heute habe ich großen Hunger, weil ich bereits gestern auf das Abendessen verzichtet habe, somit kann ich mich nicht vor dem Frühstück drücken. Eigentlich wäre ich an der Reihe, um es zuzubereiten, doch ich rieche den gebratenen Speck bereits im Flur, als ich frisch geduscht aus dem Bad trete.

Zade hat den Tisch bereits gedeckt und verteilt gerade die Eier und den Speck auf den Tellern, als ich schweigend durch den Raum marschiere und auf einem der Stühle Platz nehme. Dabei sehe ich ihn kein einziges Mal an.

»Guten Morgen, Amorita.« Seine Stimme klingt gut gelaunt.

Natürlich tut sie das.

»Morgen«, murmele ich in weniger gut gelauntem Tonfall.

Er ignoriert es und bedenkt mich mit einem kleinen Lächeln, das mich wohl milde stimmen soll, als er mir meinen Teller reicht. »Hast du gut geschlafen?«

Ich verenge meine Augen zu Schlitzen.

Jetzt lächelt er breiter. Herrgott, wie er mich wahnsinnig macht! Will er mich wirklich wieder wütend machen oder warum reitet er auf dem herum, was passiert ist? Er tut es auch ohne explizit zu erwähnen, dass wir Sex hatten.

»Ich würde heute gerne alleine spazieren gehen«, sage ich, als ich das beschließe, weil ich Freiraum brauche.

Zade kaut zu Ende, nimmt einen Schluck von seinem Orangensaft und sagt knapp: »Nein.«

Meine Hand ballt sich auf dem Tisch zur Faust. »Warum nicht?«

Er betrachtet mich mit einer vielsagend hochgezogenen Augenbraue.

»Ich laufe schon nicht weg«, meine ich, als wäre das lächerlich. »Wohin denn auch?«

»Du kämst nicht weit, das stimmt, aber du bist einfallsreich und würdest dir bestimmt irgendeine andere Dummheit ausdenken«, sagt er und mustert mich wissend. »Wie zum Beispiel, dir ein Handy zu organisieren, um damit deine Schwester anzurufen. Oder noch einmal den Computer in der Bibliothek zu benutzen, um ihr eine E-Mail zu schreiben.«

Verdammt. Er kennt mich inzwischen zu gut.

»Ich wollte nur ein wenig Abstand zu dir haben«, schnappe ich genervt und esse den Rest der Eier auf meinem Teller, bevor ich ihn von mir schiebe. »Aber danke für die Erinnerung, dass es mir nicht einmal erlaubt ist, ohne dich einen Atemzug zu nehmen.«

»Ich kann auf unserem Spaziergang ein paar Meter hinter dir gehen«, bietet er mir großzügigerweise an, seine Augen blitzen schalkhaft. Er amüsiert sich über mich, macht sich lustig über mich.

Ruckartig erhebe ich mich und stampfe ins Schlafzimmer. Dieser Mann ist einfach unglaublich.

»Wir gehen in fünfzehn Minuten los«, ruft er mir hinterher, erhält jedoch keine Antwort von mir.

Frustriert warte ich auf dem Bett darauf, dass er geduscht hat, damit wir loskönnen. Ungeduldig tippe ich mit den Füßen auf den Boden und überlege, wie ich es anstellen soll, mir ein Handy zu organisieren. Zade lässt seines nie aus den Augen sowie auch den Haustür- und Autoschlüssel nicht. Bei unserem nächsten Besuch in der Bibliothek wird er mir bestimmt nicht von der Seite weichen.

Wenn ich das Haus nie auch mal alleine verlassen darf, werde ich keine Möglichkeit finden, um meine Schwester zu kontaktieren.

Zade erscheint im Türrahmen. »Lass uns gehen.«

Ich folge ihm nach draußen und mustere ihn flüchtig, als wir zu seinem Wagen marschieren. Er sieht gut aus in seinen schwarzen Jogginghosen und dem weiten Pullover. Seit wir hier in Dauphin sind, trägt er nur selten schönere Kleidung – genau wie ich –, weil wir das Haus bloß zum Spazieren oder Einkaufen verlassen.

»Willst du wieder an den Fluss, den wir entdeckt haben?«

Ich schaue ihn von der Seite an, während er den Motor startet, und zucke mit den Schultern. »Von mir aus.«

»Sei nicht so begeistert«, entgegnet er sarkastisch, seine Augen funkeln mich amüsiert an. Ich verstehe, dass er versucht, unsere Stimmung versöhnlich und friedlich zu halten, aber das liegt nicht in meinem Interesse.

Das, was letzte Nacht geschehen ist, ändert überhaupt nichts.

Rede ich mir zumindest ein, während mein Schoß verdächtig pocht, als Zade seine Hand besitzergreifend auf meinen Oberschenkel legt.

Bei dem Stadtwanderweg angekommen, der etwas weiter entfernt von unserem Haus liegt – direkt bei einem riesigen Nationalpark – steigen wir aus dem Wagen, und ich weiß nicht, was ich davon halten soll, dass Zade tatsächlich ein paar Meter hinter mir herläuft.

Wirklich witzig.

Augenrollend setze ich den Weg ohne ihn fort. Wir marschieren in das Wäldchen hinein und folgen dem beschilderten Pfad zum Fluss. Der Weg ist wirklich lang, und er wäre zu lang, würden wir zusätzlich zu Fuß hierher marschieren. Man geht bis zum Ende ungefähr zwei Stunden, wenn man den Weg wählt, der zurück an den Ausgangspunkt führt. Es gibt noch längere Routen, wie ich an den Schildern erkenne, die Gott weiß wohin führen.

Zade trällert hinter mir ein Lied, das vorhin im Radio gespielt hat, was mich aus irgendeinem Grund zur Weißglut treibt. Ich hasse es, dass er solch gute Laune hat. Ich hasse es, dass ich sie nicht habe, weil mir nichts an diesem Leben gute Laune bereiten kann.

Warum ist er hiermit zufrieden? Damit, seine Tage total langweilig und eintönig an meiner Seite zu verbringen? Wieso braucht er nicht mehr? Erst recht in Anbetracht seines früheren Lebens, das einem wilden Abenteuer glich. Einem tödlichen Abenteuer, dem er sich jahrelang jeden Tag aufs Neue ausgesetzt hat.

Es kann ihm doch unmöglich reichen, einfach mit mir zusammen zu sein und sonst nichts zu haben?

Andererseits war das bereits in Colorado Springs für ihn so und da wirkte er ebenfalls glücklich. Ich hatte meinen Job, meine Schwester, meine Therapiesitzungen und Aufgaben, die auf mich warteten. Er hatte nur mich. Er scheint tatsächlich nicht mehr als mich zu brauchen.

Irgendwie schmeichelt mir das wie so viele andere abartige Dinge, die er normalisiert. Dinge wie, dass er mich erst in eine Beziehung mit ihm gezwungen und in meinem Haus gelebt hat, als wäre es seins, und dann für uns getötet, mein Haus niedergebrannt hat und mit mir in ein anderes Land geflüchtet ist.

All das normalisiert – nein, romantisiert – er, und aus welchem absolut gestörten Grund auch immer finde ich es zu einem klitzekleinen Prozentanteil auch romantisch.

Großteils finde ich es befremdlich und verstörend.

Aber immerhin kämpft er um mich und ist mir treu ergeben, nicht so wie Matt.

Ugh. Der Gedanke war übel und verwerflich. Ich schimpfe mit mir selbst.

Massive Baumstämme säumen den schmalen Wanderweg, auf dem wir geschmeidig entlangmarschieren, und die üppigen Baumkronen neigen sich über mir einander zu, sodass sie den Himmel darüber verschlucken. Vereinzelt kämpfen sich Sonnenstrahlen hindurch und werfen sanftes, warmes Licht auf mich. Heute ist ein angenehm milder Tag. Die meisten Tage hier ist es kalt und regnerisch. Durch den Schutz aus Bäumen über unseren Köpfen waren wir hier trotzdem auch bei Schlechtwetter spazieren. Der Waldboden und von Ästen geräumte Weg sind noch feucht und matschig vom gestrigen abendlichen Regen, und so bleibe ich immer wieder mit den Schuhen stecken, wodurch das Gehen zu einem kleinen Workout wird. Ich muss mich anstrengen, meine Sneaker aus dem Matsch zu ziehen, um weiterzugehen.

Wir kommen an der Stelle nahe dem Fluss an, an der Zade gestern ein paar Übungen gemacht hat. Es gibt eine hölzerne Bank, mit deren Hilfe er Liegestütze machen kann, und ein Baum mit dünnen, aber massiven Ästen, die im neunzig Grad Winkel abstehen, bietet ihm ein perfektes Trainingshilfsmittel für Klimmzüge.

»Ich warte auf dich«, sage ich, noch bevor er mich darum bitten kann, woraufhin er nickt und zu der Bank marschiert. Ich zögere, doch dann setze ich mich für eine Verschnaufpause zu ihm auf die Bank. Wir gehen seit gut vierzig Minuten, wie mir die Fitnessuhr, die Zade mir besorgt hat, zeigt.

Meine Kehle wird ein wenig trocken, als ich seine starken Arme betrachte, während er Liegestütze macht. Er hat die Ärmel seines Pullovers an ihnen hochgekrempelt und seine riesigen Handflächen auf der Sitzfläche abgestützt. Mühelos stemmt er sich immer wieder hoch, gerät dabei nicht mal ins

Schwitzen. Weil ich ihn nun schon öfter beim Training beobachtet habe, weiß ich, dass es lange dauert, bis er an seine Grenzen gelangt.

»Leg dich auf meinen Rücken.«

»Was?« Irritiert verziehe ich das Gesicht. »Warum?«

»Ich brauche dein Gewicht«, sagt er bloß, während er sich weiterhin so schnell hochstemmt. Seine Füße in den Sportschuhen stecken im Matsch fest, doch es scheint ihn nicht zu stören, dass sie vollkommen dreckig werden. »Leg dich einfach auf mich und klammere dich an mir fest.«

Seufzend erhebe ich mich, stelle mich neben ihn und zögere, doch dann tue ich einfach, was er mir befohlen hat. Ich lege mich mit dem Bauch auf seinen Rücken, strecke die Beine auf seinen aus und umschlinge ihn mit den Armen. Ich kann seine Muskeln an meinem Körper arbeiten spüren, als er sich nun etwas mühevoller hochstemmt und nach unten sinken lässt. Trotzdem scheint ihm mein Gewicht keine großen Probleme zu bereiten.

»Du bist viel zu leicht«, nörgelt er.

Ich boxe ihm in die Seite, woraufhin er sich leicht krümmt und keucht. Fast wären seine Hände von der Bank abgerutscht.

»Wenn ich falle, fällst du auch«, erinnert er mich rau und macht unbeirrt weiter.

»Aber ich lande sanft«, entgegne ich. »Wobei an dir nichts Weiches ist.«

Ich kann sehen, wie er schmunzelt. Beinahe zupft an meinen Lippen ebenfalls ein Lächeln, doch er ruiniert den einzigen Moment, in dem ich vorübergehend nicht übel gelaunt war, indem er sagt: »Du hast abgenommen, Amorita. Du bist fast schon zu dünn.«

Ungelenk und ein wenig grob krabbele ich von seinem breiten Körper. Vorwurfsvoll starre ich dann auf ihn herab, während er sein Gewicht nun in der Höhe hält, um mich anzusehen. »Fängst du jetzt an, an mir herumzumeckern?«

Wieder schmunzelt er. »An dir gibt es nichts zu meckern.« Seine saphirblauen Augen wandern meinen Körper entlang nach unten, was Hitze in meinem Magen auslöst. »Glaub mir, ich würde mich nie beschweren.«

»Und doch tust du es«, sage ich, um von der sexuellen Energie abzulenken, die plötzlich von ihm ausgeht.

»Ich wollte damit nur sagen, dass ich mich um dich sorge, weil du in letzter Zeit sehr wenig isst«, erklärt er versöhnlich.

»Tja, irgendwie hat mir all das hier den Appetit verdorben«, gifte ich ihn an.

Er knurrt unzufrieden. Gleich darauf drückt er sich hoch und richtet sich auf. Er wirkt überhaupt nicht außer Atem, obwohl er gerade bestimmt fünfzig Liegestütze hintereinander gemacht hat. Und dabei zwischendurch sechzig Kilo getragen hat. Es scheint, als wolle er etwas erwidern, doch dann wird ihm wohl klar, dass dadurch erneut eine Diskussion ausbricht und so wendet er sich einfach ab und beschäftigt sich mit etwas, das er gerade lieber tut, als mit mir zu streiten.

Auf einen Baum zu klettern.

»Da fällt dir wohl nichts mehr ein«, ärgere ich ihn, aber ärgere stattdessen mich, weil ihn die Aussage unberührt lässt.

Mit dem Rücken zu mir hängt er an dem stabilen Ast und beginnt schweigend, sich daran hochzuziehen und langsam zu senken.

Wütend stütze ich einen Fuß auf die Bank und dehne mich. Ich greife an meine Zehenspitzen in den Schuhen und sehe mich im weitläufigen Naturgebiet um. Links geht der Pfad weiter, den wir nehmen wollen, und ein paar Meter davon entfernt führt ein anderer ins Ungewisse.

Meine Augen zucken zurück zu Zade, der auf sein Training

konzentriert ist. Je mehr Klimmzüge er macht, desto lauter atmet er. Er kann mich nicht sehen, und so formt sich sofort ein dummer Gedanke in meinem Kopf.

Wenn ich jetzt losrenne, könnte ich ihm entwischen. Und wenn ich den anderen Pfad nehme, wird er mich vielleicht gar nicht finden.

Aber ich könnte andere Menschen finden und sie um ihr Telefon bitten.

Mein Puls rast, als ich mich, ohne weiter darüber nachzudenken, langsam rückwärts von ihm entferne. Ich gebe dabei vor, mich weiterhin zu dehnen, und behalte ihn aufmerksam im Auge. Gleich erreiche ich das hölzerne, aus dem erdigen Boden wachsende Schild, das zum unbekannten Pfad weist.

Kurz stelle ich mir die Frage, ob ein Weg ins Ungewisse besser ist als ein Weg mit Zade ins Vertraute zurück, und nachdem ich diese gedanklich mit einem schnellen Ja beantwortet habe, laufe ich los.

Ich laufe nicht, ich sprinte. Meine Füße schweben trotz der matschigen, klebrigen Erde über den Boden, und ich keuche immer hektischer, je mehr Meter ich zwischen uns bringe. Kleine Nebelwolken bilden sich dabei vor meinem Mund, und kühle Waldluft peitscht mir ins Gesicht.

»Lauren! Komm zurück, verdammt noch mal.«

Scheiße. Ich lege noch einen Zahn zu. Anhand des Klangs seiner Stimme bleibt mir gar nichts anderes übrig, er ist furchteinflößend.

»Bleib stehen! Ich warne dich, Lauren.«

Ungefilterter Zorn hallt in seinen Worten nach, die irgendwo im Wald verschluckt werden, je mehr Entfernung ich zwischen uns bringe. Mein angestrengter, abgehackter Atem und das heftige Klopfen meines Herzens steigen meine Kehle empor. Ich renne weiter, immer weiter, bis ich seine Stimme immer leiser wahrnehmen kann. Er ruft wiederholt meinen Namen, scheint aber den falschen Pfad genommen zu haben.

Ha. Ich habe ihn tatsächlich ausgetrickst.

Als ich mir sicher bin, ihn nicht hinter mir zu wissen, erlaube ich mir nach weiteren Minuten des Laufens für eine Atempause anzuhalten. Keuchend greife ich an meine Taille und lehne mich an einen der vielen Baumstämme. Ich habe Seitenstechen und ein Stechen in der Brust. Für mich als wenig sportliche Person, die nie Kardiotraining absolviert, waren diese vielen Meter des Rennens der reinste Horror.

Als ich jedoch Kriechviecher vor meinem Gesicht auf dem Baumstamm entdecke, sind meine Atem- und Kreislaufbeschwerden sofort vergessen und ich setze mich wieder in Bewegung. Ich scheine nun tiefer in den Wald vorgedrungen zu sein und gehe steiler bergauf, denn es wird deutlich frischer und kühler. Den Fluss kann ich nirgendwo entdecken, also muss ich mich von ihm entfernt haben, anstatt darauf zuzulaufen.

Was bedeutet, dass ich mich in eine ganz andere Richtung bewegt habe und wer weiß wo lande.

Mir wird ein wenig mulmig zumute, weil meine Umgebung immer dunkler und stiller wird. Immer erdrückender. Der Wanderweg ist völlig verlassen. Leises Rascheln um mich herum lässt mich wissen, dass ich doch nicht ganz allein hier bin. Tiere treiben um mich herum ihr Unwesen.

Oh Gott. Was, wenn es hier gefährliche Tiere gibt? Irgendwo habe ich gelesen, dass es hier im Nationalpark ein Büffelschutzgebiet gibt. Ich habe keine Ahnung, womit ich in Kanada noch rechnen muss. Andererseits würden sie diesen Weg doch nicht als Wanderweg kennzeichnen, wenn er eine geringe Überlebenschance hätte, oder?

Mich etwas unbehaglich umsehend, marschiere ich den Weg weiter hinauf, der zudem immer enger wird. Die Bäume um mich herum verschlucken nicht mehr nur den Himmel, sondern allmählich auch mich. Ich reibe mir fröstelnd die Arme und sehe zurück.

Ob Zade bereits ahnt, dass er den falschen Pfad genommen hat, und sich auf den Weg zu mir macht?

Der Gedanke bringt mich dazu, meine Schritte zu beschleunigen, bis mich ein sehr nahes Rascheln dazu zwingt, wieder loszulaufen. Ich laufe und laufe, bis mir schwindelig wird und ich plötzlich Panik bekomme. Irgendwie scheint dieser Weg nie zu enden, und irgendwie wird er auch von Meter zu Meter gruseliger.

Spaziere ich nun direkt in den Nationalpark hinein?

Der andere Pfad war weitaus netter. Er ging rundherum und eher bergab, nur auf dem letzten Abschnitt bergauf. Dieser hier wirkt wie einer, den eine Gruppe junger Leute in einem Horrorfilm wählen würde, kurz bevor einer nach dem anderen von ihnen spurlos verschwindet.

»Beruhige dich«, sage ich zu mir selbst, als ich bemerke, Herzrasen zu bekommen. Ich fange an, meine impulsive Entscheidung zu bereuen.

Was dachte ich mir bloß dabei, ohne Handy, ohne Wasser und ohne jegliche Wanderkenntnisse alleine diesen Weg zu nehmen?

Na ja, nicht viel – bloß, dass ich von Zade wegkommen möchte, um Brooke zu erreichen.

Fast muss ich lachen. Hier stehen meine Chancen noch deutlich schlechter als bei Zade, Kontakt zur Außenwelt herzustellen.

Nach weiteren Minuten des Gehens frage ich mich, ob ich überhaupt je wieder die Außenwelt zu sehen oder zu hören bekommen werde. Dieser Pfad ist absolut irreführend, denn nun verläuft sich die gekennzeichnete Spur des Wanderweges im Nichts. Ich bin irritiert. Der Weg endet und teilt sich dann in zwei Richtungen, die beide in die Tiefen des Waldes führen. Zumindest glaube ich, zwei Wege zu erkennen. Einen, der weiter bergauf geht, und einen anderen, der wieder herabführt. Nirgendwo sind Wegweiser zu finden.

Bin ich vielleicht vom richtigen Weg abgekommen?

Ein Geräusch hinter mir lässt mich herumwirbeln, doch da ist nichts. Nur beängstigende Natur.

»Zade?«, rufe ich dennoch hoffnungsvoll, erhalte jedoch keine Antwort.

Ich schlucke. Dann entscheide ich mich, nach links zu gehen – bergab –, weil ich glaube, dass ich dann dem Fluss entgegensteuere. Aber um ehrlich zu sein, habe ich absolut keine Ahnung, weil mein Orientierungssinn so schlecht ist wie meine Fähigkeit, mich Zade oder Pillen fernzuhalten.

»Geh einfach weiter«, rede ich mir selbst gut zu, um die Panik, die in mir hochkriecht, in den Griff zu bekommen.

Doch dann kriecht tatsächlich etwas an meinem Bein hoch und ich schreie hysterisch auf und hüpfe wie von der Biene gestochen zur Seite. Mein linker Fuß knickt dabei um und ich stolpere, lande hart mit dem Hintern auf dem Boden.

»Fuck!« Ich ziehe meine Hände, mit denen ich mich ruckartig abgestützt habe, aus dem Schlamm und zische, als ich den kleinen Schnitt auf meiner linken Handfläche bemerke. Ein scharfer, abgebrochener Ast hat sich in meine Haut gebohrt. Der ganze Dreck drückt sich hinein, es brennt.

Genauso wie mein Knöchel. Es pocht darin, vermutlich ist er verstaucht.

Andere Kratzer entdecke ich auch an meinen Armen.

Von meinem beleidigten Hintern will ich gar nicht reden. Ich bin auf einem Stein gelandet und spüre, wie sich ein Bluterguss auf meiner Pobacke bildet.

Zu allem Übel rutsche ich beim Versuch, aufzustehen, über eine besonders nasse und glitschige Stelle in der Erde und lande mit dem Gesicht voraus im Matsch. Er verstopft mir die Nase und legt sich wie klebriger Honig um meinen Mund. Ich würge. Blätter kleben auf meinem Gesicht und ein Insekt zirpt an meinem Ohr.

Lieber Gott, lass mich sterben.

Das Bedürfnis, kindisch zu weinen, überkommt mich, doch ich haue mir mental eine runter und hieve mich hoch, diesmal langsamer. Fahrig wische ich mir den Dreck vom Gesicht, wodurch ich ihn nur verschmiere und in ein paar gelösten Strähnen meines Haars verteile. Ich verscheuche die Insekten, die mich umschwirren, als wäre ich Aas, weil sich vermutlich bereits unter den Tieren herumgesprochen hat, dass es heute Nacht Frischfleisch geben wird, über das sie sich hermachen können.

Fluchend setze ich meinen Weg durch diese Naturhölle fort.

Plötzlich kommt mir der Gedanke, von Zade eingefangen zu werden, doch gar nicht mehr so übel vor. Einen Weg ins Ungewisse zu nehmen, war wohl doch nicht die bessere Wahl, als meinen Weg mit ihm weiterzugehen.

Ich humpele und schleife meinen Fuß hinten nach, stolpere dadurch immer wieder. Die Schmerzen in meinem Knöchel ziehen sich nach oben und strahlen auch bis in meine Zehen aus. Immer wieder muss ich stöhnen, als ich versuche, aufzutreten.

Warum dachte ich noch mal gleich, ich sei ein Naturmensch? Nur weil sich mein Haus in Colorado Springs ein wenig abgelegener im Grünen befunden hat? Wie erbärmlich. Aber ich hielt mich tatsächlich für einen Naturmenschen.

Dabei scheint es, als würde ich hier in der freien Wildnis keinen Tag überleben. Die Natur und ich, wir sind Feinde.

Wenn ich könnte, würde ich meine Wut wieder auf Zade projizieren und ihm die Schuld für mein Leid geben, doch diesmal bin ich selbst dafür verantwortlich.

Ich gehe und gehe, stoße aber an kein Ziel. Mir wird klar, wie dumm es war, den gekennzeichneten Pfad zu verlassen, da Zade mich so niemals finden wird, sollte er mir später doch auf den richtigen Pfad gefolgt sein. Es wäre reines Glück, wenn er denselben Weg in den Wald hineinnimmt wie ich. Vielleicht hätte ich ein paar meiner Kleidungsstücke verstreuen sollen, als Hinweis für ihn. Leider trage ich nicht sehr viel auf dem Körper und möchte nicht auch noch nackt durch den Wald irren, wenn ich bereits verdreckt, verwahrlost und verwundet bin.

Als ich den Fluss erreiche, keimt Hoffnung in mir auf, doch im nächsten Moment wird mir klar, dass ich in einer Sackgasse gelandet bin. Der Fluss verläuft quer vor mir, verhindert jedes Weiterlaufen. Er blockiert quasi meinen Weg.

Scheiße, verdammt.

Ich schreie den Gedanken gleich darauf lautstark hinaus. Die Frustration in mir schnürt mir die Kehle zu, als ich bis zum Ufer gehe und unsicher ins Wasser blicke. Die Strömung ist nicht sehr stark, aber hier sind sehr viele Biber. Früher hielt ich diese Tierchen immer für knuffige Nagetiere – eine größere Version eines süßen Hasen oder so –, doch seit wir letztens auf unserem Spaziergang beinahe von drei dieser tollwütigen Viecher angefallen wurden, weiß ich es besser. Zade erklärte mir, dass sie äußerst aggressiv sein können, wenn sie Junge haben oder man in ihr Revier eindringt.

Junge kann ich keine entdecken, aber ich erkenne zwei

dieser bedrohlichen Exemplare in ausgewachsener Form unter Wasser am anderen Flussufer.

Seufzend, weil ich befürchte, mein Todesurteil zu unterschreiben, klettere ich langsam das steile Ufer herab und steige in das noch seichte Wasser. Ich behalte die Monster wachsam im Auge, als ich mit ein paar Metern Entfernung langsam durch den Fluss steige, der mir schon bald bis zum Knie und dann bis zur Hüfte reicht. Ich habe die Strömung unterschätzt. Sie versucht, mich mitzureißen, doch ich leiste Widerstand und kämpfe mich stöhnend durch das eiskalte Wasser, als gäbe es einen Preis zu gewinnen. Fast erfriere ich, als ich das letzte Stück schwimmen muss, weil ich nicht mehr stehen kann. Irgendetwas berührt mich am Fuß und ich schreie, verschlucke dabei eine gute Portion des ekligen Wassers.

Ich frage mich erneut, was zur Hölle ich mir bloß hierbei gedacht habe. Ich möchte in meinem restlichen Leben nie wieder auch nur etwas Ähnliches wie einen Wald sehen. Ich fühle mich wie in einem Survival-Camp, während ich mit Todesängsten an den plötzlich aus dem Wasser auftauchenden Bibern am Ufer hochklettere. Hastig ziehe ich mich hoch und krabbele panisch vor ihnen davon.

Ich könnte schwören, dass sie mir mordlustige Blicke zuwerfen.

»So ein Scheiß«, fluche ich abermals vor mich hin, als ich mich nun patschnass, voller Matsch im Gesicht und Haar, humpelnd durch einen verstauchten Knöchel und mit offenen, blutenden Wunden an den Händen und Armen durch den Wald kämpfe.

Ich bin bereits kurz davor, einfach aufzugeben und mich meinem erbärmlichen Schicksal zu fügen, weil das irgendwie zu meinem Leben passen würde, da höre ich plötzlich meinen Namen.

Es ist Zade.

Er ist irgendwo in der Nähe und ruft nach mir.

»Hier!«, rufe ich zurück, doch meine Stimme bricht vor Kälte. Zitternd versuche ich, seine Stimme zu orten, doch gleich darauf höre ich nichts mehr. »Zade? Bitte, hilf mir … Rette mich!« Verzweiflung und Hysterie unterstreichen meinen Hilferuf, der mich noch in meinen Albträumen verfolgen wird. Trotzdem schreie ich im nächsten Moment: »Bitte … Hilfe! Zade! Za-a-ade!« Meine Stimme stockt und tremoliert. Ich drehe mich wild im Kreis und halte Ausschau nach ihm, kann ihn aber weder sehen noch hören.

Halluziniere ich vielleicht bereits? Habe ich irgendwelche giftigen Pflanzen eingeatmet, als ich mit dem Gesicht in den Matsch gefallen bin?

Resigniert sinke ich auf meine Knie und lasse mich gleich darauf auf alle Viere fallen. Ich kann nicht mehr, das war's. Den Kopf nach unten baumelnd, hocke ich einfach wie ein Tier im Matsch und hyperventiliere.

Plötzlich raschelt es hinter mir. Ganz nah.

Hoffnungsvoll reiße ich den Kopf herum und schicke ein Stoßgebet gen Himmel, als ich Zade auf mich zumarschieren sehe. Im Vergleich zu mir wirkt er, als käme er gerade von einem angenehmen Zehn-Minuten-Spaziergang, während ich einen schieren Überlebenskampf durchgestanden habe.

»Zade …«, meine Lippen bibbern, »danke, danke, Herr im Himmel …« Ich rappele mich auf und humpele in seine Arme, schaffe es aber nur bis vor seine Füße, wo ich wieder stolpere und hinfalle.

Jetzt gebe ich wirklich auf. Ich mache keine Anstalten mehr, mich zu rühren. Mein Körper ist am Ende seiner Kräfte, und mein Verstand hat sich längst verabschiedet. Ihm wurde das hier zu blöd.

Zades Kopf neigt sich langsam nach unten, während ich hilflos und ermattet nach oben blinzele. Als er mich in meiner jämmerlichen Gestalt erblickt, verkrüppelt auf dem Boden, völlig verdreckt, verwundet und triefend nass, weicht mit einem Mal all die Wut aus seinem Blick.

Stattdessen kann ich erkennen, wie seine Mundwinkel zu zucken anfangen. Sie vibrieren förmlich, als würde er jeden Moment in schallendes Gelächter ausbrechen.

»Wehe«, warne ich ihn und stöhne auf, weil ich unabsichtlich den verletzten Fuß belaste, als ich aufsteigen will. Kurzerhand bleibe ich doch wieder auf dem Boden.

»So sahst du vorhin noch nicht aus«, meint er mit einer verdächtig bebenden Stimme. Obwohl kein Spott darin mitschwingt, fühle ich mich verspottet. »Kommst du aus dem Krieg?«

Ich fluche. Er verspottet mich also sehr wohl.

»Hast du die Schlacht wenigstens gewonnen?«, ärgert er mich weiter.

Nun ist es doch so weit. Ich spüre, wie mir kindische Tränen in die Augen steigen und sogleich über meine Wangen rollen. »Ich habe hier um mein blankes Überleben gekämpft, okay! Und du machst dich über mich lustig! Wenn du bloß wüsstest … der Weg war plötzlich weg, also ich meine, ich konnte keinen mehr erkennen … dann bin ich herumgelaufen, hingefallen und mein Knöchel … er ist verstaucht. Meine Hand ist auch … Und ich musste durch den Fluss und da waren die aggressiven Biber! Ich wäre fast ertrunken und zerfetzt worden … Ich –«

»Amorita …«, unterbricht er mein aufgebrachtes Geplapper, nun als sich mein Adrenalinrausch durch den Überlebensmodus legt und all meine Gefühle aus mir herausplatzen. »Komm, ich helfe dir.« Seine raue und kratzige Stimme ist die reinste Liebkosung. Er schlingt seine starken Arme um mich und zieht mich auf die Beine. Dann nimmt er mein Gesicht in beide Hände und entfernt sanft den Dreck von meinen Wangen und dem Kinn. Durch die Tränen ist er noch flüssiger. »Es tut mir leid, dass dich dieser Weg mit der Hölle bekannt gemacht hat.«

Schniefend nicke ich, um das zu bestätigen.

Er versucht es, kann sich das Lächeln aber nicht verkneifen. Als ich deswegen still weinend die Augen zusammenkneife, drückt er einen besänftigenden Kuss auf meinen dreckigen Mund und hebt mich in seine Arme. »Komm, ich trage dich zurück.«

Und das tut er auch, und selbst dabei kommt er nicht ins Schwitzen.

10

LAUREN

·····: :·····

Zade und ich sprechen auf dem Nachhauseweg nicht über meine kurze Auszeit in der grünen Hölle. Als wir zurück in unserem Haus sind, macht er sich sofort daran, mich auszuziehen und in die Dusche zu stellen. Er wäscht den Dreck von meinem Körper und ich weiß nicht, was ich mehr genieße – seine Hände auf meiner Haut oder das heiße Wasser, das diesen erwärmt.

Nachdem er mich trockengerieben hat, wickelt er mich in ein Handtuch und führt mich ins Wohnzimmer. Dort beginnt er, meine Wunden zu versorgen und meinen Knöchel zu kühlen. Ich komme mir vor wie ein Hund, der seinem Besitzer entlaufen ist und dann Stress mit anderen Hunden auf der Straße hatte und verwundet wieder zu ihm zurückkehrt, um versorgt zu werden.

»Danke, dass du nicht aufgehört hast, mich zu suchen, obwohl der Weg so lang war«, lasse ich ihn dann doch wissen, wie dankbar ich ihm bin. Er hätte mich auch meinem Schicksal überlassen können – das wäre einfacher gewesen, als mir hinterher durch den Wald zu irren.

»Eigentlich war er das nicht. Du bist nur im Kreis gelaufen und mir dadurch entwischt«, erklärt er mir, als er den Schnitt an meiner Handfläche desinfiziert.

Gott, ich wünschte, ich könnte behaupten, dass das Absicht war, aber das war es nicht.

»Wie auch immer«, murmele ich und zische leise, als er irgendeine Salbe auf den offenen Schnitt schmiert. »Tut mir leid.«

Nun hält er inne und blickt mit einem seltsamen Ausdruck in den Augen zu mir auf. »Dafür entschuldigst du dich? Dass du in einem Anflug von geistiger Umnachtung und dem Willen eines Kriegers in einem dir unbekannten Naturschutzgebiet vor mir geflohen bist?«

»Ja«, sage ich schlicht. »Auch wenn mir mehr leidtut, dass ich dabei fast gestorben bin, weil ich so viel Überlebensfähigkeit besitze wie eine Ameise.«

Zade lächelt leicht. »Ja, du hast ganz schön etwas durchgemacht, Amorita.«

Ich muss über meine eigene Dummheit lächeln.

»Was hast du dir dabei gedacht?« Nun klingt er ernst, und auch sein Gesicht weist keinerlei Anzeichen von Amüsement mehr auf.

Schulterzuckend weiche ich seinem Blick aus.

»Wie hättest du nach deinem kleinen Ausflug wieder zurück zu unserem Haus gefunden, ganz ohne mich? Du hattest keinerlei Bargeld bei dir, um ein Taxi zu bezahlen.«

So weit habe ich in dem Moment nicht gedacht.

»Oder hattest du gar nicht vor, wieder zurückzukommen?« Prüfend sucht er meinen Blick.

»Keine Ahnung … Ich wollte nur von dir weg.«

Das scheint ihn zu verletzen. Er weicht ein wenig zurück. »Warum?«

Ich seufze leise. »Eben deswegen, Zade.«

»Erklär mir das«, fordert er und räumt die Sachen zurück in den Verbandskasten. »Es wäre dir tatsächlich lieber, in einem Wald verloren zu gehen, als bei mir zu sein?«

»Ich habe ja nicht damit gerechnet, dass ich dort verloren gehe«, verbessere ich ihn schnippisch. »Ich dachte, ich würde irgendwo an einer Straße rauskommen und dort Leute treffen, die mir ihr Handy kurz borgen.«

Seine Miene verfinstert sich. »Um was zu tun?«

»Um Brooke anzurufen.«

»Und ihr was zu sagen?«, verhört er mich.

»Dass ich am Leben bin und sie sich keine Sorgen um mich machen soll!« Versteht er das wirklich nicht? »Sie ist meine Schwester, Zade. Meine Familie. Ich vermisse sie und will nicht, dass es ihr meinetwegen schlechtgeht.«

Nun betrachtet er mich nachdenklich. Immer noch hockt er vor mir, während ich in das Handtuch gewickelt auf der Couch sitze, und lässt seine Augen kalkulierend über mich schweifen. Dann scheint ihn plötzlich eine Erkenntnis zu treffen, die seine Stimmung wieder aufhellt. »Du hast nicht vor, ihr zu sagen, wo wir sind.«

»Was?«

»Auch beim letzten Mal sagtest du, dass du ihr bloß mitteilen möchtest, dass es dir gut geht und sie nicht um dich trauern muss, weil du gar nicht gestorben bist«, erinnert er mich. »Du scheinst nicht daran zu denken, ihr mitzuteilen, wo du bist, oder um Hilfe zu rufen.«

Ich blinzele ertappt und versteife mich. Meine Hände nesteln nervös an dem Handtuch herum und meine Zunge ist belegt, als ich lüge: »Doch, natürlich.«

Ein breites, zufriedenes Lächeln ziert sein Gesicht, als er

sich erhebt und auf mich herabblickt. »Nein, Amorita. Du willst gar nicht gerettet werden.«

»Bitte?« Schnaubend verziehe ich das Gesicht und erhebe mich ebenfalls. Als ob das abwegig wäre, zische ich: »Bilde dir nichts ein. Ich wollte dir das bloß nicht sagen, ist doch logisch?!«

Er lächelt immer noch so verdammt selbstsicher und zufrieden, dass ich wütend werde.

Mehr aber auf mich selbst, denn er hat recht. Ich habe nicht eine Sekunde damit verschwendet, darüber nachzudenken, Agent Malone zu kontaktieren oder Brooke zumindest zu sagen, dass sie es tun soll. Ich wollte sie tatsächlich immer nur wissen lassen, dass ich noch am Leben und wohlauf bin, damit sie nicht um mich trauert. Ich wollte bloß mit ihr sprechen, ihre Stimme hören und sie beruhigen.

Warum zur Hölle habe ich nie daran gedacht, dass ich sie um Hilfe bitten sollte? Oder die Menschen, von denen ich mir ein Handy ausleihen wollte? Warum denke ich mehr darüber nach, wie ich mir Xanax besorgen könnte, als darüber, wie ich zu einem Polizeirevier komme? Warum habe ich die Zeit auf dem Computer der Bibliothek genutzt, um Artikel über mich zu lesen, anstatt jemandem eine E-Mail zu schreiben?

Dass ich gehofft habe, dass das FBI mich suchen und finden wird, ist eine lahme Ausrede dafür. Ich wusste durch die Nachrichten, die ich täglich verfolgt habe, dass sie nicht nach mir suchen können.

Eine erschreckende Erkenntnis sickert in mein aufgewühltes Unterbewusstsein.

Weil ich tatsächlich gar nicht gerettet werden will, wie Zade sagt. Als hätte ich mich damit abgefunden und sogar arrangiert, dass ich mein Leben bis zum bitteren Ende mit ihm verbringen werde. Dass uns nichts und niemand je trennen wird, weil er das nicht zulässt. Es ist einfacher, das einfach zu akzeptieren, als dagegen anzukämpfen.

Aber dagegen angekämpft habe ich seit meinem unfreiwilligen Umzug nicht wirklich. Ich habe mich bloß über die Situation beschwert und ausgelassen, ihn spüren lassen, wie wütend ich auf ihn bin, aber nie gesagt, dass ich *nicht* für immer mit ihm zusammen sein möchte oder werde. Ich sagte, dass ich aufgrund seiner Tat immer wütend auf ihn sein und ihn verfluchen werde. Als er mir letzte Nacht diese Liebesgeständnisse gemacht hat, sagte ich auch bloß, dass er gestört ist, aber nicht, dass ich all das nicht von oder mit ihm will. Oder nicht genau gleich für ihn empfinde.

Oh mein Gott.

Diese Erkenntnis ist noch viel schlimmer als mein Überlebenskampf im Wald. Sie ist wie Säure in meinem Magen.

Weil Zade mich irgendwie erwartungsvoll anstarrt, als ob er meine Gedanken hören könnte und wüsste, dass mir gerade selbst klar wird, dass ich im Grunde die ganze Zeit über still zustimme, mit ihm zusammenzubleiben, wende ich mich ab.

»Ich hätte jetzt gern ein bisschen Zeit für mich, um mich zu erholen«, erkläre ich meinen raschen, humpelnden Abgang und verziehe mich ins Schlafzimmer.

Dort lasse ich mich aufs Bett fallen, greife mir an den Kopf und seufze.

Verdammt, bin ich eine Heuchlerin.

Ganz unerwartet öffnet sich spät abends die Schlafzimmertür. Noch überraschender ist es, dass Zade nicht gekommen ist, weil er etwas von mir braucht, wie es sonst der Fall ist, sondern dass er sich mit entschlossenen Schritten dem Bett nähert. Ich liege mit dem Rücken zur Tür und versteife mich, als sich die Matratze unter mir senkt.

Er hat noch nie versucht, bei mir zu übernachten oder auch nur in diesem Bett mit mir zu liegen. Seit über zwei Wochen schläft er wie ein Gast auf der Couch und hat sich nicht darüber beschwert.

Als er meine Decke hochzieht und seinen warmen, muskulösen Körper an meinen Rücken schmiegt, halte ich die Luft an.

Er ist nackt. Völlig nackt.

Und hart wie Granit.

»Ich habe beschlossen, dass ich genügend Nächte auf der Couch geschlafen habe«, raunt er an meinem Ohr, bevor er wie zufällig seine weichen Lippen darüberstreicht.

»Aber ich hasse dich wieder«, lasse ich ihn supereloquent und schlagfertig wissen, da ich heute schließlich einen kurzen Schwächemoment hatte, während dem ich ihn behandelt habe, als wäre alles in Ordnung zwischen uns. Ich war bloß geschwächt und verwundet und brauchte Trost, außerdem hat er mich gerettet und dafür war ich ihm immerhin dankbar.

»Okay«, sagt er rau.

»Okay?«

»Zum Glück weiß man seit jeher, dass es keine Liebe benötigt, um Sex zu haben.«

Meine Lider flattern wild, und ich spüre, wie sich mein Atem rasant beschleunigt, als er seine Hand unter der Decke an meinem Körper hochgleiten lässt.

»Ich brauche im Moment keine Liebe von dir, Amorita«, lässt er mich mit erregter Stimme wissen. Durch das dunkle Verlangen, das seine Worte durchzieht, klingen sie beinahe drohend. »Ich will nur deine Nähe. Ich will dich nur spüren.«

Er wartet nicht, ob ich ihm meine Erlaubnis dazu erteile,

sondern streicht die Hand zu meinem Hals hinauf und schließt sie darum, ehe er mich auf den Rücken drückt.

Dann schwebt er auch schon wie ein dunkler Schatten über mir.

Als er meine Handgelenke packt und unnachgiebig neben meinem Kopf auf die Matratze presst, keuche ich auf. Seine tiefblauen Augen verbrennen mich und lassen mich wissen, wie sehr er innerlich für mich brennt. Ich kann Flammen darin lodern sehen und eine Dunkelheit, die ich nur von ihm kenne. Sie verbirgt Schatten und Monster, ist wie der Wald heute unergründlich und gefährlich.

»Sag, dass du willst, dass ich dich ficke«, befiehlt er mir.

Sofort will ich ihm und seinem Befehl entkommen, aber ich kann nirgendwohin fliehen. Er hat mich auf die Matratze gepinnt und begräbt mich unter seinem Gewicht. Durch seinen dunklen, dichten Bart wirkt seine Gestalt noch einschüchternder – erst recht so hilflos und bewegungsunfähig unter ihm gefangen.

Dennoch prickelt es in meinem Unterleib. Ich spüre die Reaktion meines Körpers auf Zade ganz deutlich und schäme mich dafür.

»Ich höre nichts«, wird er ungeduldig.

Sein Blick ist so fesselnd, dass ich es nicht einmal schaffe, *ihm* auszuweichen. »Nein.«

»Nein?«, wiederholt er mit einem düsteren Lächeln, das mir Angst einjagen würde, wäre ich nicht plötzlich so erregt und bereit, von ihm in Besitz genommen zu werden. Und vielleicht auch, von ihm bestraft zu werden. Nichts anderes hat er getan, als wir letzte Nacht Sex hatten, und das war genau, was ich gebraucht habe.

Denn ich habe mir selbst noch nicht verziehen, was ich getan habe. Insgeheim weiß ich die ganze Zeit über, dass ich eine große Mitschuld an den aktuellen Umständen habe. Wir wären heute nicht hier, hätte ich nicht dafür gesorgt, indem ich Agent Malone eingeweiht habe.

Wenn ich seinen vielen Warnungen mehr Beachtung geschenkt hätte, wäre mir all das hier erspart geblieben.

Als ich ihm trotze und stumm bleibe, beugt er sich zu mir hinunter und vergräbt seine Zähne genau an der Stelle an meiner Schulter, die er auch gestern mit seinem Bissabdruck markiert hat. Erschrocken stöhne ich auf.

»Versuchen wir es noch einmal.«. Ich atme ihm schwer ins Gesicht, als er mit seinem unmittelbar vor meinem innehält. »Sag es.« Die zwei simplen Worte gehen mir durch Mark und Bein. Es ist die Art, wie fordernd und streng er sie ausgesprochen hat. Passend zu dem strengen Blick, der mit meinem verschmilzt.

Als ich es wage, zu schweigen, küsst er mich, woraufhin ich überrascht blinzele. Erst reagiere ich nicht, doch dann erwidere ich den Kuss genauso sanft. Seine weichen Lippen legen sich verführerisch auf meine, seine Zunge lockt mich näher an ihn heran. Ich strecke den Kopf ein wenig aus und komme ihm mit meiner Zunge entgegen, da beißt er mich plötzlich in die Lippe.

»Fuck!« Schmerzerfüllt befreie ich meine Lippe.

Ich kann sehen, wie sehr es ihn anmacht. Wie ihn meine Schmerzen anmachen. Mich zu bestrafen. Mich wortwörtlich fest im Griff zu haben. Das Wissen, dass ich ihm ausgeliefert und wehrlos gegen ihn bin.

Und bei Gott, auch wenn ich es nicht erklären kann, doch mich macht es genauso an. Ich bin genauso krank wie er, genauso gestört, wie ich ihm vorgeworfen habe.

»Sag. Es.« Jetzt grollt er die Worte und keucht dabei erregt. Seine Zunge leckt täuschend zart über die Stelle, an der er seine Zähne in mein empfindliches Fleisch gebohrt hat.

Ich wimmere.

Sage aber nichts.

Er wandert an meinem Körper hinunter, ohne meine Handgelenke loszulassen, und legt seine Lippen über das seidene Nachthemd auf meine linke Brustwarze. Ich ziehe die Luft ein, weil ich ahne, was gleich folgt. Dennoch kommt sein Biss unerwartet. Zumindest die Härte seines Bisses. Jetzt winsele ich und winde mich erfolglos unter ihm.

»Willst du das von mir, Amorita? Ich kann dir noch mehr davon geben«, murmelt er wie eine Drohung, doch anstatt Furcht, verspüre ich noch mehr Erregung in mir hochkochen. Zwischen meinen Schenkeln ist es bereits feucht und ich bin mir sicher, dass mein Höschen vollkommen durchtränkt von meiner Lust ist.

»Ich will …«, stoße ich stockend hervor und muss mich noch mehr überwinden, die Worte auszusprechen, als seine Augen wieder auf meine treffen. Sie glühen, so wie mein Körper glüht. »Ich will, dass du mich fickst.«

Ein dunkles Lächeln umspielt seine Lippen. Es wirkt durch und durch zufrieden.

Um Himmelswillen, ich wollte noch nie so sehr, dass er mich fickt. Meine Gedanken sind infiltriert von ihm und meine Sinne förmlich betäubt von ihm. Von meiner sehnsüchtigen Lust auf ihn.

Zade lässt von mir ab, doch ich wage es nicht, die Arme herunterzunehmen. Schwer atmend beobachte ich ihn dabei, wie er seine rauen Hände an mir hinuntergleiten lässt, bevor er den zarten Stoff meines Nachthemdes zwischen seinen Fingern zerknittert, um es in die Höhe zu ziehen und meinen Körper zu entblößen.

»Öffne den Mund.« Er stülpt das Nachthemd bis zu meinem Kopf auf, rollt den Stoff ein und presst ihn gegen meine Lippen. Bereitwillig öffne ich den Mund für ihn, da schiebt er mir den seidenen Stoff zwischen die Zähne. Automatisch beiße ich darauf.

Seine Hände umfassen erneut meine Handgelenke und zerren mich mit einem Ruck ein Stück weit nach oben, bis ich das Bettgestell zu fassen bekomme. Ich schlinge die Finger darum.

»Bleib so.«

Mit diesem Befehl wandert er an meinem Körper nach unten. Ich spüre seinen heißen, lustvollen Blick genau wie seine schwieligen Finger an meinem Körper. Er spreizt meine Beine, winkelt sie an, zerreißt mein Höschen und leckt der Länge nach über meine Oberschenkelinnenseite. Dabei achtet er darauf, meinen verstauchten Fuß nicht zu berühren.

Ich lecke mir die Lippen. Er quält mich damit, seine feuchte Zunge über meine erhitzte Haut zu ziehen und dabei gekonnt die Stelle auszulassen, die am meisten nach ihm verlangt.

Keuchend bäume ich mich ihm entgegen. Als er seine Lippen endlich auf mein geschwollenes Geschlecht presst, könnte ich fast im selben Augenblick kommen.

»Du kommst nicht«, informiert er mich, was mich besorgt. Ich weiß nicht, wie ich es verhindern soll, nun da er seinen Mund um meine Klit schließt und fest daran saugt, während seine Zunge kreisend dagegen drückt. Sie bohrt sich in mein Nervenbündel und leckt all die Lust von mir fort, bis ich erzittere. »Nein, Lauren.«

Ich kämpfe dagegen an, doch als er zusätzlich zwei Finger in mich einführt und krümmt, bevor er damit meinen inneren Lustpunkt stimuliert, verliere ich den Kampf kläglich.

Ruckartig bäume ich mich auf und stöhne zittrig mit dem inzwischen nassen Stoff in meinem Mund. Meine Finger zerren und rütteln an dem Bettgestell, das lautstark klappert. Meine Knie scheppern heftig, sodass sie seinen Kopf beinahe berühren, als er sich aufrichtet und mich mit einer hochgezogenen Augenbraue bedenkt.

Ich weiß, was er sagen wird, aber der Orgasmus war unaufhaltsam.

Doch anstatt etwas zu sagen, schlägt er seine flache Hand auf meine noch pochende Mitte.

Ich schreie erschrocken auf, stöhne aber wieder, als er den Vorgang wiederholt.

Verdammt, das tut weh. Gleichzeitig schickt es aber auch Stromstöße durch meinen erregten Körper, der sofort nach mehr verlangt. Ich bin wie elektrisiert.

»Du bist kein gutes Mädchen«, tadelt er mich, seine Gesichtszüge scharf und angespannt.

Sein Hunger nach mir ist förmlich greifbar, als er grob und unbeherrscht meine Hüften packt und mich mit einem Ruck an sein Becken zerrt. Ich japse, meine Finger verlieren den Halt am Bettrahmen, der Seidenstoff gleitet aus meinem Mund. Sein harter Schwanz drückt gegen meinen Eingang und seine Hand findet meine Kehle, als er nicht zögert, sich mit einem harten Stoß in mich zu versenken.

»Oh Gott …«, keuche ich erstickt.

»Ich kann dich noch öfter nach Gott rufen lassen.« Seine Finger verkrampfen sich um meine Kehle und schnüren mir die Sauerstoffzufuhr ab. Währenddessen beginnt er, sich in mir zu bewegen. Er schiebt seine eiserne Länge bis zum Anschlag in mich und lässt sie in mir kreisen. Sanft, langsam. Dann zieht er sich plötzlich fast ganz zurück und stößt gewaltsam zu.

Wieder will ich nach Gott schreien, beiße mir stattdessen aber auf die Lippe, die noch beleidigt von seinem Biss ist.

Als er die Finger um meine Kehle lockert, sauge ich hastig Luft in meine Lunge, doch er raubt mir jeglichen Sauerstoff mit einem hungrigen Kuss, der mich genauso in Besitz nimmt wie sein Schwanz, der nun rhythmisch in mir empordrängt.

Ich verliere mich vollkommen in diesem berauschenden Gefühl und dem dichten Nebel, der in meinen Kopf sickert. In meinem Unterleib zieht es bei jeder seiner Bewegungen heftig. Mit geschlossenen Augen erwidere ich seinen leidenschaftlichen Kuss und schlinge die Arme um ihn, als wäre er mein Rettungsanker. Meine Finger fühlen die wulstige Haut an seinem Rücken, krallen sich in die düstere Geschichte seiner Vergangenheit.

Dann ficken wir ewig so weiter, wälzen uns in den Laken und rutschen wild über die Matratze. Bis meine Beine schwach von seinen Hüften abrutschen und meine Pussy so wund ist, dass sie zu brennen beginnt.

Ich beschwere mich nicht darüber, weil ich zwei weitere sensationelle Orgasmen habe, ehe Zade seine eigene Erlösung findet und keuchend auf mir zusammenbricht. Sein Schwanz pulsiert in mir weiter und sein Becken zuckt unkontrolliert gegen mich, während er mich unter sich begräbt. Ich kann jeden Tropfen seines Spermas in den Tiefen meines Körpers fühlen. Seine Haut ist genauso feucht wie meine, wir kleben förmlich aneinander.

Erschöpft und durch und durch befriedigt lehne ich den Kopf an seine breite Schulter und sauge seinen vertrauten Duft ein.

Jetzt fühle ich mich endlich nicht mehr hungrig nach ihm und seinen Berührungen. Der gestrige und heutige Sex hat mich vollkommen gesättigt.

Bis morgen, vermutlich.

Fast döse ich bereits ein, als Zade sich von mir rollt und mich in seinen muskulösen Armen einsperrt. Seine Umarmung ist wie ein Gefängnis, in dem ich mich inzwischen wohlfühle.

Ich habe es vermisst, so von ihm gehalten zu werden, während ich einschlafe.

Ich habe ihn vermisst. *Uns.*

Ich glaube, dass es ihm genauso geht und er dasselbe denkt, als er sich noch enger an mich schmiegt und sein Gesicht in meinem Haar vergräbt. Doch er sagt etwas anderes, um das zum Ausdruck zu bringen.

»Ich liebe dich.«

11
ZADE

*W*ir sind nun seit fünf Wochen in Dauphin. Die Zeit ist schnell vergangen.

In den letzten drei Wochen lief es besser zwischen Lauren und mir. Zwar haben wir immer wieder Diskussionen, weil sie aus einer Laune heraus beschließt, mir Dinge an den Kopf zu werfen, für die sie mich verantwortlich macht – und für die ich verantwortlich bin –, aber spätestens, wenn wir abends zusammen im Bett liegen, ist wieder alles gut zwischen uns.

Zumindest, während wir ficken.

Ich nehme sie mir jede Nacht, ausnahmslos. Ich bin immer hungrig nach ihrem Körper und bekomme nie genug von ihr. Solange ich sie unter mir habe, habe ich meinen Frieden. Wenn mein Schwanz sie ausfüllt, ist sie mir ergeben und gefügig. Meine Hände auf ihrem Körper garantieren mir eine kurze Auszeit von ihren Vorwürfen.

Aber sie werden immer weniger. Laurens Proteste, schlechte Laune und Beleidigungen nehmen mit jedem Tag deutlich ab.

Dafür wird ihre Bitte nach Kontakt zu ihrer Schwester immer lauter und drängender.

Ich schlage ihr den Wunsch jedes Mal ab, aus dem simplen Grund, dass ich es für ein zu großes Risiko halte. Ich will sie damit nicht ärgern oder verletzen; ich will uns bloß schützen. Ihre Schwester könnte sich an das FBI oder die Polizei wenden. Das kann ich nicht riskieren.

Ich bin froh darüber, dass jeder denkt, dass wir tot sind. Wir werden glücklich bis zum Rest unserer Tage in Ruhe leben. Zwar immer noch bedeckt und etwas versteckt, aber nicht vergleichbar mit dem Versteckspiel, das wir aufführen müssten, wüssten die Behörden, dass wir noch leben. Wir würden ein Leben auf der Flucht führen, ständig in Bewegung. Das will ich Lauren nicht antun. Sie ist ein bodenständiger und sesshafter Mensch. Ein Gewohnheitstier. Sie hasst es, sich neuen Umständen anzupassen, und es fällt ihr schwer, Veränderungen anzunehmen, wie man an unserem Umzug nach Dauphin merkt. Immer noch hat sie sich nicht mit unserem neuen Zuhause angefreundet, weder mit der Stadt noch unserem Haus.

Deswegen habe ich mir etwas für sie überlegt. Etwas, worüber sie sich freuen wird, und was kein wirkliches Risiko für uns birgt. Wir können ein bisschen Abwechslung und Spaß beide gut gebrauchen.

»Zieh dich an«, sage ich zu ihr, als ich das Schlafzimmer betrete, in dem sie schon den ganzen Tag liest. »Schick.«

Sofort funkelt sie mich mit großen Augen an und legt das Buch beiseite. »Wofür? Gehen wir aus?«

»Ja.« Ich lächele leicht, weil sie mit einem Mal so glücklich und zufrieden wirkt. So bekomme ich sie nur noch selten, fast nie zu Gesicht. »Ich entführe dich in eine andere Stadt. Wir können dort schick essen gehen, ins Kino und durch die Stadt bummeln, vielleicht auch ein bisschen einkaufen. Ich kann dir ein iPad kaufen, auf dem du dir Filme herunterladen kannst. Oder einen dieser elektronischen Reader, um andere Bücher zu lesen.«

»Wirklich?«, fragt sie ungläubig.

Ich nicke. »Die Menschen, die uns dort über den Weg laufen könnten, stellen keine Gefahr für uns dar.«

Ohne zu zögern, springt sie vom Bett auf und reißt den Kleiderschrank an der Wand gegenüber auf, in dem sie unsere Sachen ordentlich verstaut hat. Obwohl sie dieses Haus hasst, bemüht sie sich auch hier um Ordnung und Sauberkeit, ganz wie früher bei ihr Zuhause. Das gefällt mir an ihr. Sie ist eine gute Frau in jeder Hinsicht. Manchmal bemerke ich, wie sauer sie wird, wenn ich meine Kleidung herumliegen lasse. Deswegen bemühe ich mich ebenfalls, ordentlicher zu sein.

»Das vielleicht?«, fragt sie mich aufgeregt, als sie ein dunkelblaues Kleid von einem Kleiderbügel zieht. »Mit Strumpfhosen.«

Ich wollte bereits einwenden, dass es kalt draußen ist, nicke schließlich aber. »Zieh deinen dicken Mantel an«, sage ich trotzdem, ehe ich mir ein schwarzes Hemd schnappe und aus meinem Shirt schlüpfe. Ich wähle eine dunkle Jeans dazu und kann meine Augen nicht von Lauren abwenden, als sie sich gleichzeitig neben mir entblößt. Sie hat von unserem gestrigen Sex kleine, blaue Flecken auf ihrem knackigen Hintern.

Mein Schwanz wird unwillkürlich hart.

»Ich schminke mich schnell«, reißt sie mich aus den Gedanken, die sich darum drehen, ihren süßen Arsch zu ficken, und huscht aus dem Zimmer.

Seufzend bekleide ich mich und lege meine Uhr an.

Wenn meine einzige Aufgabe bis an mein Lebensende darin bestünde, diese Frau zu ficken, wäre ich zufrieden.

Als wir uns kurz darauf auf den Weg machen, reden wir wieder nicht sehr viel miteinander. Doch heute ist es keine unangenehme Stille zwischen uns. Wir sind bloß beide tief in unsere Gedanken versunken.

Dennoch bin ich zufrieden, als Lauren nach einer Weile unser Schweigen bricht.

»Wie lange fahren wir dorthin?«

»Ungefähr drei Stunden.«

»Was?« Verwundert blinzelt sie. »So lange fahren wir, extra um ins Kino, essen und shoppen zu gehen?«

»Leider ist alles in näherer Umgebung genauso langweilig wie Dauphin«, lasse ich sie wissen. »Die nächste größere und belebtere Stadt liegt so weit entfernt.«

»Puh«, macht sie und macht es sich gleich darauf noch gemütlicher im Sitz.

»Wir haben sowieso nichts anderes zu tun, Amorita.«

»Stimmt.« Innig betrachtet sie mich von der Seite, wirkt nachdenklich. »Spielen wir solange ein Spiel?«

Amüsiert runzele ich die Stirn. »Ein Spiel?«

»Ich frage dich was, du fragst mich was«, fasst sie es mir kurz zusammen. »Wir kennen uns inzwischen ziemlich gut, aber wir wissen immer noch nicht alles übereinander.«

Neugierig erwidere ich ihren Blick. »Und du wüsstest gerne mehr über mich?«

Etwas verlegen blickt sie aus dem Fenster. »Wir müssen das Spiel auch nicht spielen.«

»Doch, fang an«, fordere ich sie auf, ohne sie darauf hinzuweisen, dass das im Grunde gar kein Spiel ist. Ich freue mich über ihr Interesse und ihre gute Laune.

Offensichtlich gibt es viel, das sie noch gerne von mir wüsste, denn ihre erste Frage schießt sofort aus ihrem Mund.

»Wann hattest du deinen ersten Kuss?«

Ich schmunzele. »Das ist es, was du noch gerne über mich wüsstest?«

»Na ja …«, sie zuckt mit den Schultern, »die wichtigen Dinge weiß ich ja bereits über dich. Aber man sollte auch die unwichtigen wissen, finde ich.«

»Von mir aus«, stimme ich zu. »Mit zehn.«

»Mit zehn?«, wiederholt sie beinahe entsetzt. »Wow, du warst offenbar kein Spätzünder.«

»Du schon?«

»Ja. Ich hatte meinen ersten Kuss mit fünfzehn und mein erstes Mal mit siebzehn.«

Das gefällt mir. Sie ist genauso rein und unschuldig, wie es mir bereits mein erster Eindruck damals von ihr vermittelt hat.

»Und du? Erstes Mal?«, bohrt sie augenblicklich neugierig nach.

»Mit vierzehn.« Als ich daran zurückdenke, verziehe ich das Gesicht. »Es war schlimm.«

Lauren lächelt amüsiert. »Wieso? Warst du schlecht?«

»Sie war schlecht«, sage ich, obwohl man das über eine Frau nicht behaupten sollte. Aber in dem Fall entspricht es der Wahrheit. »Erst war sie zu übereifrig, als sie mich geritten hat, wodurch sie mir wehgetan hat und ich an Härte verloren habe. Dann hat sie mich verletzt, als sie mir einen geblasen hat, damit er wieder einsatzfähig wird. Ich habe geblutet.«

»Wow«, schießt es lachend aus ihr hervor. »Das klingt wirklich nach keinem ersten Mal, an das man sich gerne zurückerinnert.«

»Und du? Erinnerst du dich gerne an deines zurück?« Sie sollte diese Frage besser mit Nein beantworten, sonst muss ich den Bastard finden, der ihr ihre Unschuld geraubt hat, und beseitigen.

»Gott, nein«, seufzt sie zu meiner Erleichterung. »Es war

kurz, schmerzhaft und unangenehm. Hat vielleicht drei Minuten gedauert, und trotzdem war ich danach traumatisiert.«

»War er grob?«, frage ich dunkel. Vielleicht muss ich ihn doch noch ausfindig machen.

Sie schüttelt den Kopf und ihr blondes Haar bewegt sich dabei verführerisch auf ihren Schultern. »Nein, gar nicht. Aber es tut beim ersten Mal immer ein bisschen weh.« Abrupt reißt sie die Augen auf. »Oh, warte. Zählt Oralsex auch als erstes Mal?«

Ich denke kurz darüber nach. »Nein, aber jetzt will ich wissen, wann zum ersten Mal ein Junge seinen Kopf zwischen deinen Schenkeln hatte.« Warum ich mich selbst so foltere, weiß ich nicht.

»Mit sechzehn. Ich weiß nicht mal mehr, wie der Kerl hieß. Es war auf einer Party und ich war total betrunken.«

Ich sollte diesem Bastard die Zunge herausschneiden. Es macht mich eifersüchtig, dass ein anderer Mann weiß, wie sie schmeckt. Hanes habe ich bereits ausradiert. Mir kommt die grandiose Idee, jeden Mann, der seine Finger oder seinen Mund an dieser Frau hatte, zu vernichten, um der einzige Mann auf dieser Welt zu sein, der noch behaupten kann, zu wissen, wie sie schmeckt und sich anfühlt.

»Er hat gar nicht gewusst, was er da tut, aber ich habe so getan, als fände ich es toll«, erzählt sie mir nichtsahnend von meinen düsteren Gedanken und lacht leise.

Ich will das Thema wechseln. Mir Lauren mit einem anderen vorzustellen, verdirbt mir die Laune, selbst wenn das Ewigkeiten zurückliegt.

»Ich habe übrigens heute Morgen die Dusche repariert. Jetzt kann man die Wassertemperatur wieder richtig regulieren«, lasse ich sie also unvermittelt wissen.

Ich spüre ihre grünen Augen auf mir, als sie ein Lächeln zu verbergen versucht.

»Was?«, frage ich.

»Nichts, es ist nur …« Sie verstummt und räuspert sich. Dann überlegt sie einige Sekunden lang, ob sie ihren Gedanken mit mir teilen will. »Schon früher in Colorado Springs dachte ich mir, dass ich unter anderen Umständen gut mit dir leben könnte. Du beteiligst dich an allen Haushaltsarbeiten, kümmerst dich immerzu um Reparaturen am Haus und bemühst dich, ordentlich zu sein. Außerdem kochst du, und deine Kochkünste werden immer besser.«

Ich schmunzele, auch wenn ich mich an ihrer Formulierung störe. Sie sagte, *sie könne unter anderen Umständen* gut mit mir leben. Ich beschließe jedoch, mich nicht daran aufzuhängen, weil ich es als Fortschritt verbuche, dass sie mir überhaupt erst ein Kompliment gemacht hat.

»Schön, dass du mit mir zufrieden bist«, meine ich und lege meine Hand auf ihren schlanken Oberschenkel.

Lauren blickt darauf herab. Erst nähern sich ihre Finger wie automatisch den meinen, doch dann stoppt sie in der Bewegung. Als ob sie sich davon abhalten möchte, mir auf diese Weise näherzukommen. Auf diese unschuldige, romantische Weise. Sie will mir keine Zuneigung zeigen, obwohl sie das Bedürfnis danach verspürt.

»Was willst du noch über mich wissen?«, frage ich sie rau.

»Für den Moment nichts mehr«, murmelt sie, was mich enttäuscht. Offenbar hat ihr irgendetwas zum Nachdenken gegeben, doch sie wirkt nicht wütend oder distanziert, nur abwesend. Ich kann ihren Kopf förmlich arbeiten hören.

Ich konzentriere mich wieder auf die Fahrt. Sie vergeht trotz der Stille zwischen uns schnell und lohnt sich allemal, da die Stadt, die ich für uns ausgesucht habe, weit mehr zu bieten hat als Dauphin.

Wir bummeln durch die Einkaufsstraßen, geben eine Menge Geld für Dinge aus, von denen ich hoffe, dass sie Lauren zufriedener machen, schlagen uns in einem gut besuchten Restaurant den Magen voll und sehen uns dann auch noch einen Film im Kino an. Lauren wirkt glücklich und fröhlich, was mich wiederum glücklich macht. Im Kino erlaubt sie mir sogar, ihre Hand zu halten und unsere Finger miteinander zu verschränken, während wir uns Popcorn teilen.

Es fühlt sich gut an, solch alltägliche Dinge mit ihr zu tun. Wie ein normales Paar. Und mir wird bewusst, dass es genau das ist, was uns fehlt. Das, was sie braucht, um die Vergangenheit ruhen zu lassen und vorwärtszuschauen. Mit mir zusammen.

Ich habe außerdem das Gefühl, dass ich das auch brauche. Es gibt eine Menge Dinge, die ich nachzuholen habe, weil ich in der Vergangenheit weder eine Beziehung noch eine längere Affäre hatte. Somit war ich nie auf Dates.

»Wir sollten so etwas öfter machen«, schlage ich ihr also auf dem Weg zurück zu unserem Wagen vor.

Ihr überraschtes Lächeln wirkt zugleich dankbar, als sie nicht zögert und mit einem Nicken zustimmt. »Ja, das wäre schön.«

Ich erwidere ihr bezauberndes Lächeln, als mein Blick wie unbewusst über ihre Schulter auf zwei große Gestalten fällt, die sich sofort davonmachen. Beunruhigt runzele ich die Stirn. All meine Nackenhaare stellen sich einzeln auf.

Ich könnte schwören, dass mir diese beiden Männer vertraut waren. Leider konnte ich ihre Gesichter nicht deutlich sehen, weil sie sich zu schnell abgewandt haben. Jetzt sind sie bereits davon marschiert.

»Was ist los?« Lauren dreht sich um und folgt meinen Blick.

»Nichts«, erwidere ich mit dunkler Stimme. In mir regt sich ein paranoider Teil, der Misstrauen in mir weckt und sich wie ein Stein in meinem Magen festsetzt. »Warte kurz hier.«

Obwohl ich sie in der Öffentlichkeit niemals aus den Augen lasse, entferne ich mich nun von ihr, um dorthin zu gehen, wo ich die beiden Männer vorhin gesehen habe. Ich marschiere um die Ecke des Geschäftes, vor dem sie standen, sehe sie jedoch nicht mehr.

Unmöglich, dass sie es waren. Das kann nicht sein.

Was sollten zwei meiner ehemaligen Brüder hier in Kanada treiben? Es sind zudem nur sehr wenige Mitglieder meiner Organisation entkommen, sodass es ein großer Zufall wäre, zwei von ihnen hier in diesem willkürlich ausgewählten Ort anzutreffen.

Ich hielt sie für die beiden Brüder, die bereits früher ein Problem mit mir hatten, weil sie mich verdächtigten, die Ratte unter unseren Leuten zu sein. An dem Tag, an dem sie mich alle abgeschlachtet haben wie ein Vieh, waren die beiden an vorderster Front, um mich ihre Wut und Abneigung spüren zu lassen. Von ihnen stammen all die Narben an meinem Rücken.

Ich schüttele mir die Gedanken und das Misstrauen ab. Ich bin durch meine Vergangenheit ein wenig paranoid geworden. Dem ist es sicher zu verschulden, dass ich immerzu Gefahren sehe. Ich halte nun mal ständig nach ihnen Ausschau und so will mir mein Hirn wohl einen Streich spielen.

Als ich mich umdrehe, spanne ich mich am ganzen Körper an. Lauren steht nicht mehr dort, wo ich sie zurückgelassen habe.

Sofort drehe ich den Kopf in alle Richtungen und setze

mich in Bewegung. Ist sie wieder vor mir davongelaufen? Dann …

»Hier bin ich!«, kommt es aus dem vorderen Bereich eines Bücherladens. Lauren macht einen Schritt nach draußen, sodass ich sie besser sehen kann. Der Alarm geht los, weil sie in der Hand eine Verpackung aus dem Geschäft hält. »Das ist einer dieser E-Book-Reader. Können wir den mitnehmen?«

Erleichtert atme ich aus. Meine süße Frau wollte nicht wieder vor mir weglaufen. Glück für mich und Glück für sie.

»Ja.« Ich marschiere auf sie zu und schnappe sie mir, als sie sich sofort auf den Weg zur Kasse machen will. Sie keucht überrascht, als ich meinen Arm um ihre Taille schlinge und sie ruckartig an meinen Körper ziehe. »Gib mir erst noch einen Kuss.«

Ein Funkeln liegt in ihren Augen, und ihre Wangen erröten ein wenig, als ich das Gesicht erwartungsvoll zu ihr hinunterbeuge. Sie zögert, doch dann küsst sie mich in aller Öffentlichkeit, sogar mit Zunge. Etwas, das sie noch nie getan hat.

Ich lächele an ihrem Mund.

Mit heute fühlt es sich tatsächlich an, als würden wir ein großes Stück voranschreiten. Bald schon hat sie mir verziehen, dass ich sie allem beraubt habe, was sie hatte, und mich zu allem gemacht habe, was sie je wieder haben wird.

Obwohl ich mir sage, dass ich mich irre und bloß paranoid bin, halte ich auf dem Rückweg ständig Ausschau nach Fahrzeugen, die uns womöglich folgen.

Das Misstrauen ist nach wie vor irgendwo tief in mir verankert und zwingt mich auch in den darauffolgenden Tagen, wachsam zu sein.

Sollte doch etwas dran sein … Nein, diesen Gedanken will ich nicht einmal zu Ende denken.

Wir sind hier sicher. Wir müssen es sein.

Denn es wäre noch viel schlimmer, müssten wir vor meinen ehemaligen Brüdern fliehen als vor dem FBI. Von dieser riesigen, staatlichen Sicherheitsbehörde entdeckt zu werden, bereitet mir nicht annähernd solche Sorgen, wie mir der Gedanke verursacht, dass uns meine Vergangenheit in der Organisation einholen könnte.

Denn eines ist sicher.

Diesmal würden sie nicht nur mich unter meinem Verrat leiden lassen.

12
LAUREN

Sieben Wochen lebe ich bereits in Kanada. An mein neues Leben habe ich mich nach wie vor nicht zu einhundert Prozent gewöhnt, aber mit Zade kann ich inzwischen wieder besser und leichter umgehen. Ich würde fast behaupten, dass es gut zwischen uns läuft. Wir haben in den letzten Tagen nicht gestritten und jede Nacht grandiosen Sex. Ich habe mich nach all der Zeit einfach an ihn gewöhnt. Es blieb mir gar nichts anderes übrig. Dieser Mann ist seit Monaten Teil meines Lebens – sogar der wichtigste darin, weil er sich dazu gemacht hat.

Es ist die intensivste Beziehung, die ich jemals geführt habe. Nicht einmal mit Matt, mit dem ich verlobt war, habe ich so viel Zeit verbracht. Wir waren auch nie so innig miteinander, und er kannte auch nicht jede Facette an mir so wie Zade. Er war beruflich ständig unterwegs, und auch wenn wir oft Sex hatten, wenn er zu Hause war, war die Intimität, die ich mit ihm geteilt habe, nicht dieselbe wie die, die ich mit Zade teile. Unser Sex ist leidenschaftlicher, von vielen unterschiedlichen Gefühlen geprägt, uns verbindet etwas anderes.

Etwas weitaus Tieferes und Schwereres als simple Anziehung. Etwas Undurchlässigeres als Liebe.

Liebe kann sich verlieren. Sie kann abnehmen, schwächer werden, verpuffen, als wäre sie nie da gewesen. Über Liebe kommt man hinweg. Liebe ist austauschbar, man kann sie von einem Menschen auf den nächsten projizieren.

Doch Hass … Hass nagt an dir, verwächst mit dir und wird ein Teil von dir. An Menschen, die man hasst oder einst gehasst hat, erinnert man sich nie platonisch zurück. Selbst nach Jahren bleiben ein paar der früheren Empfindungen zurück. Hass geht nicht verloren; man lebt nur in der Illusion, dass er sich verloren hätte – bis man wieder damit konfrontiert wird.

Da ich so viel Hass Zade gegenüber empfunden habe, fühlt sich all die Liebe, die diesen allmählich mehr und mehr überschattet, erdrückender an. All die Gefühle in mir wiegen eintausend Mal so viel, wie es normalerweise der Fall ist.

Zade ist in jeder freien Minute meines Lebens an meiner Seite, und das nicht erst seit gestern. Ich mache mir selbst demnach keinen Vorwurf, weil ich denke, dass es ganz natürlich ist, dass ich mich diesem Leben mit ihm gefügt und mich ihm angepasst habe. Dass ich begonnen habe, unsere Vertrautheit und Nähe nicht nur zu akzeptieren, sondern zu genießen. Es geschah bereits in Colorado Springs, und jetzt passiert es wieder.

Ich beginne, mich in ihn zu verlieben. Beginne, mit ihm zusammen sein zu *wollen*.

Beginne, ihm zu verzeihen, was er getan hat.

Weil ich es gar nicht mehr so furchtbar finde, hier mit ihm gefangen zu sein. Unser Leben ist ruhig, friedlich. Wir haben unsere Routinen, die mir allmählich mehr und mehr gefallen. Ich habe wieder begonnen, mit ihm Selbstverteidigung zu trainieren, was mich erfüllt, weil ich jetzt wie er ein Hobby habe. Es war sein Wunsch, dass wir unser Training fortsetzen. Außerdem waren wir ein weiteres Mal außerhalb Dauphins, um uns neue Orte anzusehen. Zwar waren wir in keiner belebten Stadt, weil Zade das aus irgendeinem Grund nicht wollte, aber trotzdem tat die Abwechslung zu unserer öden Kleinstadt gut.

Nur in dem Wald beim Nationalpark waren wir nie wieder.

Zade hat heute zum dritten Mal allein das Haus verlassen, was mich wundert. Er hat mich gebeten, hierzubleiben, und mich natürlich eingesperrt, für den Fall, dass ich auf die Idee kommen sollte, wegzulaufen. Wohin er gegangen ist, hat er mir nicht gesagt. Bei den letzten beiden Malen kam er mit Abendessen für uns zurück, doch er war weitaus länger weg, als dass ich glauben könnte, er hätte uns nur etwas zu essen besorgt. Warum würde er mich da nicht mitnehmen?

Weil mir ohne ihn langweilig ist, spaziere ich durchs Haus und sorge für ein wenig mehr Ordnung. In dem Zimmer gegenüber dem Schlafzimmer befindet sich ein Gästezimmer, wie ich bereits vor Wochen festgestellt habe. Vermutlich hat Zade die Couch zum Schlafen vorgezogen, weil sich diese direkt beim Eingang befindet. So konnte er mich besser hören, hätte ich wieder versucht, zu verschwinden.

Ich packe die Bücher, die ich noch in der Bibliothek zurückgeben muss, nun da ich einen elektronischen Reader habe, in eine Tüte und stelle sie schon einmal zur Haustür, um sie nicht zu vergessen. Auch wenn wir offenbar genügend Geld besitzen, bin ich nicht bereit, die horrende Verzugsgebühr zu bezahlen, die sie für zu spät zurückgebrachte Bücher verrechnen.

Da fällt mein Blick auf die Türleiste am Boden neben dem Schuhregal. Sie steht ein wenig von der Wand ab, als wäre sie kaputt. Doch ich entdecke bei genauerem Hinsehen, dass irgendetwas dafür sorgt, dass sie sich nicht richtig an der Wand befindet.

Aus einem Impuls heraus bücke ich mich, schiebe die Tüte beiseite und fasse an die hölzerne Leiste. Ich ziehe leicht daran und rüttele an ihr, bis sie noch ein wenig mehr nachgibt.

Da steckt ein Schlüssel zwischen Wand und Leiste.

Der Hausschlüssel. Es muss dieser sein, denn er sieht genauso aus wie der, den Zade immer benutzt, um auf- und abzuschließen.

Vermutlich handelt es sich um den Ersatzschlüssel. Zade wollte ihn wohl nicht in einer der Schubladen verstecken oder bei seinen Sachen verstauen. Dort hätte ich ihn überall noch eher finden können.

Mein Herz pumpt hart und aufgeregt gegen meine Rippen.

Ich habe den Schlüssel zu meiner Freiheit vor der Nase und weiß nicht, was ich damit anfangen soll. Ich könnte einfach aus dem Haus spazieren und nie wieder zurückkehren. Zade ist erst vor gut einer halben Stunde gegangen, und die letzten beiden Male war er zwischen zwei und drei Stunden fort.

Was soll ich jetzt bloß tun?

Meine Finger finden den Schlüssel und ziehen ihn hin- und hergerissen hervor. Ich betrachte ihn eine volle Minute lang, ehe ich mich erhebe und ihn ins Schloss an der Haustür stecke. Ich drehe ihn, um zu sehen, ob er die Tür aufschließt und tatsächlich – nun lässt sie sich öffnen.

Ich sollte abhauen. Sollte ein paar Sachen packen, mich anziehen und verschwinden. Ich sollte diesem Leben und Zade Lebewohl sagen und in mein altes zurückkehren.

Aber was würde dort auf mich warten? Mein Zuhause liegt in Schutt und Asche. Meinen Job würde ich nicht wieder aufnehmen, da mir all die Fragen meiner Kollegen unangenehm wären. Ich wäre für immer die Frau, die von einem Kriminellen entführt wurde und totgeglaubt war, nachdem sie sich bereits einmal versucht hat, umzubringen.

Meine Schwester würde auf mich warten, sofern sie noch dort lebt. Es sind fast zwei Monate vergangen. Wer weiß, was in ihrem Leben in der Zwischenzeit los war. Vielleicht hat sie so sehr um mich getrauert, dass sie die Stadt und all die Erinnerungen an unsere Eltern und mich zurücklassen wollte.

Ich muss sie anrufen. Ich muss ihr sagen, dass es mir gut geht.

In Windeseile schlüpfe ich in meine Schuhe und Jacke, schnappe mir das wenige Geld, das auf einem der Bretter an der Wand liegt, und verlasse das Haus. Die kalte Luft prescht mir ins Gesicht, als ich die Tür hinter mir zuknalle und die Jacke an meiner Brust zuziehe. Den Schlüssel schiebe ich in meine Hosentasche, um ihn nicht zu verlieren.

Sollte ich keinen Menschen antreffen, hoffe ich darauf, eine Telefonzelle zu finden. Deswegen habe ich auch das Geld mitgenommen. Brookes Nummer ist seit jeher dieselbe, ich kenne sie auswendig.

Heute ist es wahnsinnig kalt und regnerisch, doch ich beachte die vielen Regentropfen nicht, die auf mich herabprasseln, als ich zur Straße laufe und mich in beiden Richtungen umsehe. Da wir oft mit dem Auto fortfahren, weiß ich, dass es rechts hinauf und etwas weiter entfernt Wohnhäuser gibt. Bestimmt müsste ich zwanzig Minuten laufen.

Ich zögere nicht und mache mich auf den Weg. Ein Glück, dass mein Knöchel inzwischen verheilt ist. Mir ist schweinekalt, als ich durch die ausgestorbene Gegend marschiere und mein Ziel dabei klar vor Augen behalte. Ich sage mir, dass es nicht schlimm ist, dass ich das hier tue, weil ich immerhin nicht Agent Malone anrufen will, sondern meine Schwester.

Brooke wird auf mich hören, wenn ich ihr sage, dass sie das FBI nicht hinzuziehen soll. Ich muss ihr einfach sagen, dass es mir gut geht und ich am Leben bin.

Ob ich ihr sagen werde, dass sie das FBI nicht hinzuziehen soll? Es fühlt sich falsch an, meine einzige Chance auf Rettung verstreichen zu lassen. Andererseits … Was, wenn es ein zweites Mal schiefgeht, dass ich Agent Malone mit einbeziehe? Was tut Zade dann?

Egal, ich entscheide das spontan. Mein Gefühl wird mir sagen, was richtig ist. Zade wird nie etwas davon erfahren, wenn ich rechtzeitig wieder zurückkehre.

Nach gut fünfzehn Minuten teilt sich die Straße. Ich blicke in die Nebenstraßen, durch die wir noch nie gefahren sind, und entdecke einen kleinen Drugstore. Unmittelbar laufe ich darauf zu. Irgendwer muss dort arbeiten, und diese Person hat bestimmt ein Telefon.

Als ich das Geschäft betrete, bin ich klatschnass. Ich schüttele mir den Regen ab und sehe mich nach einem Angestellten um, der nirgendwo zu entdecken ist. Tropfend marschiere ich durch die Gänge und rufe dabei: »Hallo? Jemand da?«

Niemand reagiert. Ich seufze ungeduldig.

Plötzlich fällt mein Blick auf all das, das mich umgibt und zum Greifen nahe ist.

Pillen, da sind überall Pillen. Die vertrauten Verpackungen lassen ein Kribbeln in meinem Körper aufsteigen. Mein Herzschlag beschleunigt sich. Einige davon sind in Glasvitrinen weggesperrt, die meisten aber liegen frei zur Entnahme in den Regalen.

Das hier ist gleichzeitig mein größter Traum und Albtraum.

Meine Augen zucken von Packung zu Packung, bis ich sehe, wonach ich gesucht habe.

Xanax.

Ich kann es weder erklären noch vor mir selbst rechtfertigen, doch ehe ich blinzeln kann, habe ich mir eine Packung geschnappt und mir diese unter die Jacke geschoben. Mein Geld reicht nicht aus, um sie zu bezahlen. Es fühlt sich falsch, so verdammt falsch an, doch das Bedürfnis, diese Tabletten mitzunehmen, ist innerhalb weniger Sekunden übermächtig geworden. Der Gedanke, diesen Laden ohne sie zu verlassen, schier unvorstellbar.

Wie oft habe ich davon geträumt, eine Xanax zu nehmen? Oder irgendetwas, das mir den vertrauten Frieden schenkt, der mir fehlt, seit wir Colorado Springs verlassen haben?

Als die Glocke hinter mir baumelt, zucke ich erschrocken zusammen. Ein Mann mittleren Alters kommt aus einem hinteren Bereich des Ladens hervor, in der Hand eine Getränkedose. Er sieht sich suchend um und lächelt, als er mich entdeckt.

Mein Puls rast. Wenn er mich als Diebin entlarvt, ruft er die Cops. Dann fliegen Zade und ich auf.

Scheiße.

Ich muss gehen, ohne den Anruf getätigt zu haben. Ich muss einen anderen Weg finden. Am besten marschiere ich weiter zu den Wohnhäusern. Irgendjemand ist gewiss zu Hause und leiht mir sein Handy.

»Kann ich Ihnen helfen, Miss?«

Mit einem nervösen Lächeln schüttele ich den Kopf, die Xanax fest an meinen Körper unter der Jacke gepresst. »Nein, danke. Ich wollte hier nur kurz Unterschlupf wegen des starken Regens finden, aber jetzt muss ich wieder weiter.«

Nichtsahnend nickt der Mann freundlich.

»Schönen Tag noch«, sage ich rasch, als ich den Laden verlasse und bete, dass der Alarm nicht losgeht.

Tut er nicht.

Draußen angekommen atme ich schwer aus und überquere die Straße, um zurück zur Hauptstraße zu kommen.

Da fährt plötzlich ein Auto vom Seitenstreifen direkt vor mich und blockiert mir den Weg.

Als ich Zade hinter dem Steuer entdecke, dreht sich mir der Magen um.

Er zögert nicht, aus dem Wagen zu steigen, und sein Blick lässt das Blut in meinen Adern gefrieren.

»Steig ein.« Die Worte poltern mir entgegen.

Ich beginne, zu zittern. Mehr Angst als vor seiner Standpauke, weil ich das Haus ohne sein Wissen verlassen habe, habe ich vor seiner Reaktion, wenn er die Pillen bei mir entdeckt.

»Amorita«, ruft er mir täuschend ruhig zu. Seine blauen Augen warnen mich davor, jetzt wegzulaufen. »Du hast drei Sekunden, um in diesen Wagen zu steigen.«

Kapitulierend senke ich den Blick und gehe auf den Wagen zu. Meine Finger zittern, als ich die Packung Xanax unauffällig in das innere Seitenfach meiner Jacke schiebe. Vielleicht habe ich Glück und er wird sie nicht finden.

Kaum sitzen wir nebeneinander im Wagen, tötet er mich förmlich mit seinem Blick. Ich öffne den Mund, um etwas zu sagen, da schneidet er mir direkt das Wort ab.

»Ich will jetzt kein verdammtes Wort von dir hören.«

Ich schlucke und mache mich in meinem Sitz klein. Er fährt uns in hohem Tempo zurück zu unserem Haus und steigt dort angekommen, ohne zu zögern, aus. Beunruhigt und angespannt folge ich ihm durch den Regen ins Haus, das immer noch unverschlossen ist. Während ich meine Schuhe im Flur ausziehe, geht Zade los und wirft einen Blick in jedes Zimmer des Hauses, als ob er befürchten würde, jemand könnte in der kurzen Zeit eingedrungen sein.

Wer sollte das hier bitte tun?

»Setz dich und leg den Schlüssel auf den Tisch«, befiehlt er mir, als er zurückkommt.

Wie ein ungehorsames Kind tue ich, wie mir geheißen, und nehme auf der Couch Platz. Meine Jacke habe ich immer noch an. Den Schlüssel fische ich aus meiner Hosentasche und werfe ihn auf den Glastisch.

Als Zade sich schließlich ebenfalls ausgezogen und die Tür verriegelt hat, bleibt er breitbeinig und bedrohlich unmittelbar vor mir stehen. Seine Miene ist eine Mischung aus Frustration und Zorn, als er unentwegt auf mich herabblickt, bis ich seinen Blick verunsichert erwidere.

»Ich will dir wirklich wieder vertrauen, Amorita, aber du machst es mir schwer.«

Mein Mund bleibt geschlossen. Was sollte ich auch schon sagen?

»Das war ein Test«, lässt er mich wissen. »Und du bist durchgefallen.«

»Was?« Überrumpelt runzele ich die Stirn. »Wo warst du?«

»Im Auto vor dem Haus. Ich habe den Ersatzschlüssel ganz bewusst dort platziert. Ich wusste, dass du ihn finden würdest, solltest du einen Weg aus dem Haus suchen oder dich an dem Schloss zu schaffen machen.«

Meine Lider flattern. Verdammt, er ist einfach zu gut. Er ist mir immer zwei Schritte voraus, überlistet mich ständig. Ich habe ihn in seinem Wagen gar nicht entdeckt – ich habe nicht einmal seinen Wagen entdeckt.

»Ich habe nicht versucht, abzuhauen«, lasse ich ihn dann wissen. »Ich habe den Schlüssel durch einen Zufall entdeckt.«

Sein Blick verrät mir, dass er mir keine Silbe davon glaubt.

»Ich bin dir hinterhergefahren«, eröffnet er mir dann. »Du hättest dich lieber mal umsehen sollen. Das tut man, wenn man vor jemandem davonläuft.«

»Ich bin nicht vor dir davongelaufen«, murmele ich schwach. »Ich wollte nur einen Weg finden, um Brooke anzurufen.«

»Und dieser Weg führte dich in einen Drugstore?«, bohrt er nach.

Ich zucke mit den Schultern. »Dort arbeiten Leute.«

»Hast du dir ein Telefon leihen können?«, verhört er mich weiter.

Ich schüttele den Kopf.

»Warum nicht? Ich habe einen Mann in dem Laden gesehen.«

Verdammt, wie erkläre ich ihm, warum ich wieder gegangen bin, bevor ich das getan habe, wofür ich den Laden überhaupt erst aufgesucht habe?

Plötzlich verändert sich etwas in seiner Miene. Sie wird beängstigend finster.

»Leere deine Taschen.«

»Was?«, echoe ich piepsig.

»Leere verdammt noch mal sofort deine Taschen, Lauren.«

Verdammt, verdammt, verdammt.

Auffällig zitternd, weil ich todesnervös werde, greife ich in die äußeren Taschen meiner dicken Jacke und ziehe das Innenfutter heraus. »Da ist nichts … Ich weiß nicht, was du denkst …«

»Die Innentaschen auch«, befiehlt er mir hart und ungeduldig.

»Zade, ich …«

Seine Hand schnellt nach vor, reißt an meiner Jacke. Erschrocken schreie ich auf. Er schält mich gewaltsam heraus und tastet sie danach prüfend mit den Händen ab. Als er etwas in der Innentasche spürt, verzerrt sich seine Miene. Fluchend reißt er die Packung Xanax heraus und starrt mich beinahe fassungslos an.

Ich schäme mich in diesem Moment so sehr, dass es wehtut. Vor mir selbst und vor ihm. Ich bin schwach, einfach willenlos. Ich kann selbst nach Wochen, in denen ich wieder clean war, dem Drang nicht widerstehen, mir Pillen einzuwerfen, sobald sie in Reichweite sind. Das ist erbärmlich. *Ich* bin erbärmlich.

»Das ist es, was du dir besorgen wolltest? Deine Scheißtabletten?« Er schreit. Ich zucke zusammen. Noch nie hat er mich so angeschrien, er ist außer sich.

»Nein, ich … ich habe sie zufällig entdeckt und mitgenommen! Keine Ahnung, warum, ich … ich wollte wirklich nur telefonieren!«, verteidige ich mich verzweifelt.

»Du bist unglaublich.«

Meine Brust krampft. Das Schlimme an dieser Situation ist, dass Zade mehr enttäuscht als zornig wirkt. Seine Augen schreien vor Enttäuschung. Ich kann genau erkennen, wie frustriert und fassungslos er darüber ist, dass ich wieder zu Pillen greifen wollte. Er drückt das bloß mit Wut aus, weil das eben seine Art ist.

»Wie lange geht das schon?«, will er ungehalten wissen.

Nervös nestele ich an meinem Shirt herum. »Ich nehme keine Pillen … Wie denn auch? Du überwachst mich doch ständig.«

Seine Augen röntgen mich. Er starrt mich so lange prüfend und kalkulierend an, bis ich dem Blick nicht mehr standhalten kann. Das verrät ihm wohl, dass ich etwas zu verbergen habe.

»Lüg mich verdammt noch mal nicht an, Lauren. Sag mir sofort, seit wann du wieder etwas nimmst.«

Ich atme immer hektischer, weiche seinem Blick weiterhin konsequent aus und schreie auf, als er mich am Arm packt und von der Couch hochreißt.

»Ich habe vor ein paar Wochen in Colorado Spings wieder ein paar Pillen eingeworfen!«, knicke ich nun panisch ein und spüre, wie mir Tränen in den Augen brennen. »Es waren nur ein paar, nur um runterkommen …«

Zades Blick fällt in sich zusammen. Diese Reglosigkeit in seiner Miene ist fast noch beängstigender als sein wutverzerrter, enttäuschter Blick.

Dann schleift er mich plötzlich durch das Wohnzimmer in den Flur. Sein Griff um meinen Arm ist eisern. Ich schreie, wehre mich panisch und keuche, als er mich im Badezimmer förmlich zu Boden stößt, direkt neben der Toilette. Eigentlich hat er mich bloß energisch losgelassen, aber durch mein wildes Zappeln bin ich hingefallen.

Er hilft mir nicht auf. Stattdessen landet die Packung Xanax neben mir auf dem Boden.

»Spül sie runter.« Er ist nicht mehr laut, nicht mehr so außer sich und dennoch beginne ich zu schluchzen. »Jede verdammte Pille einzeln.«

Weinend greife ich mir die Packung und öffne sie mit zittrigen Fingern. Dann halte ich den Tablettenstreifen über die Toilette und drücke eine Pille nach der anderen heraus. Als keine mehr zurückbleibt, sehe ich verzweifelt zu ihm auf.

»Und jetzt spül sie runter.«

Ich tue, was er sagt. Dabei krampft es in meiner Brust und meine Kehle ist ganz eng.

Als er sich danach einfach abwendet, als könne er meinen Anblick nicht ertragen, rappele ich mich weinend auf und laufe ihm hinterher.

»Ich bin kein Junky mehr! Ich wollte doch bloß –«

Er wirbelt so schnell zu mir herum, dass ich erschrocken zurückstolpere. Seine Augen tragen einen genauso verzweifelten Ausdruck wie meine, als er mit beiden Händen mein nasses Gesicht umschließt und mit bebender Stimme hervorpresst: »Du wirst immer eine Süchtige bleiben, Lauren. Du kannst nicht einmal eine verfickte Kopfschmerztablette zu dir nehmen. Verstehst du das denn nicht? Diese Pillen schaden dir. Diese Pillen hätten dich beinahe umgebracht. Und ich kann dich verdammt noch mal nicht verlieren.«

Ich vergieße bittere Tränen. Seine Hände zittern an meinem Gesicht, so verkrampft hält er es fest. Als wolle er sich an mich klammern, um mich nicht zu verlieren.

»Tu mir das nicht an«, fleht er mich plötzlich an. »Wenn du schon um deinetwillen nicht damit aufhören kannst, dann tu es um meinetwillen. Ich *bitte* dich. Ich kann nicht immer befürchten müssen, dass du dir bei der nächstbesten Gelegenheit wieder deine Drogen besorgst. Ich kann nicht in ständiger Angst leben, dass sich das, was damals geschehen ist, wiederholt. Du musst stark sein. Für *mich*.«

Er meint meine Überdosis, meinen Selbstmordversuch. Ohne ihn wäre ich heute gar nicht mehr hier. Nicht nur hat er mich damals gefunden und ins Krankenhaus gebracht, er hat auch danach sichergestellt, dass ich clean bleibe.

»Okay.« Ich greife an seine Handgelenke und spüre all den Schmerz in meinem Herzen, den er in seinem trägt. All die Verzweiflung, Frustration und Angst. Der Gedanke, mich zu verlieren, scheint ihn zu zerreißen, ihn förmlich in eintausend Stücke zu zerfetzen. So aufgewühlt habe ich ihn noch nie erlebt, niemals.

Als ich bemerke, dass seine Augen ein wenig glasig sind, wird ein Teil meiner Seele ebenfalls in Stücke zerfetzt.

Dieser unzerstörbare, unantastbare Mann ist meinetwegen

den Tränen nahe. Er weiß, dass meine Tablettensucht das Einzige ist, das außerhalb seiner Kontrolle liegt – aber auch das Schlimmste. Es könnte die fatalsten Folgen nach sich ziehen.

»Tut mir leid«, schießt es schluchzend aus mir hervor. Meine Nägel bohren sich in seine Haut. »Tut mir so leid, wirklich … Ich mache es nicht mehr. Ich schwöre es dir.« Ich meine jedes einzelne Wort davon so.

Zade atmet tief durch, scheint sich zu beruhigen. Er nimmt meine Hände in seine, zieht mich an seine Brust und umarmt mich ganz unerwartet. Ich zögere nicht und klammere mich an ihm fest, vergrabe das Gesicht an seiner gut duftenden Brust.

»Wenn du wieder das Bedürfnis hast, Pillen einzuwerfen, sagst du es mir«, raunt er mir zu, während er mich fest an sich drückt. »Wenn dich diese Gedanken plagen, will ich es wissen. Ich helfe dir, sie abzuschütteln. Du bist damit nicht allein, Amorita. Und du musst dich deswegen nicht schämen.«

Ich nicke einfach nur. Ich weiß, dass ich damit aufhören muss. Ich kann nicht immer wieder rückfällig werden. Diese Pillen zerstören mich. Zades Bitte erinnert mich an Brooke, die mich früher ebenfalls oft angebettelt hat, endlich damit aufzuhören und mir helfen zu lassen.

Auf sie habe ich nicht gehört, was mich beinahe umgebracht hat.

Auf Zade werde ich hören. Ich schwöre es mir, wie ich es ihm geschworen habe.

Ab jetzt bin ich fertig damit. Ich bin durch mit dem Gift, das mir bloß vortäuscht, mir zu helfen. Dabei nährt es sich von meiner Seele und frisst mich von innen heraus auf. Mit Zade habe ich jemanden an meiner Seite, der mir helfen wird, dagegen anzukämpfen.

Irgendwie verstehe ich gerade zum ersten Mal, dass ich

tatsächlich nicht mehr alleine bin. Nicht mehr alleine mit meinen Problemen, nicht mehr einsam. So sehr hatte ich mir nach Matt gewünscht, wieder eine Schulter zum Anlehnen zu haben, und hier ist sie – ich habe sie bloß bisher nie genutzt, weil ich es mir verboten habe.

»Versprich es mir«, verlangt er rau.

»Ich verspreche es dir, Zade.«

»In Ordnung.« Er drückt mich von sich und wischt sanft die Tränen von meinen Wangen fort. »Ich werde mir etwas wegen deiner Schwester überlegen. Wir werden sie wissen lassen, dass es dir gut geht, wenn es dir so wichtig ist.«

»Wirklich?«, frage ich fassungslos, woraufhin er mit einem warmen Ausdruck in den Augen nickt, die jedoch immer noch unruhig wirken.

»Versprich es mir«, fordere ich nun auch von ihm.

»Ich verspreche es, Amorita.«

13
ZADE

Unruhig sitze ich in meinem Wagen und beobachte die Straße vor unserem Haus. Ich bin bereits eine Weile umhergefahren, habe aber nichts entdeckt, das meine Aufmerksamkeit erregt hat. Es stört mich, dass ich meine Zeit auf diese Weise vergeuden muss, da ich lieber mit Lauren zusammen wäre. Aber ich muss einfach sichergehen, dass ich mich getäuscht habe.

Allmählich denke ich zu meiner Erleichterung, dass ich das tatsächlich habe. Bei keiner meiner Überwachungsmissionen habe ich einen meiner ehemaligen Brüder irgendwo ausmachen können. Auch kein auffälliges Fahrzeug, nicht einmal eines mit einem Kennzeichen eines anderen Ortes. Niemand beschattet uns.

Wären es tatsächlich meine ehemaligen Brüder gewesen, die ich dachte, auf unserem Ausflug vor zwei Wochen gesehen zu haben, wären sie uns gewiss längst auf der Spur. Sie würden nicht ruhen, ehe sie wüssten, wo ich lebe. Sie würden dafür alles in die Wege leiten.

So sehr ich auf Rache an Hanes aus war, so sehr wollten diese Männer Rache an mir nehmen.

Und sie denken, sie hätten sich gerächt. Sie denken, ich sei dabei gestorben. Wie ich es nicht bin, ist mir noch heute unklar, aber eines ist glasklar – wenn diese Männer auch nur den Hauch einer Ahnung davon bekommen, dass ich noch unter den Lebenden weile, werden sie es sich zur Lebensaufgabe machen, mich zu finden und zu Ende zu bringen, was sie begonnen haben.

Das Problem ist, dass ich nicht einmal weiß, wie viele Mitglieder der Organisation genau entkommen sind und ob sich diese getrennt und zerstreut haben.

Ich habe lange überlegt, aber schließlich habe ich einen alten Kontakt damit beauftragt, herauszufinden, wo sich die verbliebenen Mitglieder der Organisation niedergelassen haben. Ob sie sie wiederaufgebaut haben, bloß an einem anderen Ort. Es wäre nicht auszuschließen, dass sie Amerika verlassen haben, um nicht auch noch geschnappt zu werden. Aber Kanada? Ich kenne diese Männer – hätte ich daran geglaubt, dass auch nur eine geringe Chance besteht, dass sie sich hier niederlassen, hätte ich mich für einen anderen Wohnort für Lauren und mich entschieden.

Mein früherer Kontaktmann hat lediglich für mich gearbeitet und keinerlei Verbindung zu diesen Männern, sodass ich keiner Gefahr laufe, mich damit zu verraten. Außerdem kenne ich diesen Kerl schon ewig; er hat völlig andere Interessen, als sich Feinde zu machen. Ihm war es vollkommen egal, zu erfahren, dass ich noch lebe. Ich weiß nicht einmal, ob er wusste, dass ich angeblich tot bin.

Ich warte bereits seit Tagen auf eine Rückmeldung von ihm. Tage, die ich damit verbracht habe, meine Frau stundenlang alleine zu Hause zu lassen, ohne ihr zu sagen, warum. Sie verhört mich nicht, aber ich merke ihr an, dass sie langsam misstrauisch wird. Sie will wissen, warum ich plötzlich immer ohne sie verschwinde und solch ein Geheimnis daraus mache.

Vielleicht hat sie sich deswegen entschlossen, wieder wegzulaufen. Ich hielt es für eine gute Möglichkeit, sie zu testen, wenn ich schon unser Haus bewachen muss. Ich weiß nicht, ob ich ihr glauben kann, dass sie den Hausschlüssel durch einen Zufall entdeckt hat und bloß, um zu telefonieren, das Haus verlassen hat. Es spielt es keine Rolle, da ich sie ohnehin rechtzeitig eingefangen habe. Meine Amorita entwischt mir nicht und ich wünschte, sie würde das endlich verstehen. Ich habe sie unmittelbar entdeckt, wollte sie jedoch nicht sofort aufhalten, da ich interessiert daran war zu sehen, wohin sie geht.

Dass sie sich Medikamente besorgt hat, hat mich vollkommen die Beherrschung verlieren lassen. Und zu hören, dass das bereits in Colorado Springs angefangen hat, noch mehr.

Ich hoffe, dass sie sich an ihr Versprechen hält. Ich will, dass sie gesund und wohlauf ist.

Nun bin ich wieder etwas vorsichtiger, was sie angeht. Wir sind immer noch nicht an dem Punkt, an dem ich ihr wieder vertrauen kann, geschweige denn sie unbeaufsichtigt oder nicht eingesperrt lassen kann.

Leider.

Ich schnappe mir mein Prepaid-Handy aus der Mittelkonsole und wähle aus einem Impuls heraus die Nummer meines Kontaktmanns. Ich kann nicht mehr warten. Ich brauche die Informationen über meine entkommenen Brüder.

»Ja?« Sein Tonfall klingt genervt, wie immer. Dieser Mensch hat andauernd schlechte Laune.

»Raoni hier«, sage ich knapp. »Was hast du herausgefunden?«

»Noch nichts, sonst hätte ich dich angerufen«, lautet seine Antwort.

Ich mahle die Kiefer aneinander. »Was fehlt dir, um an die Informationen zu gelangen?«

»Ein Rückruf.«

Ich nicke vor mich hin. Also sollte es hoffentlich nicht mehr lange dauern, bis ich erfahre, ob Lauren und ich hier in Gefahr schweben oder nicht.

Natürlich hätte ich sie sofort einpacken und mit ihr verschwinden können, aber das wollte ich ihr nicht antun. Grundlos mit ihr weiterzuziehen, an den nächsten Ort, den sie direkt hassen wird, würde uns wieder zurückwerfen. Sie gewöhnt sich gerade erst an unser Haus und unser Leben hier, und ich halte es in Dauphin für sehr sicher, sollten keine alten, vertrauten Gesichter in der Nähe sein.

»Ich warte auf deinen Anruf«, sage ich mit einem Drängen in der Stimme und beende das Gespräch, aber er hat bereits aufgelegt. Ich weiß, dass er sich umgehend melden wird, wenn er meine Informationen hat, aber ich bin ungeduldig.

Zumal ich befürchte, dass Lauren das ebenfalls mit mir wird. Sie wird sich schon bald nicht mehr damit zufriedengeben, dass ich ihren Fragen ausweiche, wenn ich nach Hause komme. Ich will nicht, dass sie sich fürchtet, wenn ich ihr ehrlich sage, was hier los ist.

Denn vielleicht ist gar nichts los und ich bin nur ein paranoider, verliebter Mann, der übertrieben reagiert, weil er solche Angst davor hat, seine Frau zu verlieren – auf welche Weise auch immer.

14
LAUREN

*Z*ade plagen in den letzten Nächten wieder vermehrt Albträume. Ständig werde ich aus dem Schlaf gerissen, weil er sich so wild hin- und herwälzt. Oft murmelt er dabei unverständliche Dinge vor sich hin, manchmal zittert er auch heftig.

Er hat wirklich eine gequälte Seele, die niemals ruht, nicht einmal, wenn er es tut.

Heute ist es besonders schlimm. Ich werde wiederholt wach, weil er mit mir in den Armen zuckt und keucht. Als ich versuche, seinen schweren Arm von meiner Taille zu schieben, krallt er sich ruckartig an mir fest. Seine Finger schließen sich beinahe flehentlich um meinen Arm, als bräuchte er Halt, während ihn die Dämonen seiner Vergangenheit heimsuchen.

»Zade«, flüstere ich und umfasse die Hand, mit der er mich so eisern festhält. Es tut ein wenig weh. »Zade, wach auf.«

Er murmelt etwas und atmet mir schwer in den Nacken. Sein Gesicht ist in meinem Haar vergraben und ich spüre, wie sein Körper an meinem Rücken Hitze ausströmt. Er schwitzt furchtbar und erzittert plötzlich wieder.

»Zade.« Ich richte mich auf, fahre mir verschlafen über das Gesicht und stoße ihn dann leicht an der Schulter an. »Aufwachen. Hörst du mich?« Obwohl ich weiß, dass es unglücklich enden kann, wenn ich ihn beim Träumen aus dem Schlaf reiße – einmal ist er ungewollt über mich hergefallen –, höre ich nicht damit auf, bis er erschrocken die Augen aufreißt. »Hey, alles gut. Du hast wieder schlecht geträumt.«

Er ist komplett neben sich, sein Blick verloren.

Sein Anblick tut mir weh, und so lege ich ihm eine Hand auf die bärtige Wange und flüstere ihm beruhigende Dinge zu, bis der Ausdruck in seinen verschleierten Augen nicht mehr ganz so zerrissen und gequält wirkt.

»Amorita«, raunt er schließlich mit seiner kratzigen Stimme und zieht mich an seine feuchte Brust. Er klammert sich an mich, wie er sich bereits vorhin an mich geklammert hat, und atmet lautstark meinen Duft in sich ein. Das scheint ihn zu beruhigen. »Tut mir leid, dass ich dich wieder geweckt habe.«

»Das macht nichts.« Ich kuschele mich an ihn und spüre, wie hart sein Herz gegen seine Rippen pocht. »Warum träumst du in letzter Zeit wieder so oft von deiner Vergangenheit? Noch öfter als früher.«

Er beantwortet diese Frage nicht. Stattdessen greift er unter die Decke. Ich kann sehen, wie sich seine Hand auf Höhe seiner Hüfte bewegt, bevor er mich wortlos auf der Matratze nach unten schiebt und die Decke zur Seite schlägt. Immer noch atmet er schwer, scheint weiterhin in seinen Albträumen gefangen zu sein.

Deswegen drückt er mich wohl auch im nächsten Moment fordernd und kommentarlos mit dem Gesicht an seinen bereits harten Schwanz. Die Adern darauf sind geschwollen und zeichnen sich dunkel auf seiner samtigen Haut ab.

Ich blinzele zu ihm auf. Er muss mich nicht darum bitten – ich erkenne die Bitte in seinen gequälten Augen.

Langsam nehme ich die pralle Spitze seiner Männlichkeit in den Mund. Ich beginne, ihn sanft zu stimulieren, doch das ist scheinbar nicht, was er gerade von mir braucht. Seine Hände krallen sich grob in mein Haar und drücken mich genauso grob nach unten. Ich würge, doch er nimmt keine Rücksicht darauf. Sein Becken schnellt nach oben, und er fickt mich mit einem schnellen, harten Rhythmus in den Mund.

»Schau mich an.«

Sein Befehlston zwingt mich dazu. Der hypnotische Blick seiner blauen Augen fesselt mich. Zuerst verkrampft sich sein Gesicht wie unter Schmerzen, während seine schweren Atemzüge seine Brust heben. Dann zuckt ein Muskel an seinem Kinn und sein ganzer Körper spannt sich an.

Tränen sammeln sich in kürzester Zeit in meinen Augen und Speichel tropft mir über das Kinn. Ich würge und röchele, kralle mich in seine angespannten, muskulösen Oberschenkel. Seine bereits so erhitzte Haut wird noch heißer, sodass sie mich beinahe zu verbrennen droht.

Zade keucht, stöhnt, knurrt. Allmählich weichen die düsteren Erinnerungen aus seinen Augen. Nun betrachtet er mich mit den Augen eines wilden Tieres, während er sich unerbittlich in meine Kehle drängt. Wie mechanisch bewegt er das Becken immer und immer wieder nach oben, bis ich husten und nach Luft schnappen muss und mich von ihm losreiße.

Zwischen meinen Schenkeln spüre ich verdächtige Feuchtigkeit, und mein Körper glüht plötzlich genauso sehr wie seiner. Es macht mich an, wenn er so grob mit mir umgeht. Aus einem verwerflichen Grund mag ich es, wenn er mich auf diese Weise benutzt. Es schmeichelt mir zudem, dass ich das

Einzige bin, das ihn Frieden finden lässt. Dass er mich und meine Nähe braucht, wenn sich seine Seele wieder quält.

Deswegen wehre ich mich auch nicht, als er sich gleich darauf grob über mich hermacht. Seine großen Hände packen mich, zerren an meinem seidenen Nachthemd. Sie reißen es mir förmlich vom Körper. Mit einer genauso ungestümen Ungeduld zwingt er mich auf alle Viere und krallt sich in meine Pobacken. Er zieht sie grob auseinander und lässt seine Härte zwischen meine vor Erregung geschwollene Spalte gleiten. Ich stöhne auf, als er über meine pochende Klit reibt. Sie schreit nach Zuwendung, die sie nicht bekommt.

Dann versenkt er sich mit einem rauen, gutturalen Laut bis zum Anschlag in mir. Kurz entweicht mir jeglicher Sauerstoff und ich verkrampfe mich. Falls überhaupt möglich, ist sein Schwanz heute zu einer noch beachtlicheren Größe angeschwollen. Sein Umfang überdehnt mich.

Die Art, wie er mich dann fickt, erinnert mich wieder an ein Tier. Er behandelt mich ohne jede Zärtlichkeit und Rücksicht, rein triebgesteuert. Hart knallt er sein Becken gegen mich und hält mich dabei in Position. Ich biege den Rücken durch, vergrabe das Gesicht in den Bettlaken und stöhne meine Lust lautstark heraus. Immer wieder wimmere ich, weil sein Eindringen so gewaltsam ist.

Es entlockt mir dennoch einen Orgasmus, der mich in andere Sphären katapultiert.

»Ich kann nicht mehr«, keuche ich daraufhin, weil meine Muskeln schmerzen und meine Beine heftig zittern.

Da er mich so brutal fickt, sacke ich kraftlos auf die Matratze. Das hindert ihn nicht daran, weiterzumachen. Er packt meine Hüften, zerrt meinen Hintern in die Höhe und fährt damit fort, seinen Stress an mir abzubauen. Immer wieder unterbindet er damit meine verzweifelten Versuche, ihm zu entkommen. Sein Becken presst mich wieder und wieder nach unten, und der Druck in meinem Unterleib wird erneut kontinuierlich höher. Diesmal entlädt er sich aber nicht mehr.

Wir hatten heute bereits drei Mal Sex, ich hatte vier Orgasmen. Mein Körper ist allmählich nicht mehr dazu fähig, seinem dunklen Verlangen nach mir standzuhalten, auch wenn es eine bittersüße Folter ist, der er mich aussetzt.

»Zade …«

»Du kannst. Komm noch einmal für mich.«

Atemlos schüttele ich den Kopf. »Ich kann nicht, ich …«

»Berühre dich.«

Die Strenge in seiner Stimme fegt den dichten Nebel in meinem Kopf fort. Gehorsam schiebe ich eine Hand zwischen meine Beine und reibe meine geschwollene, empfindsame Klit. Fast tut es weh, doch gleichzeitig rauscht flüssiges Feuer durch meine Venen. Ein feiner Schweißfilm liegt auf meiner gesamten Haut, und die Bilder vor meinen Augen verschwimmen, als der Druck in meinem Inneren ein weiteres Mal explodiert. Jeder Muskel an meinem Körper zuckt heftig und verkrampft sich. Mein Puls rast und hämmert im Gleichklang mit meinem Herzen.

Zade erschauert hinter mir. Er fährt mit den Fingern in mein Haar, als er auf meinem Rücken zusammenbricht und mich unter sich auf der Matratze begräbt. Sein Gewicht erdrückt mich und sein abgehacktes Stöhnen vibriert an meinem Ohr, als sich seine Lippen darauf legen. Er braucht lange, bis er sich von seinem Orgasmus erholt, und all sein Sperma tropft aus mir, als er sich schließlich von mir rollt und aus mir zieht.

»Danke, Amorita.«

Ich schließe die Augen und genieße, wie mich seine Hände nun, ganz im Gegensatz zu gerade eben, sanft berühren und in den Schlaf streicheln.

15
LAUREN

$\mathcal{J}$n den nächsten zwei Tagen ist Zade nicht mehr ohne mich unterwegs, was mich freut. Wir verbringen unsere Zeit ausschließlich zusammen und ich genieße das in vollen Zügen. Das bereitet mir Sorge. Im Grunde will ich nicht so fühlen. Ich habe nicht vergessen, wie es überhaupt erst dazu kam. Aus freiwilligen Stücken bin ich nicht hier und auch nicht mit ihm zusammen.

Aus freiwilligen Stücken passierte gar nichts zwischen uns, nicht von meiner Seite.

Dennoch ist es unleugbar, dass ich in unserer Beziehung mehr und mehr aufblühe. Ich beginne, seine Nähe zu suchen, beginne, ihm noch mehr über mich zu erzählen, öffne mich ihm komplett. Ich sehe ihn als einen Freund an – meinen Freund und Liebhaber –, und vergesse dabei all das Schlechte in ihm. All das Negative, das er in mein Leben gebracht hat.

Weil es sich nicht mehr negativ anfühlt, wenn es so harmonisch zwischen uns läuft.

Aber schließlich habe ich auch nur noch ihn. Er ist alles, was mir geblieben ist. Dafür hat er gesorgt.

Und kaltes Wasser fühlt sich immer warm an, wenn deine Hände frieren.

Ich bin gerade dabei, die Zutaten für unser Mittagessen herauszusuchen, das wir heute zusammen kochen wollen – ein neues Rezept, das wir aus dem Internet haben –, da läutet Zades Handy im Gästezimmer. Beinahe ruckartig lässt er den Topf fallen, den er gerade aus dem Küchenschrank entnommen hat, und marschiert eilig ins Gästezimmer, in dem er sein Handy eingesperrt hat. Auch wenn er mir versprochen hat, dass ich Brooke kontaktieren darf, hat er mir noch nicht mitgeteilt, wie und wann.

Ich beschließe, ihn gleich darauf anzusprechen, wenn er zurückkommt.

Stirnrunzelnd frage ich mich außerdem, wer zur Hölle ihn überhaupt anruft. Er hat doch überhaupt keine Freunde und Bekannte. Hat es etwas mit seinem stundenlangen Verschwinden in den vergangenen Tagen zu tun?

Neugierig lege ich die Zutaten achtlos auf die Center
küecheninsel und husche in den Flur. Ich will sein Gespräch belauschen, komme jedoch nicht dazu, weil er plötzlich die Tür des Gästezimmers aufreißt, wodurch ich erschrocken zurückstolpere. Er telefoniert nicht mehr.

»Wer hat dich –«

»Lauren.« Seine Stimme hat einen unheilvollen Ton angenommen. Aufgrund der Ernsthaftigkeit in seiner Miene schlägt mein Herz unwillkürlich schneller. Aber da liegt auch so etwas wie eine Entschuldigung in seinem Blick, was mich noch mehr beunruhigt.

»Was?«, hauche ich angespannt.

»Wir müssen gehen.«

Ich verstehe nicht, was er meint. »Wohin?«

»Weg von hier. Raus aus Kanada«, eröffnet er mir zu meiner Verwirrung. »Und das sofort.«

»Was, aber warum?«, platzt es nervös aus mir heraus, als er an mir vorbeimarschiert und die Tür zum Schlafzimmer aufreißt. »Wir müssen woanders hinziehen, meinst du?«

»Ja.« Er zögert nicht, marschiert mit schweren Schritten auf das Bett zu und zieht zwei große Reisetaschen darunter hervor, die ich noch nie zuvor zu Gesicht bekommen habe. Er war wohl auf solch einen Fall vorbereitet. »Los, pack deine Sachen.«

»Jetzt sofort?«, frage ich und werde immer nervöser und beunruhigter aufgrund seines untypischen Verhaltens.

»Ja, jetzt sofort.« Der Blick, den er mir über die Schulter zuwirft, als er die Türen des Kleiderschranks öffnet, ist ein einziger, ungeduldiger Befehl. »Wir können hier nicht bleiben. Das ist alles, was du wissen musst.«

»Ähm, nein«, sage ich irritiert und verschränke die Arme vor der Brust. »Das ist bestimmt nicht alles, was ich wissen muss. Ich will verdammt noch mal erfahren, was hier los ist.« Plötzlich trifft mich ein Geistesblitz. »Hat uns das FBI gefunden?«

»Nein«, erwidert er jedoch zu meiner … Ja, was? Erleichterung oder Enttäuschung?

»Sondern?«, dränge ich, ohne mir die Frage zu beantworten.

Zade beginnt systematisch, unsere Kleidungsstücke in die Taschen zu räumen. Da ich nicht wie angeordnet meine Sachen packe, übernimmt er das einfach für mich.

»Zade! Du machst mir Angst.«

Nun hält er in der Bewegung inne, seine dunklen, stürmischen Augen treffen auf meine. Aufgrund der Düsternis darin bekomme ich es nun wirklich mit der Panik zu tun. Ich vermag den Ausdruck in seinen Augen nicht zu deuten, aber er verspricht nichts Gutes. Wir starren einander sekundenlang nur an, die Luft im Raum wird immer dünner. Die plötzliche Spannung zwischen uns ist bedrückend unheilschwanger.

»Du musst mir einfach vertrauen, Amorita. Kannst du das für mich tun?« Eine drängende Bitte liegt in seinen Worten.

»O-okay«, spucke ich aus, weil mir klar wird, dass hier etwas gewaltig schieflaufen muss. Niemals sonst würde Zade mich einfach von jetzt auf gleich dazu zwingen, meine Koffer zu packen. Er sagte außerdem zu Beginn unserer Zeit in Dauphin, dass wir eines Tages zusammen an diesem einsamen Ort sterben würden.

Also muss es einen triftigen Grund geben, weshalb er diesen Plan Hals über Kopf verwirft.

»Wer war am Telefon?«, frage ich trotzdem, als ich mich beeile, ihm damit zu helfen, unsere Sachen zu packen. Achtlos stopfe ich sie in die beiden Taschen.

Er beantwortet mir die Frage nicht, sondern trägt die Taschen aus dem Zimmer, als sich all unsere Kleidungsstücke darin befinden. Dass er es so verdammt eilig hat, versetzt mich nur noch mehr in Panik.

Was zum Teufel ist hier los?

»Sind wir in Gefahr?«, schießt es ängstlich aus mir heraus, als er zurückkehrt und einen seiner dicken Pullover überzieht. Wortlos wirft er mir ebenfalls einen seiner Pullover zu, da ich nur eine Jogginghose und ein kurzärmeliges Shirt trage. »Bitte, Zade, antworte mir. Ich will hier nicht weg!«

»Du hasst es doch sowieso hier«, wendet er ausweichend ein und greift nach meinen Armen, um mir den Pullover selbst anzuziehen, da er nicht warten will, bis ich es tue.

»Aber jetzt habe ich mich an dieses blöde Haus und diese blöde Stadt gewöhnt«, halte ich überfordert dagegen, nachdem ich mit dem Kopf in den Pulli geschlüpft bin. Er duftet nach ihm. »Wenn uns das FBI nicht gefunden hat, wer dann?«

»Niemand hat uns hier gefunden«, erklärt er mir knapp. Dann marschiert er zielstrebig durch das Haus und sammelt alle noch verbliebenen Sachen wie meinen elektronischen Reader ein. »Noch nicht. Deswegen müssen wir jetzt sofort verschwinden, Lauren. Verstehst du das?«

Ich laufe ihm wie ein Hund hinterher. »Nein. Wer könnte uns denn sonst noch gefährlich werden?«

Zade schiebt mich aus dem Bad, nachdem er sich unsere wenigen Kosmetikartikel geschnappt hat, doch ich wehre mich gegen seinen Griff. Seufzend packt er mich am Arm, doch ich reiße mich von ihm los. Ich will Antworten, wenigstens die eine.

Als er sie mir gibt, erstarre ich.

»Die Schatten meiner Vergangenheit.«

»W-w-was?« Meine Lippen bibbern. Furcht nistet sich mit einem engen Ziehen in meiner Brust ein.

»Wenn du nicht erfahren willst, wie sich meine Albträume im wahren Leben anfühlen, dann müssen wir jetzt verdammt noch mal verschwinden.«

Ich zucke zurück. Dann keuche ich.

Diese Männer aus seiner Organisation wissen also, dass er noch lebt. Und anscheinend auch, dass er sich in Kanada aufhält.

Oh mein Gott.

Mir wird schwarz vor Augen und ich greife mir an die Brust. »Nein, das … das kann nicht wahr sein.«

Zade ist sofort bei mir und drückt mich an sich. Er gibt mir Halt und flüstert mir beruhigende Worte zu, die mich absolut nicht beruhigen. Das ist das Horrorszenario schlechthin. Wie konnte das passieren? Und was sollen wir jetzt tun?

Wo sind diese Männer und woher weiß er, dass sie eine Gefahr für uns darstellen?

Diese Fragen stecken in meiner Kehle, doch kein Wort kommt mehr über meine bibbernden Lippen. Ich zittere, als ich mich von Zade löse und aus einem Impuls heraus zurück ins Schlafzimmer laufe und die Matratze auf meiner Bettseite anhebe. Hastig schnappe ich mir die Kette, die er mir einst geschenkt hat und welche ich hier versteckt habe, und kralle die Finger darum.

»Okay, wir können gehen.« Obwohl ich vorhin noch dagegen protestiert habe, tragen mich meine Füße jetzt wie selbstständig aus diesem Haus. Ich will weg von hier, weg von der Gefahr. Todesängste erschüttern mich und schlingen sich wie schwere Pranken um meinen Hals.

Als Zade die Kette sieht, die ich eilig anlege, werden seine Augen für den Bruchteil einer Sekunde weicher und ruhiger. Nun weiß er, dass ich sie nie wirklich zerstört habe. Er kommentiert das nicht, sondern folgt mir wortlos zur Haustür. Wir schlüpfen in unsere Schuhe und Jacken und marschieren nach draußen.

Achtlos wirft er unsere Taschen und anderen Sachen auf die Rückbank, ehe er sich drei Waffen aus dem Kofferraum schnappt. Mit Herzrasen beobachte ich ihn dabei, wie er sie mit flinken Fingern lädt. Zwei davon wirft er auf die Rück-bank, eine steckt er in das Seitenfach an seinem Fahrersitz.

Mir wird schwindelig, als ich zu ihm in den Wagen steige. So unsicher ist es hier für uns, dass er sich sogar bewaffnen muss, obwohl wir bereits verschwinden?

Das lässt meine Hoffnung, dass wir seinen ehemaligen kriminellen Bekannten tatsächlich entkommen, auf ein Minimum schwinden.

16
ZADE

O bwohl ich es befürchtet habe, hielt ich es eigentlich für unmöglich. Meine ehemaligen Brüder befinden sich laut meinem Kontaktmann tatsächlich in Kanada, nicht weit von hier. Das erklärt, warum wir ihnen in der anderen Stadt über den Weg gelaufen sind. Laut meinem Bekannten sind insgesamt sieben Mitglieder meiner alten Organisation entkommen, darunter die beiden Brüder, die ich gesehen habe. Sie alle haben sich zerstreut, bis auf die beiden, die hier Unterschlupf gefunden haben. Demnach haben die Männer nicht wieder versucht, die Organisation aufzubauen und unseren alten Geschäften nachzugehen. Dafür fehlte es ihnen an den ranghohen Mitgliedern, die die wichtigste Arbeit übernommen haben.

Auch wenn es sich nur um zwei Männer handelt, die hier in Kanada eine Bedrohung für uns darstellen könnten, sind mir das zwei Gefahren zu viel, denen ich Lauren aussetzen würde.

Wir müssen hier schleunigst weg. Ich bin mir zudem sicher, dass mich die Brüder ebenfalls gesehen haben.

Deswegen haben sie sich so abrupt aus dem Staub gemacht, als ich ihre verstohlenen Blicke bemerkt habe.

Die beiden werden seither nichts anderes tun, als zu versuchen, herauszufinden, wo ich mich aufhalte. Bestimmt haben sie wie ich Leute darauf angesetzt, ihnen diese Information zu geben. Möglicherweise haben sie bereits Bekannte hier, die diesen Job übernommen haben.

Das bedeutet, es könnte sein, dass ich trotz meiner Achtsamkeit übersehen habe, dass uns jemand beschattet. Und dass ihnen mein Aufenthaltsort inzwischen bekannt ist. Sie würden nicht sofort undurchdacht zuschlagen, zumal sie wohl denken, ich wüsste nicht, dass sie mir auf der Schliche sind. Da ich mein Leben in den letzten Wochen hier einfach weitergelebt habe, denken sie wohl, noch Zeit zu haben. Sie würden sich erst alle Informationen einholen – zu der Frau an meiner Seite gewiss auch –, und dann einen Plan schmieden, um mich mit der Hölle bekanntzumachen, der ich damals gerade noch so entkommen bin.

Ich frage mich, ob sie auch versucht haben, meine Fußabdrücke seit unserer letzten Begegnung wiederherzustellen. Bestimmt wollen sie wissen, wie ich es geschafft habe, dermaßen gut unter dem Radar zu bleiben.

Wir fahren seit gut einer Stunde. Laurens Panik ist förmlich greifbar, während sie schweigend auf ihrem Sitz kauert und ununterbrochen an ihren Nägeln beißt. Immer wieder schaut sie aus dem Fenster und wirft einen Blick in den Seitenspiegel, wenn ich es auch tue. Auch wenn ich mich bemühe, nach Verfolgern Ausschau zu halten, könnte ich nicht sicher sagen, ob uns jemand verfolgt oder nicht. Wir fahren auf der Autobahn und hinter uns sind unzählige Fahrzeuge, die auf diesem Abschnitt alle bloß geradeaus fahren können.

»Alles in Ordnung?«, frage ich sie, auch wenn ich die Antwort darauf bereits kenne.

Zittrig atmet sie aus. »Wie soll denn alles in Ordnung sein, wenn wir auf der Flucht sein müssen?«

Ich presse die Kiefer aufeinander. »Es tut mir leid, dass ich dich dieser Situation aussetzen muss, Amorita. Ich wollte nie, dass das passiert, und hielt es auch eher für unwahrscheinlich.«

»Eher für unwahrscheinlich«, murmelt sie mir nach. Dann trifft mich ihr wütender, vorwurfsvoller Blick unvermittelt. »Also wusstest du, dass die Chance besteht, dass uns deine ehemaligen Gangsterfreunde finden könnten?«

»Unmöglich ist nichts«, meine ich ruhig.

Sie lacht hohl auf. Frustration schwingt in ihrer Stimme mit, als sie mir an den Kopf donnert: »Warum hast du mich dann in dieses Leben mit dir gedrängt, Zade? Wenn du mich angeblich liebst, wie du sagst, würdest du wollen, dass ich in Sicherheit bin.«

Ihre Worte rammen Dolche in mein Herz. Ich neige den Kopf zu ihr und betrachte sie zerrissen. »Ich würde dich niemals wissentlich einer Gefahr aussetzen, Amorita. Ich hätte nie damit gerechnet, dass so etwas passiert. Ich …« Ich verstumme. Im Grunde hat sie recht, und das trifft mich am härtesten.

Ich liebe diese Frau, aber diese Liebe hat mich dazu gebracht, sie mit mir in die Dunkelheit zu ziehen. Ich wollte sie nicht loslassen, wollte sie nicht freigeben. Auch jetzt will ich das nicht. Ich kann mir nicht vorstellen, ohne sie zu sein. Wäre ich ein besserer Mann, hätte ich mich von ihr ferngehalten, auch wenn ich die Chance, dass sie an meiner Seite in Gefahr geraten könnte, für minimalistisch hielt. Ich könnte sie auch jetzt ziehen lassen, damit sie in Sicherheit ist. Ihr Geld und ihren gefälschten Pass geben und sie am Flughafen oder einer Zugstation absetzen.

Meine Brüder würden sie niemals verfolgen, wenn ich ihnen dadurch entwische. Sie haben kein Interesse an dieser Frau, solange sie nicht die Frau an meiner Seite ist.

»Ich werde dich immer mit meinem Leben beschützen«, presse ich gedämpft hervor, etwas blockiert meinen Hals. Ich kann ihren Vorwurf nicht von mir weisen, aber ich kann ihr versichern, dass ich für ihre Sicherheit sorgen werde. »Bis in den Tod, Amorita.«

Lauren betrachtet mich hart schluckend von der Seite. Sie sagt nichts dazu.

In meiner Brust brennt es. Sie beginnt wieder, sich von mir zu distanzieren. Diese Situation zwingt sie wieder, der harten Realität ins Auge zu blicken, die sie nach und nach zu verdrängen gelernt hat. Durch unsere friedlichen letzten Wochen in Dauphin hat sie die Vergangenheit allmählich begonnen, loszulassen.

Und jetzt holt sie uns so unvermittelt wieder ein.

»Ich liebe dich«, entfährt es meinen Lippen beinahe verzweifelt. »Das meine ich so.«

Ich kann sehen, wie die Worte anstatt Freude Kummer bei ihr auslösen. Der Ausdruck in ihren grünen Augen wirkt bedrückt und ermattet.

Ja, meine Liebe ist bedrückend. Sie *erdrückt* sie. Ich verstehe das. Doch diese Frau wird nie verstehen können, wie ich tatsächlich für sie empfinde. Mein gesamter Körper, der bis zu unserem Aufeinandertreffen nicht einmal wusste, wie sich Liebe anfühlt, ist überfüllt damit. Sie verstopft jede Faser davon, beeinträchtigt mich in meinem Sein.

Ich lebe nur noch dafür, diese Frau zu lieben, und sie will mich so partout nicht zurücklieben.

Das ist ein schlimmeres Schicksal als das, welches mir damals mit Hanes und meiner Organisation widerfahren ist. Dieser Schmerz übertrumpft jeden, den mir diese Männer zugefügt haben.

»Wohin fahren wir überhaupt? Hast du einen Plan?«, will sie wissen und es verletzt mich, dass sie überhaupt nicht auf all meine Worte reagiert. In diesem Moment kann sie sie nicht annehmen, will nicht zulassen, etwas dabei zu fühlen.

Ich kann es ihr trotz allem nicht verübeln. Diese Situation muss erschreckend für sie sein. Sie ist mental nicht sehr stabil und ich hoffe, dass sie unsere Flucht nicht zurückwirft.

Ich nehme den Blick von ihr und umklammere das Lenkrad fester. »Zurück nach Amerika«, gebe ich ihr eine tonlose Antwort, um all meine Emotionen vor ihr zu verbergen. Und auch, um sie wieder in den Griff zu bekommen.

»Wirklich?«, fragt sie verwirrt.

»Laut einem Kontaktmann von mir befindet sich keines der früheren Mitglieder meiner Organisation mehr dort«, erzähle ich ihr. »Sie alle fürchten sich zu sehr davor, doch noch geschnappt zu werden. Das FBI fahndet seit ihrem Entkommen nach ihnen.«

»Wo sind die jetzt alle? Hier in Kanada?«

»Nur zwei von ihnen. Die anderen haben sich überall auf der Welt verstreut, wie ich es auch angenommen habe.« Deswegen bin ich so überrascht, was die Brüder angeht. Sie hätten dem Beispiel der anderen folgen sollen und sich woanders, vielleicht in Mexiko, niederlassen sollen. Aber sie sind nah am Geschehen geblieben.

So wie wir, weil ich genau das für den sichersten Plan für uns hielt.

»Und diese zwei Männer sind uns jetzt auf der Spur?«, schlussfolgert sie unbehaglich.

Ich nicke. Ich will das gar nicht abstreiten oder herunterspielen. Sie soll den Ernst der Lage kennen, damit sie nicht wieder auf die dumme Idee kommt, vor mir wegzulaufen und sich alleine irgendwo herumzutreiben. »Ich habe mir bei einem unserer Ausflüge eingebildet, sie gesehen zu haben, war mir aber nicht sicher. Deswegen habe ich dir nichts davon erzählt. Ich wollte dich nicht beunruhigen. Jetzt habe ich jedoch erfahren, dass sich die beiden im Land niedergelassen haben, und so bin ich mir sicher, dass sie es waren.«

»Oh Gott«, keucht sie. »Du hättest mir das erzählen müssen.«

Ich schweige.

»Vielleicht wissen diese Männer gar nicht, dass du dich auch im Land befindest«, denkt sie nun laut nach. »Immerhin giltst du als tot. Sie selbst denken, dich getötet zu haben.«

»Sie haben mich auch gesehen«, bin ich mir sicher. »Und werden seither versuchen, herauszufinden, wo ich mich aufhalte. Vielleicht wissen sie es bereits und planen ihren Angriff.«

Lauren wird blass im Gesicht. Ihr Körper zittert auffällig.

»Du musst immer in meiner Nähe bleiben, bis wir angekommen sind und ich dir sage, dass wir uns außer Gefahr befinden. Verstanden?«

»Verstanden«, murmelt sie belegt und blickt wieder aus dem Fenster. »Da wir so übereilt aufgebrochen sind, muss ich langsam auf die Toilette. Kannst du bei der nächsten Gelegenheit abfahren oder ist selbst das zu gefährlich?« Ihr Tonfall klingt spitz. Sie lässt all ihre Wut aufgrund der Situation an mir aus.

Ich habe es wohl auch verdient.

»Ich fahre ab«, gebe ich ihr bekannt, bevor ich bereits blinke und mich in der Abfahrspur einreihe. Ich erkenne das

Symbol für eine Tankstelle und folge den Schildern dorthin. Einige Trucks parken auf dem weitläufigen, dunklen Parkplatz davor. Die Männer ruhen sich für die Weiterfahrt aus. »Ich muss ohnehin tanken.«

Als sie sofort aussteigen will, kaum habe ich den Wagen neben einer Zapfsäule zum Stehen gebracht und schalte den Motor aus, greife ich ruckartig nach ihr. Meine Augen bohren sich in ihre, als ich sie ermahne: »Hast du mir zugehört? Du kannst nicht alleine gehen. Warte, bis ich getankt habe, und dann gehe ich mit dir.«

Lauren blinzelt mich reglos an, bevor sie steif nickt. Sicherheitshalber stecke ich mir eine Waffe in den hinteren Hosenbund und beeile mich dann damit, zu tanken. Ich kann nicht einschätzen, wie hoch das Risiko aktuell für uns ist. Sollten die Brüder bereits herausgefunden haben, was sie wissen wollten, haben sie nur noch auf einen passenden Zeitpunkt für einen Angriff gewartet. Sie werden mich dabei im Auge behalten haben. Sollten sie jetzt also mitbekommen, dass ich mich aus dem Staub mache, werden sie nicht zögern und zuschlagen. Sie werden versuchen, meine Flucht zu verhindern.

Als ich mit Lauren zusammen zu der mobilen Toilette im Freien marschiere, sehe ich mich wachsam in der Umgebung um. »Beeil dich.« Ich dränge sie hinein und positioniere mich vor der Tür, als sie sie zuzieht. Vielleicht überreagiere ich und wir haben uns noch rechtzeitig aus dem Staub gemacht, doch ich will keinerlei Risiko eingehen. Bis ich mir nicht absolut sicher bin, uns aus der Gefahrenzone gebracht zu haben, werde ich an Lauren kleben wie eine Motte am Licht.

Ihr Gesichtsausdruck ist angewidert verzerrt, als sie die mobile Toilettenkabine wieder verlässt. Ein ekelhafter, ätzender Geruch von Urin steigt mir mit einem Windzug in die Nase.

»Ich kotze gleich«, informiert sie mich und würgt.

»Willst du etwas zu trinken haben?«, frage ich sie.

Immer noch angewidert nickt sie. »Und Desinfektionstücher.«

Ich nicke und nehme sie an der Hand, um in die Tankstelle zu marschieren. Es macht mich unruhig, zu wissen, dass wir uns nun noch näher an der Stadt befinden, in der ich die Brüder entdeckt habe. Aber wir müssen daran vorbeifahren, wenn wir zurück nach Amerika wollen.

Ich greife mir feuchte Tücher und zwei Flaschen Wasser. »Willst du sonst noch etwas?« Meine Stimme klingt ein wenig drängend, weil ich weiterfahren möchte. Ich will keine Zeit verlieren.

Lauren sieht sich kurz um und schüttelt den Kopf. Wir gehen zur Kasse und bezahlen für den Sprit und die Sachen. Immer wieder werfe ich einen Blick auf sie, weil sie mich förmlich magnetisch anzieht. Selbst jetzt, in ihren gemütlichen Joggingsachen und meinem Pullover, mit dem ungekämmten blonden Haar und vollkommen ungeschminkt, sieht sie unglaublich aus. Ihre vollen Lippen sind rosig und küssbar, ihre Haut samtig und rein. Ihre Wangen sind gerötet, was sie immer sind, wenn sie aufgeregt ist. Ob im guten oder schlechten Sinne.

Wenn ihr jemand Schaden zufügen würde, wüsste ich nicht, was ich tun sollte. Ich würde mich komplett verlieren. Denn ich würde somit *alles* verlieren.

In der Tankstelle gibt es bis auf uns keine weitere Kundschaft. Draußen tankt lediglich ein älterer Mann mit ergrautem Haar seinen ebenso alten Jeep. Von den Truckern fehlt jede Spur, vermutlich schlafen sie in ihren Kabinen.

Hand in Hand marschieren wir an der Glasscheibe vorbei zu den automatisch öffnenden Türen, und ich will meinen Blick gerade von der Scheibe nehmen, da sehe ich es.

Ein schwarzer SUV, der auf die Tankstelle zurast. Er kommt mit solch hoher Geschwindigkeit aus der Abfahrt geschossen, dass die Reifen quietschen. Noch lauter quietschen sie, als der Wagen mitten zwischen allen Zapfsäulen notbremst. Die Scheinwerfer blenden direkt in unsere Richtung.

Noch bevor die Männer mit jeweils einem Maschinengewehr auf ihrer Brust aus dem Wagen springen, stoße ich Lauren brachial zu Boden.

Ein lauter, erschrockener Schrei löst sich aus ihrer Kehle. Die Sachen fallen ihr aus den Händen. Der Angestellte hinter dem Tresen beschimpft mich, weil er nicht versteht, warum ich meine Frau zu Boden stoße.

Dann werden auf einen Schlag jegliche Geräusche von dem Lärm verschluckt, der durch die Maschinengewehre ertönt. Unzählige Schüsse werden auf den Shop abgefeuert und zerschmettern die Glasscheibe. Sie zerbricht mit einem lauten Knall. Ich kann mich im letzten Moment noch ducken, bevor all die Scherben auf mich niederprasseln.

Nun klingt Laurens Schreien hysterisch.

Ich ignoriere es, weil ich muss, ziehe die Waffe aus meinem Hosenbund und richte mich auf, um sofort zurückzuschießen. Wenn ich es nicht tue, gebe ich ihnen den Weg in den Shop hinein frei und sie werden uns binnen weniger Sekunden mit Schüssen durchlöchern, sobald sie durch die Türen kommen.

Als ich mich erhebe, drücke ich bereits ab. Ich lasse Kugeln in ihre Richtung sausen, was sie dazu zwingt, sich wieder zurückzuziehen und hinter den geöffneten Türen ihres SUVs zu verstecken. Dann zielen sie erneut auf mich. Ein paar Kugeln sausen haarscharf an meinem Kopf vorbei, als ich mich blitzschnell ducke.

Meine Augen suchen besorgt meine Frau. Sie liegt völlig

überfordert, weinend und hysterisch auf dem Boden, auf ihrem Körper überall Glassplitter.

»Er ist tot.«

Ich weiß nicht, wen sie meint, doch als ich mich wieder aufrichte, um weitere Schüsse abzufeuern, entdecke ich aus dem Augenwinkel den Angestellten des Shops leblos und blut-überströmt auf dem Tresen liegen. Ihn hat eine Kugel mitten im Kopf getroffen, vielleicht auch mehrere.

Obwohl uns einige Meter trennen, kann ich die Gesichter der Brüder erkennen und weiß daher, dass sie es sind. Sie haben niemanden angeheuert, um mich auszuschalten – natür-lich wollen sie diese Aufgabe selbst übernehmen. Das hier ist etwas verdammt Persönliches für sie.

Für mich aber auch, weil diese Bastarde nicht nur meines, sondern auch das Leben meiner Frau gefährden.

Ich konzentriere mich auf einen von ihnen, als dieser gerade eilig sein Gewehr nachlädt, während beide wieder Schutz hinter den Autotüren suchen, kneife die Augen zusammen und drücke ab.

Ich treffe ihn durch das Wagenfenster. Es zerspringt mit einem lauten Knall und die Kugel durchbohrt das Fleisch an seinem Hals. Im Bruchteil einer Sekunde bricht er tot auf dem Boden zusammen.

Ich war immer schon ein guter Schütze und stelle nun zufrieden fest, dass sich daran in der letzten Zeit auch nichts geändert hat. Das letzte Mal ist lange her, bis auf die Ausnahme in Laurens Haus, als ich einen der Einbrecher erschossen habe.

Der andere feuert blind weitere Schüsse auf den Shop ab, während er um den Wagen herum zu seinem Bruder läuft, um zu überprüfen, wie schwer seine Verletzung ist. Als er den alten Mann bemerkt, der sich aus Furcht aufgrund der plötzlichen

Schießerei in seinem Jeep versteckt hat, zögert er nicht und erschießt ihn. Sein Blut spritzt an die Windschutzscheibe.

Ich nutze die Gelegenheit, in der er den Puls seines Bruders prüft, und feuere einen Schuss ab. Die Kugel trifft ihn von hinten an der Schulter. Er fällt nach vorne und muss sich auf der Leiche seines Bruders stützen. Dann eröffnet er wieder das Feuer und ich bringe mich ruckartig in Sicherheit.

»Alles wird gut«, verspreche ich meiner Amorita, die sich nun auf dem Boden zusammengekauert und die Arme schützend um ihren Kopf geschlungen hat. Sie hält sich die Ohren zu. Sie ist diese Art von Lärm nicht gewöhnt, und selbst mich belästigt der laute Klang des Maschinengewehrs. »Wir kommen hier lebend raus, ich verspreche es dir. Komm.«

Lauren reagiert nicht auf mich, also packe ich sie an den Armen und schleife sie mit mir über den Boden. Ich ziehe sie hinter ein Regal, das ihr Schutz bieten soll, nehme ihr leichenblasses Gesicht in beide Hände und befehle ihr: »Du rührst dich nicht vom Fleck, verstanden?«

Hecktisch nickt sie, ihre Augen ganz verquollen und voller Entsetzen.

Als ich mich abwenden will, greift sie verzweifelt nach meinem Pulli und zerrt daran. »Wohin gehst du? Geh nicht weg! Bitte!«

»Ich gehe nirgendwohin hin, Amorita. Ich muss bloß herausfinden, wie wir hier rauskommen.«

Widerwillig löst sie ihre Finger von mir, und ich laufe geduckt zum hinteren Bereich des Shops. Als wieder Schüsse fallen, schieße ich blind zurück. Ich kann nicht genau sehen, wo sich der Bastard befindet, aber ich wette darauf, dass er gleich hereinkommen wird.

Deswegen müssen wir vorher hier raus.

»Komm her«, rufe ich Lauren zu mir, als ich den hinteren

Durchgang entdecke, der auch nach draußen führt. »Schnell und bleib dabei am Boden!«

Sie krabbelt so hektisch über den dreckigen Boden zu mir, dass sie dabei immer wieder wegrutscht und sich mühevoll aufrappeln muss. Als sie mich erreicht, schiebe ich mich vor sie und schlinge einen Arm nach hinten, fest um ihren zitternden Körper.

»Wir stehen jetzt gleich auf und laufen durch diesen Hintereingang«, sage ich zu ihr. »Du bleibst dabei die ganze Zeit hinter mir, verstanden?«

»Ja.« Das Wort kommt als abgehacktes Flüstern aus ihrem Mund.

»Dann los.« Wir erheben uns beide gleichzeitig und laufen. Meine Hand mit der Waffe ist ausgestreckt und auf den Eingang gerichtet, doch ich sehe den Bastard nirgendwo. Seine Kugeln landen weiter rechts – dort, wo wir gerade eben noch waren –, was bedeutet, dass er nicht sehen kann, dass wir uns durch den Hintereingang davonmachen.

Mit Lauren an der Hand laufe ich durch den schmalen, unbeleuchteten Durchgang an einer Angestelltentoilette und einem Aufenthaltsraum vorbei, ehe ich die Notausgangtür mit meinem Körper aufdrücke und sie mit mir nach draußen ziehe. Sie stolpert hinter mir her und prallt gegen meinen Rücken, als ich ruckartig stehenbleibe, als erneut Schüsse ertönen.

Dieses Mal im Shop. Der Bastard ist wie erwartet nach drinnen gestürmt und sucht uns.

Das ist unsere Chance. Unsere einzige. Es verleiht uns einen Vorsprung, weil er erst jeden Winkel des Shops durchforsten wird, in der Annahme, dass wir uns dort drin irgendwo versteckt haben.

Ich sprinte los und ziehe Lauren hinter mir her, wodurch

sie mehrmals über ihre Füße stolpert. Unser Keuchen ist alles, was ich neben den Schüssen im Laden hören kann, bis wir unseren Wagen erreichen und ich die Beifahrertür für sie aufreiße. Grob drücke ich sie auf den Sitz, schlage die Tür zu und umrunde den Wagen. Als ich mich auf dem Fahrersitz niederlasse und die Tür zuschlage, starre ich durch die Windschutzscheibe direkt in das Gesicht des Mannes, der so verbittert meinen Tod will.

Ich starte den Motor, drücke aufs Gaspedal und rase los. Dabei packe ich Laurens Hinterkopf und schleudere sie förmlich auf dem Sitz nach unten. Wieder schreit sie auf, wird aber wie erstarrt und totenstill, als erneut Schüsse auf uns abgefeuert werden. Sie landen im Blech des Wagens. Der Bastard stürmt aus der Tankstelle.

Ruckartig verreiße ich das Lenkrad, gebe noch mehr Gas und bringe uns aus der Gefahrenzone. Die Schüsse verstummen, je weiter wir uns entfernen. Ich kann seine Gestalt im Rückspiegel sehen, als er ebenfalls zu seinem Wagen läuft. Dann fährt er uns mit quietschenden Reifen hinterher. Die Leiche seines Bruders lässt er achtlos zurück.

Ich nehme die Ausfahrt und fädele mich mit rasendem Tempo in den starken Verkehr ein. Doch anstatt weiter auf der Autobahn zu fahren, nehme ich unmittelbar die nächste Abfahrt und verlasse sie wieder. Ich wähle den Weg über eine unbefahrene Landstraße. Das ist weitaus ungefährlicher, und wir riskieren nicht das Leben so vieler anderer Menschen.

»Lauren.« Meine Stimmt bebt, passend zu meinem hämmernden Herzschlag. Adrenalin rauscht durch meinen Körper, mein Puls rast. »Amorita, du musst noch ein bisschen durchhalten, in Ordnung? Einen von ihnen habe ich ausgeschaltet, aber der andere fährt uns hinterher.«

»Wir werden sterben«, höre ich sie sagen. Sie klingt beunruhigend emotionslos dabei, als hätte sie sich mit dieser Tatsache bereits abgefunden. »Und alles ist deine Schuld.«

Es fühlt sich an, als hätte mich eine Kugel durchbohrt. Mitten durchs Herz.

»Ich werde deinetwegen sterben, Zade.« Jetzt spüre ich ihre Augen auf mir, schaffe es aber nicht, ihren Blick zu erwidern. Stattdessen konzentriere ich mich auf den Rückspiegel und halte Ausschau nach dem SUV. »Hörst du mich? Du bringst uns beide um!« Sie schreit. Hysterisch. »Schau nur, was ich deinetwegen alles durchmachen muss ... In was für Situationen du mich bringst!«

»Ich verstehe, dass du aufgebracht bist, aber jetzt ist nicht der richtige Zeitpunkt, um zu streiten«, presse ich hart hervor. Ich entdecke den SUV hinter uns. Er fährt schnell, schneller als ich. »Gib mir die beiden anderen Waffen von der Rückbank.«

Lauren tut, wie ihr geheißen, und ich reiße ihr eine der Waffen auf der Hand, stopfe sie in meinen vorderen Hosenbund. Die andere drücke ich ihr auf den Schoß.

Keuchend blickt sie darauf herab. »Was soll ich damit?«

»Sie benutzen, wenn es nötig ist.«

»W-w-was?«

»Und jetzt halte dich fest. Verlier' die Waffe nicht.«

Ich werfe ein letztes Mal einen Blick in den Rückspiegel. Wir fahren auf der verlassenen Landstraße, neben der sich rechts ein Wald erstreckt. Links ist sie durch eine Leitplanke abgegrenzt. Ich habe bereits einen Plan geschmiedet, der nicht vorsieht, ewig vor diesem Bastard davonzufahren. Er würde uns früher oder später von der Straße drängen und dabei könnte sich Lauren verletzen. Irgendwann müssten wir notgedrungen sowieso stehenbleiben und dabei hätte er einen Vorteil, weil er hinter uns ist. Er könnte das Feuer schneller eröffnen als ich.

Also ziehe ich abrupt die Handbremse und verreiße das Lenkrad. Lauren kreischt auf, als sie gegen die Autotür geschleudert wird, da sich der Wagen um seine eigene Achse dreht. Dann kommt er ruckartig zum Stillstand. Ganz so wie der SUV, der erst über den Weg schlittert, bevor er nah vor uns anhält.

»Raus und hinter den Wagen!«, schreie ich Lauren zu, als ich selbst aussteige und sofort das Feuer auf den Bastard eröffne. Ich zerfetze seine Windschutzscheibe und ziele auf seinen Kopf, doch er duckt sich rechtzeitig. Schnell vergewissere ich mich, dass Lauren meinem Befehl nachgekommen ist.

Ist sie. Der Beifahrersitz ist leer, die Tür steht weit offen. Kein Schreien ist zu hören. Insgeheim befürchte ich, dass sie weglaufen könnte – vor der Situation und vor mir –, doch ich habe keine Möglichkeit, nach ihr zu sehen. Wenn ich mich von meinem Platz wegbewege, bringe ich uns beide in Gefahr.

Als sich die Autotür vor mir öffnet, feuere ich weitere Schüsse ab. Die Kugeln landen in der bereits durchlöcherten Wagentür, treffen ihn aber nicht.

Dann saust eine an meiner Wagentür vorbei. Nun benutzt der Bastard ebenfalls eine Handfeuerwaffe, da er mit dem Maschinengewehr auf seiner Brust nicht fahren konnte und ich ihm keine Zeit gelassen habe, sich erneut damit zu bewaffnen. Außerdem ist er an der Schulter verletzt und eingeschränkt in seinen Bewegungen.

Als ich jetzt einen besseren Blick auf ihn werfen kann, spüre ich, wie dunkle Gefühle in mir hochkochen. Diese Art von dunklen Gefühlen, die dich förmlich von innen heraus zerfressen. Sein Gesicht ist für mich mit so viel Hass verbunden, dass ich rotsehe. All die düsteren Erinnerungen meiner Vergangenheit suchen mich wie in meinen Träumen heim.

Sein Gesicht war eines der letzten, das ich an jenem Tag gesehen habe, an dem ich aufgeflogen bin.

»Du dreckige Ratte!«, schreit er mir genauso hasserfüllt zu. »Es war der beste Tag meines Lebens, als ich dich hier in Kanada entdeckt habe, denn jetzt habe ich die Chance, dich ein zweites Mal dafür bezahlen zu lassen, dass du uns alle vernichtet hast.«

Ich erhebe mich leicht und drücke ein weiteres Mal ab, als er es ebenfalls tut. Dann gleich noch einmal.

»Sei ein Mann und stell dich!«, ruft er mir jetzt herausfordernd zu. »Dann verschone ich deine kleine Schlampe vielleicht.«

Meine Finger finden fluchend den Abzug. Mir ist klar, dass mir nicht mehr allzu viele Schüsse bleiben, bis meine Munition leer ist. Die andere Waffe enthält nur noch einen Schuss, wenn ich mich nicht ganz täusche, und die dritte Waffe ist bei Lauren. Sie braucht sie zu ihrem eigenen Schutz.

Ich hätte ihr lieber das Schießen beibringen sollen, anstatt sie in Selbstverteidigung zu trainieren.

Dann geht alles plötzlich ganz schnell.

Der Bastard tritt hinter der Wagentür hervor und feuert seine gesamte Munition auf mich ab. Mehrere Kugeln hintereinander sausen durch die Luft, durch das Wagenfenster und gegen das Blech. Ich gehe komplett nach unten, schiebe die Waffe durch den Spalt zwischen Tür und Boden und visiere seinen Fuß an, als sich seine Schritte mir nähern.

Dann schieße ich und treffe ihn an seinem Knöchel.

Fluchend stolpert er, fällt zu Boden.

Sofort komme ich aus meiner Deckung hervor und feuere auch meine gesamte Munition auf ihn ab. Meine Kugeln durchlöchern erst seine Beine, dann seine Brust. Bevor ihn einer der Schüsse tödlich verletzt, reißt er den Arm in die Höhe und drückt mit einem wutverzerrten Blick ab.

Schmerz explodiert in meinem Oberschenkel.

Dann ist es plötzlich totenstill.

Ich sacke mit dem Rücken gegen die Motorhaube und keuche auf. Mein Kopf neigt sich nach unten und meine Augen finden all das Blut, das meine Hose binnen Sekunden durchtränkt. Die Kugel war ein glatter Durchschuss. Daran werde ich nicht sterben, aber die Schmerzen sind im ersten Moment höllisch und die Blutung muss gestillt werden. Die Hauptschlagader wurde zum Glück verfehlt.

Mir wird für ein paar Sekunden lang schwarz vor Augen und ich spüre, wie meine Beine nachgeben, bis ich am Wagen abrutsche und auf dem Boden lande. Ich greife an meinen Oberschenkel und drücke die Hand fest auf die Wunde. Binnen eines Wimpernschlags sind meine Finger blut-überströmt.

Aus dem Augenwinkel erregt noch etwas anderes meine Aufmerksamkeit. Es ist ein GPS-Tracker, der an meinem Wagen angebracht ist. Ein kleiner Punkt blinkt rot.

Die Brüder hatten uns demnach längst gefunden und dafür gesorgt, dass sie immer wissen, wo wir sind. So konnten sie uns auch jetzt auf unserer Flucht so überrumpeln.

Fluchend reiße ich das Ding ab und schleudere es in den Wald. Dann kämpfe ich stöhnend gegen den Schmerz an, der in meinen gesamten Körper ausstrahlt, und schüttele den Schwindel krampfhaft ab.

Ich muss wissen, ob es Lauren gut geht.

»Amorita«, presse ich heiser hervor. »Bist du da?«

Nichts. Es bleibt totenstill.

Alles in mir verkrampft sich, als ich mich schwerfällig zur Seite lehne und versuche, einen Blick hinter den Wagen zu werfen. Ich will mich über den Boden ziehen, schaffe es jedoch nicht. Verfluchte Scheiße.

Als sie weder antwortet noch ein Geräusch zu hören ist, bin ich mir sicher, dass sie mich verlassen hat. Dass sie die Chance ergriffen hat und weggelaufen ist, diesmal für immer. Vielleicht ist sie in das Waldstück neben uns gelaufen und versteckt sich dort. Vielleicht wartet sie auch nur, bis die Luft rein ist, um sich dann eines der Autos zu schnappen und davonzufahren.

Meine Amorita hat mich im Stich gelassen, wie so viele andere Menschen zuvor. Sie hat mich auch verraten, daher weiß ich nicht, warum die Enttäuschung über diese Erkenntnis so siedend heiß meine Brust hinaufsteigt. Fast ist der Schmerz darüber schlimmer als der meiner Schusswunde.

Warum habe ich überhaupt daran geglaubt, dass sie bei mir bleiben würde, wenn sie mir so oft das Gegenteil bewiesen hat?

Ich lasse den Kopf hängen und schließe die Augen.

Plötzlich höre ich, wie sich der Kofferraum öffnet, etwas rascheln und dann knistert der Kies. Hektische, schnelle Schritte nähern sich mir. Als ich aufsehe, ist es ihr schönes Gesicht, das über mir schwebt. Es ist gezeichnet von Überforderung und Besorgnis.

»Du bist nicht gegangen«, stelle ich rau fest. »Ich dachte, du würdest mich hier zurücklassen.«

Lauren antwortet darauf nicht, stattdessen kniet sie sich neben mich und reißt den Verbandskasten auf, den sie mitgenommen hat. »Wir müssen deine Blutung stillen. Steckt die Kugel noch drin, glaubst du?« Sie beginnt hektisch, die Jeans an meinem Bein aufzureißen. Dafür benötigt sie all ihre Kraft.

»Nein.« Keuchend lehne ich den Kopf an das Auto und beobachte sie dabei, wie sie Desinfektionsmittel über die

Wunde schüttet und all die Tupfer, die sich im Koffer befinden, darauf presst.

»Das reicht nicht«, murmelt sie unzufrieden vor sich hin, ehe sie kurzerhand an ihren Nacken greift und sich den Pullover über den Kopf zieht. Ihr Haar ist wild zerzaust, als sie den dicken Stoff danach eilig einrollt und mir befiehlt: »Heb das Bein an.«

Sie ist lustig, meine süße Amorita, denn so leicht ist das nicht. Ich gebe mir trotzdem Mühe, ihrem Befehl nachzukommen, sodass sie den eingerollten Pullover um mein Bein schlingen und fest zubinden kann. Sie macht das gut. Das wird die Blutung vorübergehend unter Kontrolle halten.

Nun suchen ihre Augen unruhig meine. »Du musst ins Krankenhaus.«

»Nein«, lehne ich sofort ab. »Das ist zu riskant. Das weißt du.«

»Was machen wir dann?«, will sie ungeduldig wissen. »Ich weiß nicht, wie man so eine Wunde versorgt. Sie muss aber versorgt werden!«

»Das ist nicht schlimm«, sage ich ruhig. »Ich weiß es.«

Sie wirkt nicht überzeugt.

»Amorita …« Ich greife mit meinen blutverschmierten Fingern an ihre kalte, blasse Wange. Es scheint sie nicht zu stören. »Hast du vergessen, dass ich bereits früher einmal von Schüssen durchlöchert wurde? Die haben mich schlimmer getroffen. Auch die Messerstiche. Ich bin dennoch heute hier. Also werde ich an einem Durchschuss in meinem Bein nicht sterben.«

»Okay«, erwidert sie zögerlich, bevor sie ihre Arbeit noch einmal kontrolliert und sich dann flüchtig umsieht. »Wir sollten von hier verschwinden. Komm, ich helfe dir hoch. Ich fahre uns dorthin, wo du es sagst, und dann kümmern wir uns um dein Bein.«

Als sie ihre dünnen Arme um mich schlingt, unterdrücke ich den Schmerz und erhebe mich vom Boden, weil ich sie nicht mit meinem Gewicht belasten kann, ohne dass sie zusammenbricht. Dann lasse ich mir von ihr um den Wagen helfen. Sie stützt mich und geht dabei ganz vorsichtig mit mir um, als ich auf dem Beifahrersitz einsteige. Als sie nicht zögert und die Wagentür zuknallen will, halte ich sie abrupt auf.

»Was?«, fragt sie sofort.

Ich lächele sie an. Ich kann so viel Sorge und Angst in ihren Augen erkennen, dass all meine Schmerzen wie vergessen sind.

Sie hat mich nicht verlassen und sie lässt mich auch nicht im Stich.

Das ist mehr, als ich erwartet hätte. Mehr, als ich verdient habe.

»Danke«, spreche ich meinen Gedanken rau und leise aus. »Ich verspreche, dass ich all das wiedergutmache, Amorita. Alles, was ich dir angetan habe, und alles, was du meinetwegen durchmachen musstest. Ich werde es wiedergutmachen.«

Tränen steigen in ihre Augen. Dann lächelt sie einfach schwach.

17
LAUREN

*A*uf Zades Befehl hin habe ich uns zu einem ausgestorbenen, heruntergekommenen Motel irgendwo im Nirgendwo gebracht. Während er im Wagen gewartet hat, habe ich für eine Nacht in einem der Zimmer eingecheckt. Wir befinden uns immer noch in Kanada, weil wir uns vor dem Weiterfahren erst um seine Verletzung kümmern müssen. Außerdem brauchen wir ein neues Auto, sagte er, um keine Aufmerksamkeit zu erregen. Hier auf dem Parkplatz hinter dem Motel wird es bis dahin niemand entdecken.

Meine Nerven liegen immer noch aufgrund der Ereignisse der letzten Stunden blank. Noch nie zuvor habe ich etwas ähnlich Traumatisches erlebt. Zumindest war ich nie mittendrin.

Es gab einen Moment des Zögerns, als alles vorbei war. Einen Moment, in dem ich mir nicht sicher war, ob ich diesen Mann einfach zurücklassen und in die Freiheit laufen soll. Es war nur der Bruchteil einer Sekunde, in der sich mein Hirn mit der Frage beschäftigt hat, ob ich die Chance ergreifen und ein anderes Schicksal wählen soll. Ein Leben ohne ihn.

Dann war der Moment vorbei, und alles, woran ich bloß noch gedacht habe, war, dass ich nicht wüsste, was ich tun sollte, wenn er stirbt. Dass ich keine Ahnung hätte, wie mein Leben ohne ihn weitergehen sollte, da er bereits ein solch fester Bestandteil davon ist. Der Gedanke hat mich förmlich auseinandergerissen, mich verstört.

Zade ist wie ein gutartiger Tumor. Er ist mit mir verwachsen, ein Teil von mir. Einer, der einfach so entstanden ist und gegen den man nichts ausrichten kann. Plötzlich ist er da. Man könnte ihn gewaltsam herausschneiden, aber im Grunde richtet er keinen Schaden an, und so lässt man ihn drin. Man beobachtet ihn bloß und wägt immer wieder ab, ob es gut wäre, ihn zu entfernen oder doch da zu lassen.

Ich konnte erst nicht sehen, wo Zade getroffen wurde, während ich wie erstarrt hinter dem Wagen gekauert habe. Ich habe bloß mitbekommen, dass er zu Boden gesackt ist, nachdem es gespenstisch still wurde. Das hat mich in eine Angststarre versetzt, und so habe ich nicht reagiert, als er mich gerufen hat. Und wegen dem Bruchteil einer Sekunde, in der ich abgewogen habe, ob ich den Tumor nun doch herausschneiden will.

Ich will es nicht. Ich habe akzeptiert, dass er da ist, und verstanden, dass er mir nichts Schlechtes zufügt. Er ist nicht bösartig, gilt nur offiziell als nichts Gutes.

Mein Herz hämmert immer noch hart gegen meine Rippen, als wir uns im schäbigen Zimmer dieses Motels daranmachen, seine Schussverletzung zu verarzten. Zade hilft mir so gut es geht damit und sagt mir, was ich tun soll. Meine Finger zittern wild, als ich die Wunde nähe. Ich kann sehen, dass er Schmerzen dabei hat, doch er zuckt nicht einmal mit der

Wimper. Tapfer hält er durch, bis ich den Faden mithilfe seiner Anweisung verknote.

»Wird die Naht halten?«, frage ich skeptisch.

Er wirkt zuversichtlich, als er nickt. »Du hast das gut gemacht, Amorita.«

Stumm betrachte ich ihn. Wir sitzen zusammen auf dem schmutzigen Teppichboden, er lehnt dabei am hölzernen Bettgestell. Auch wenn er nicht jammert oder so wirkt, als wäre er fix und fertig, kann ich die Erschöpfung in seinen Augen erkennen. Sie wirken müde, ausgelaugt. Der dichte Bart, der seine Wangen und sein Kinn ziert, lässt die Schatten auf seinem Gesicht noch dunkler erscheinen. Hoffentlich hat er nicht schon zu viel Blut verloren.

»Wir sollten sie abdecken, damit sich die Wunde nicht entzündet«, schlage ich vor und mache mich, ohne seine Antwort abzuwarten, sofort daran, einen Verband um seinen breiten Schenkel zu wickeln. Ich verknote ihn und schnappe mir feuchte Tücher, um seine Haut rundherum von dem eingetrockneten Blut zu befreien.

Dann werfe ich einen Blick auf meine Hände und Kleidung. Ich muss duschen.

»Geh nur«, sagt er, als könne er wie so oft meine Gedanken lesen. »Ich warte hier auf dich.« Ein Lächeln zupft an seinem Mundwinkel. »Es fiele mir gerade ohnehin schwer, es nicht zu tun.«

Über seinen Scherz kann ich nicht lachen. Der Schock über all das Geschehene sitzt noch zu tief. Gerade waren wir noch in unserem Haus und dabei, zusammen zu kochen, und im nächsten Moment fliehen wir vor irgendwelchen Schwerkriminellen, die Schüsse aus einem Sturmgewehr auf uns abfeuern.

All das ist völlig surreal, fühlt sich wie ein Traum an. Künftig werden uns wohl beide dieselben Albträume plagen.

Ich rappele mich auf und betrete das kleine Badezimmer. Ich bin genauso erschöpft wie er und mental einfach am Ende. Mein Kopf will ruhen, mein Körper ebenso. Abwesend schäle ich mich aus der schmutzigen Kleidung und stelle mich in die vergilbte Dusche. Das Licht der losen Glühbirne an der Decke flackert unheilvoll.

Das heiße Wasser verbrüht mich förmlich, während ich grob all das Blut von meinen Händen und Armen schrubbe. Dabei erlaube ich mir, ein paar Mal tief durchzuatmen und mich zu sammeln. Ich hatte bisher noch keine Möglichkeit, zu verdauen, was passiert ist.

Oder es überhaupt zu realisieren.

Meine Seele ist wieder etwas ruhiger, als ich eine Weile später in ein Handtuch gewickelt das Badezimmer verlasse. Ich habe mir Zeit gelassen, wollte kurz für mich sein. Zade sitzt immer noch auf dem Boden. Seine Augen suchen meine, als ich an ihm vorbeimarschiere. Mit den Vorboten einer Migräne öffne ich die Reisetasche, die wir aus dem Auto mitgenommen haben, und steige in Leggings und ein Schlabbershirt. Dabei weiche ich Zades aufdringlichem Blick gekonnt aus.

»Wir sind jetzt nicht mehr in Gefahr«, höre ich ihn rau sagen. Es klingt wie ein Versprechen. »Niemand stellt mehr eine Bedrohung für uns dar.«

Ich schlucke und halte mit dem Rücken zu ihm inne. »Ziehen wir trotzdem weiter?«

»Ja.«

»Wohin?«

»Wohin du willst.«

Ich neige den Kopf zu ihm. »Ich will zurück nach Amerika.«

Er nickt, als hätte er sich das bereits gedacht. »Das ist sowieso die beste Option für uns. Dort leben keine meiner ehemaligen Brüder und sie werden gewiss nicht dorthin zurückkehren.«

»Und was ist mit dem FBI?«, will ich angespannt wissen. »Könnte es sein, dass Agent Malone und seine Männer uns finden?«

»Willst du denn gefunden werden?«, stellt er mir eine Frage, die ich nicht beantworten kann.

Will ich überhaupt noch gefunden werden? Brauche ich tatsächlich Hilfe? Muss man mich retten?

Würde ich diese Fragen mit Ja beantworten, hätte ich die Sache längst selbst in die Hand genommen. Ich hätte mir selbst zur Flucht verholfen und hätte Chancen ergriffen, Hilfe zu holen, als sie sich mir boten. Es gab so viele. Auch heute gab es welche.

Doch ich habe mich dagegen entschieden. Immer und immer wieder.

Als Zade sich vom Boden hochdrückt, eile ich ihm sofort zu Hilfe. Meine Arme schlingen sich um seinen Oberkörper und ziehen ihn in die Höhe. Er nimmt auf dem Bett Platz und greift nach mir, als ich mich abwenden will. Seine Finger schlingen sich um mein Handgelenk, dann streichen seine Lippen mit einer Geste der Zuneigung über meine Fingerknö-chel. »Es tut mir leid, dass du so empfindest.«

»Wie?«, hauche ich.

»Dass du mich für all das Schlechte in deinem Leben verantwortlich machst«, raunt er gedämpft. Seine Lippen verweilen auf meiner Hand. »Ich wollte dir nie etwas Schlech-tes, Amorita. Ich war bloß egoistisch.«

»Ja«, murmele ich leise, versöhnlich. »Das weiß ich, Zade.« Kurz zögere ich, bevor ich hinzufüge: »Es tut mir auch leid, was ich auf der Fahrt zu dir gesagt habe. Ich hatte bloß furchtbare Angst.«

Etwas blitzt in seinen Augen auf, bevor er das Gesicht beinahe schmerzerfüllt verzieht.

»Was ist los?«, frage ich unruhig. »Ist es dein Bein?«

»Nein, ich bin es.« Er legt sich meine flache Hand auf die Brust, direkt auf sein Herz. »Ich hasse mich dafür, dass du so etwas meinetwegen durchmachen musstest.«

Mein Herz klopft genauso schnell wie seines, als ich die Augen schließe und diesen Moment genieße. Er fühlt sich heilend an.

»Wenn wir einen ruhigeren Ort wählen, wird uns das FBI nicht finden«, beantwortet er schließlich meine Frage von vorhin. »Niemand sucht nach uns.«

Ich nicke vor mich hin und öffne die Augen wieder. »Woher bekommen wir ein neues Auto?«

»Darum kümmere ich mich, zerbrich dir nicht den Kopf.«

Wieder nicke ich. Er scheint wie immer alles im Griff zu haben und genau zu wissen, was zu tun ist. Etwas, das ich an ihm schätze.

»Ich habe mein Versprechen nicht vergessen«, meint er plötzlich, seine Augen weich auf meine gerichtet. »Wir werden einen Weg finden, wie du Brooke kontaktieren kannst.«

Erleichterung durchflutet mich. Ein drittes Mal nicke ich, diesmal lächele ich dabei schwach. »Okay. Danke.«

Zade sagt nichts mehr, sondern zieht mich zwischen seine Beine. Ich achte darauf, sein verletztes Bein nicht zu berühren, und lege meine Hände auf seine breiten Schultern, als seine über meinen Rücken streichen. Zärtlich, liebkosend. Wir starren einander still in die Augen, sagen nichts mehr.

Momentan gibt es nichts mehr zu sagen. Wir müssen das Kapitel Kanada bloß abhaken, heilen und vorwärtsblicken.

Dann küsse ich ihn, weil ich mindestens dieselbe Erleichterung aufgrund unseres Überlebens verspüre, wie ich sie aufgrund der Tatsache, dass ich bald schon meine Schwester sprechen werde, empfinde. Aufgrund *seines* Überlebens. Es erschreckt mich, dass mich der Gedanke, er könnte sterben, so aus der Bahn geworfen hat. In diesem kurzen Moment, als ich dachte, er wäre tödlich verletzt, war mir wirklich nicht klar, wie ich ohne ihn weiterleben sollte.

Dadurch wird mir nun endgültig bewusst, dass ich insgeheim wohl gar nicht ohne ihn weiterleben will.

»Ich bin froh, dass es vorbei ist«, murmele ich an seinen Lippen, die sanft über meine streichen. Ich bringe es nicht über mich, meine anderen Gedanken mit ihm zu teilen. Vielleicht irgendwann.

Seine Finger krallen sich in meine Taille. »Ich auch, Amorita.«

*W*ir bleiben doch ein paar Tage in dem Motel, anstatt am Tag nach dem Angriff schon wieder abzureisen. Zade hat beschlossen, dass er erst ein paar Vorkehrungen treffen will, bevor wir weiterziehen. Diese beinhalten, uns eine Unterkunft an einem sicheren Ort zu finden, und sicherzustellen, dass wir aufgrund der Schießerei an der Tankstelle nicht doch noch auffliegen. Er braucht nicht lang, um herauszufinden, dass es dort wohl keine Überwachungskameras gab, und somit wird niemand wissen, dass wir in die Schießerei involviert waren.

Das erleichtert mich.

»Komm, lass mich dir helfen«, sage ich zu ihm, als er sich im Bad entkleidet. »Ich wasche dich.«

Sein Blick fällt mit einem amüsierten Stirnrunzeln auf mich. »Du willst mich waschen, Amorita? Wie einen alten Mann?«

»Nein, wie einen angeschossenen Mann«, korrigiere ich ihn und helfe ihm dabei, wasserfeste Pflaster auf seine Wunde zu kleben. Sie sieht jetzt nach drei Tagen recht gut aus, würde ich als Laie behaupten. Die Nähte sind weder entzündet noch blutig.

»Ich kann alleine duschen«, wimmelt er mich sanft ab. »Danke für deine Fürsorge.«

Ich lächele ihn schwach an. »Na gut.« Dann setze ich mich auf den niedrigen, alten Hocker direkt neben der Dusche, der beinahe unter meinem Gewicht nachgibt.

Als Zade in die Kabine steigt, wirft er einen verwirrten Blick über seine Schulter, während meine Augen an seinem knackigen, nackten Hintern kleben. »Was machst du?«

»Ich bleibe hier, falls du mich brauchst«, erkläre ich.

Jetzt lacht er rau, dann stellt er das Wasser an. »Ich kann ohne Probleme stehen. Ich kann sogar recht gut gehen. Du musst nicht ständig an mir kleben und dich um mich sorgen.«

Ich beiße mir auf die Lippe. Ich weiß auch nicht, was passiert ist, aber als ich am Tag nach der Schießerei neben ihm aufgewacht bin – all die Geschehnisse verdaut –, habe ich begonnen, noch dankbarer dafür zu sein, dass ihm nichts Schlimmeres zugestoßen ist, und mir gleichzeitig unendliche Sorgen um ihn zu machen. Seitdem weiche ich ihm nicht von der Seite. Ich bediene und pflege ihn, als wäre er schwer krank, und auch wenn er mir immerzu sagt, dass das nicht nötig ist, kann ich genau sehen, wie sehr ihm das gefällt. Er liebt diese neue Art der Aufmerksamkeit von mir und meinen sanften Umgang mit ihm.

Ich mag es auch, dass die Stimmung zwischen uns so liebevoll ist. Das habe ich mir früher nie erlaubt, doch nun habe ich die Ausrede, dass er verletzt ist. Es wäre unmenschlich, weiterhin abweisend und gemein zu ihm zu sein. Er braucht jetzt Zuwendung und Pflege.

Letzteres offenbar nicht unbedingt, denn er wäscht sich problemlos selbst und steigt danach entspannt aus der Dusche.

Ich kann nicht anders und starre auf seine glorreiche Männlichkeit. Wir hatten seit Tagen keinen Sex, und ich sehne mich nach seinem Körper und seinen Berührungen.

»Dein Blick verrät genau, woran du denkst«, reißt er mich aus den Gedanken und sieht mich mit einem Funkeln in den Augen durch den Spiegel über dem Waschbecken an. Er wischt ihn mit der Hand frei, sodass er mich noch besser sehen kann. Die Luftfeuchtigkeit ist hoch und mir wird in meinem Jogginganzug ziemlich warm.

Oder aufgrund der Tatsache, dass sich sein Schwanz nun verhärtet und anschwillt.

»Wir können nicht …«, sage ich gedehnt, woraufhin sich seine Augenbraue hebt. »Ich meine, das wäre bestimmt nicht gut für dich. Dein Körper darf sich während der Heilung nicht anstrengen.«

»Sagt wer?«

»Ich.« Schnell erhebe ich mich und wende mich ab, damit mich meine Lust auf ihn nicht doch noch umstimmt. Das wäre wirklich nicht sehr klug. Vielleicht würde die Naht aufreißen. »Ich suche uns schon mal einen Film raus.«

Rasch verlasse ich das Bad und husche zum Bett. Dort nehme ich im Schneidersitz Platz und zappe durch die wenigen Sender. Der Fernseher ist steinalt und rauscht nervig, aber besser dieser als keiner. »Hast du Lust auf eine Komödie?«

»Wie wäre es mit einem Actionfilm?«, fragt er, als er aus dem Bad tritt. Er humpelt ein wenig, versucht es aber vor mir zu verbergen. Bestimmt hat er Schmerzen. So lange am Stück zu stehen und zu gehen, bereitet ihm Schwierigkeiten, was nicht sonderlich überraschend ist.

»Von Action habe ich echt genug«, murmele ich und lächele neckisch, als er mich betroffen ansieht. »Also die

Komödie?« Ich schalte sie bereits ein und lege die Fernbedienung weg.

»Amorita«, sagt er plötzlich mit merkwürdiger Stimme, ehe er etwas aus einer der Reisetaschen fischt. »Ich wollte dir etwas geben. Ich habe es vorhin aus dem Wagen für dich geholt, als du duschen warst.«

Ich runzele die Stirn. »Was ist das?«

Zade überreicht mir einen dünnen Stapel Zeitungen. Sie sind nicht von heute und auch nicht aus Kanada. Es sind amerikanische Zeitungen. »Darin findest du Artikel über uns. In einem wird Agent Malone interviewt und im anderen deine Schwester. Ich dachte, du wolltest das gerne lesen, bevor du sie anrufst.«

Plötzlich reicht er mir auch sein Handy.

Ich starre ihn mit großen Augen an.

»Lies’ das und überlege dir gut, ob du diesen Anruf tätigen möchtest. Wenn du entscheidest, dass es kein Risiko für uns bedeutet, vertraue ich auf dein Gefühl«, sagt er ungewohnt sanft. »Du sollst aber trotzdem bedenken, dass es dazu führen könnte, dass wir wieder auf der Flucht sind, wenn du dich täuschst. Wenn Brooke uns verrät, können wir nicht nach Amerika zurück. Oder müssen später wieder von dort fliehen.«

»Okay«, krächze ich und nehme ihm die Zeitschriften ab.

Ich lege sie auf meinen Schoß und beginne, sie durchzublättern. Agent Malones Interview überfliege ich nur. Im Grunde sagt er darin, dass Zade ein bestialisches Monster sei und dass er meinen Tod ewig betrauern wird. Er spricht auch über Matt und all die Qualen, die er und ich durch Zades Hände erlitten haben.

Das Interview mit meiner Schwester lässt meinen Magen krampfen. Bereits die erste Zeile treibt mir Tränen in die Augen.

»Er hat ihr einen Antrag gemacht«, murmele ich, als ich lese, dass sie in Begleitung ihres Verlobten zum Interview erschien, weil es ihr alleine zu schwerfiel. »Sie ist verlobt.«

»Ja«, sagt Zade rau und setzt sich neben mich auf das Bett. »Das ist doch gut, oder?«

Plötzlich denke ich an unser letztes Gespräch zurück. Es war an meinem letzten Tag in Colorado Springs. Wir haben telefoniert, als ich in der Arbeit war, und sie sagte mir, dass sie mir eine tolle Neuigkeit zu verkünden hätte.

Das war sie wohl. Ihr Freund hat um ihre Hand angehalten.

»Das war schon vor unserem Verschwinden«, erkläre ich ihm also angespannt und lese mit krampfendem Magen weiter. Rasch wische ich die Träne aus meinem Augenwinkel, die meine unglaubliche Sehnsucht nach Brooke hervorruft. So lange haben wir uns noch nie nicht gesehen oder gesprochen.

Auch die restlichen Zeilen treffen mich hart. Brooke war zum Zeitpunkt dieses Interviews fix und fertig, völlig zerstört. Sie spricht darüber, dass sie sich die Schuld dafür gibt, weil sie nicht bemerkt hat, dass etwas bei mir nicht stimmt. Weil sie Zade als netten Mann wahrgenommen und die Gefahr nicht erkannt hat, die von ihm ausgeht. Weil sie all die Warnsignale nicht bemerkt hat.

Meine massiven Probleme mit den Tabletten, mein Suizidversuch, mein plötzlicher Rückzug, meine fehlende Zeit …

Sie sagt, dass sie mich bloß für frisch verliebt hielt. Etwas, das an ihr zu nagen scheint.

Am Ende des Interviews sagt sie, dass sie hofft, dass Zade in der Hölle schmort und ich im Himmel meinen Frieden gefunden habe und mit unseren Eltern wiedervereint bin.

Eine Träne kullert über meine Wange und tropft aufs Papier.

»Alles in Ordnung, Amorita? Hätte ich dir das nicht zeigen sollen?«

Ich schlucke und wische fahrig über meine Wange. »Doch. Ich bin nur traurig.«

»Willst du sie anrufen?«, fragt er mich, woraufhin ich ihn steif betrachte. In dem Blau seiner Augen wächst ein Sturm heran und ein Gewitter zieht auf. Ich weiß, welcher Gedanke diese Unruhe in ihm verursacht – die Befürchtung, Brooke könnte sich sofort an das FBI wenden und uns, besser gesagt ihn, verraten.

»Ja«, erwidere ich trotzdem entschlossen. »Brooke wird nichts sagen. Sie wird unser Geheimnis für sich behalten, das weiß ich ganz sicher.«

Weil ich es *unser Geheimnis* nenne, als wären wir ein Team und hätten uns zusammen für all das hier entschieden, ebbt der Sturm in seinen Augen unwillkürlich ab.

Dann nickt er und drückt mir das Handy in die Hand. »Dann vertraue ich deinem Bauchgefühl. Sag ihr trotzdem nicht, wo wir uns aufhalten.«

Das ist der größte Vertrauensbeweis, den er mir jemals machen könnte. Er legt mir buchstäblich unser Verderben in die Hände und lässt mir die Wahl, das Risiko, uns hineinzustürzen, einzugehen oder nicht. Ich könnte mit diesem Anruf alles zerstören, was er sich mit mir aufgebaut hat. Ich könnte dafür sorgen, dass er alles verliert.

Aber ich sehe es inzwischen so, dass auch *ich* alles verlieren würde.

Da ich meiner Schwester blind vertraue, gehe ich das Risiko ein, beschließe aber, dass Zade recht damit hat, ihr keine Details wie unseren Aufenthaltsort zu nennen.

Mit einem tiefen, zittrigen Atemzug tippe ich ihre Nummer in das Gerät und lege es mir zögerlich ans Ohr. Mit jedem Freiton, der ertönt, schlägt mein Herz schneller, bis es beinahe in meiner Brust explodiert, als es still in der Leitung wird.

Dann höre ich ihre vertraute Stimme und vergieße still noch weitere Tränen. Diesmal Tränen der Freude.

»Hallo, wer spricht da?«

Ich öffne den Mund, doch kein Wort kommt heraus. Zade betrachtet mich eingehend von der Seite und spielt mir Mut zu, indem er auffordernd eine Hand auf meinen Oberschenkel legt. Gleichzeitig schöpfe ich Trost aus seiner Berührung.

»Hallo?«, fragt Brooke verwirrt.

»Hey«, zwinge ich mich, zu sagen. Meine Stimme klingt anders, irgendwie fremd. »Ich bin's …«

Stille.

»Brooke?«, frage ich unsicher.

»Lauren?« Mein Name kommt ehrfürchtig und leise aus ihrem Mund. Fast haucht sie ihn voller Ungläubigkeit. »Lauren, bist du das?«

»Ja. Ich bin es.«

Wieder ist es ein paar Sekunden lang still, ehe sie ungläubig fragt: »Wie ist das möglich?«

»Ich bin nicht in meinem Haus gestorben«, lasse ich sie wissen, damit sie nicht denkt, sie würde halluzinieren. »Und Zade auch nicht. Uns geht es gut, wir sind wohlauf.« Mein Blick fällt auf seinen verletzten Oberschenkel. »Wir sind in Sicherheit.« Zumindest das stimmt.

»Was …« Sie unterbricht sich. »Wie … Ich verstehe das nicht.« Jetzt klingt sie überfordert, und plötzlich schluchzt sie ins Telefon. »Du lebst? Es geht dir gut?«

»Ja«, versichere ich ihr. »Alles ist gut. Mach dir bitte keine Sorgen um mich.«

»Wieso denkt man, dass du tot bist? Wo bist du? Und

warum sprichst du von *uns* und *wir?* Meinst du Zade Raoni und dich?«, platzen nun all die offenen Fragen aus ihr heraus. Sie spricht so schnell und schluchzt dabei, dass sie sich an ein paar Worten verschluckt. »Wo warst du in den letzten zwei Monaten, Lauren? Ich dachte, du seist tot! Warum rufst du mich erst jetzt an?«

Ihre Fragen überfordern mich. Ich verstehe, wie aufgebracht sie sein muss. Bestimmt fällt sie gerade aus allen Wolken.

»Ich schalte sofort Agent Malone ein und helfe dir«, platzt es plötzlich aus ihr heraus, woraufhin ich mich versteife. Zades Finger krallen sich augenblicklich in mein Bein. Er sitzt so nah neben mir, dass er problemlos hören kann, was meine Schwester sagt.

»Nein!«, sage ich hastig. »Brooke, bitte, du darfst niemandem sagen, dass wir noch leben.«

»Was, warum nicht?«, will sie verständnislos wissen. »Dieser Psychopath hat dich entführt! Agent Malone kann dich zurückholen!«

Binnen drei Sekunden habe ich beschlossen, ihr eine Geschichte aufzutischen, die sie davon abhalten wird, das FBI hinzuzuziehen. Die Lüge reime ich mir einfach aus ein paar Wahrheiten zusammen. »Brooke, du verstehst das falsch. Zade und ich sind zusammen geflohen. Das FBI war hinter uns her.«

Ich spüre Zades Blick von der Seite auf mir. Er runzelt die Stirn.

»Was?« Sie klingt total irritiert. »Das stimmt doch nicht. Agent Malone hat mir erzählt, dass er wochenlang vor eurem Tod … also vor eurem Verschwinden, in Kontakt mit dir stand. Du hast ihn um Hilfe gebeten, weil Zade Raoni dich bedroht hat.«

»Ja, aber … aber dann ist etwas passiert«, lüge ich hastig

weiter. »Ich habe jemanden erschossen und Zade hat mir geholfen, damit davonzukommen.«

»Bitte?«

»Wir mussten das Land verlassen und allen weismachen, dass wir gestorben sind«, erzähle ich ihr einfach. »Es sind zwei Männer bei uns eingebrochen und ich habe einen von ihnen erschossen. Wir haben ihn und die Beweise vergraben, aber irgendwie sind uns Agent Malone und seine Leute auf die Schliche gekommen. Bestimmt belügt er dich bloß, weil er hofft, dass ich mich bei dir melde und du ihm meinen Aufenthaltsort verrätst.«

Mein Magen rumort, weil ich sie so unverschämt belüge, doch ich halte es für das Beste. Sie würde nicht verstehen, wie meine Beziehung zu Zade ist. Oder warum ich nicht gerettet werden möchte. Agent Malone hat ihr Zade als kaltblütigen Kriminellen verkauft. Ich werde ihre Meinung über ihn nicht mehr ändern können.

Also muss ich ihr Informationen geben, die ihn in ein anderes Licht rücken. Ich muss sie glauben lassen, dass mir nichts Gutes bevorstünde, wenn sie sich an das FBI wendet. Dass sie mir damit nicht helfen, sondern schaden würde.

»Agent Malone können wir nicht vertrauen«, füge ich ernst hinzu. »Verstehst du das, Brooke? Du musst mir versprechen, niemandem zu sagen, dass ich dich angerufen habe.«

»Ich fasse das alles einfach nicht«, murmelt sie entgeistert vor sich hin. »Ich habe so viele Fragen, Lauren. Ich verstehe nicht, wie es zu all dem kommen konnte.«

»Ich weiß«, meine ich entschuldigend. Zade ist ganz still und starr neben mir geworden. »Ich werde es dir erklären. Mit der Zeit. Aber für den Moment wollte ich dich einfach wissen lassen, dass es mir gut geht.«

Lange herrscht bloß erdrückende Stille in der Leitung und

ich befürchte bereits, dass sie etwas Dummes tun könnte, doch dann seufzt sie schwer und schluchzt wieder leise auf.

»Ich bin so froh, von dir zu hören, Lauren. Ich habe dich so unglaublich vermisst.«

Tränen laufen über meine Wangen, obwohl ich lächele. »Ich dich auch, kleine Schwester. Du weißt nicht, wie sehr.«

»Wo bist du?«, will sie erneut wissen. »Können wir uns sehen? Ich kann zu dir kommen, egal wo du bist.«

Nun schüttelt Zade neben mir den Kopf. Ich schlucke.

»Nein, das geht nicht, Brooke. Tut mir leid«, enttäusche ich sie. »Das ist nicht sicher für uns.«

»Aber *du* bist sicher?«, erkundigt sie sich misstrauisch. »Bei ihm?« Das letzte Wort spricht sie verächtlich aus, was ich ihr nicht verübeln kann.

»Ja.«

»Sagst du das bloß, weil er gerade neben dir ist?«, hakt sie nach wie vor skeptisch nach. »Wenn ja, antworte mit einem Codewort.«

Ich lächele in mich hinein. Meine Schwester ist nicht dumm. Wäre ich tatsächlich in Gefahr, wäre das genau das Richtige, zu sagen.

»Mir geht es wirklich gut«, versichere ich ihr. »Ich bin bei Zade in keiner Gefahr.« Dass seinetwegen erst vor wenigen Tagen auf mich geschossen wurde, ignoriere ich dabei geflissentlich. Darum geht es nicht. *Er* stellt keine Gefahr für mich dar.

»Okay«, murmelt sie schließlich gedehnt. »Können wir ab jetzt wenigstens regelmäßig telefonieren, wenn wir uns schon nicht sehen können?«

Meine Augen finden Zades. Er denkt kurz darüber nach, bevor er schwach nickt.

Erleichtert sage ich: »Ja, das geht. Ich rufe dich wieder an.«

»Gott, Lauren, ich bin echt durch die Hölle gegangen«, seufzt sie schwer, aber ich kann hören, wie sie Erleichterung durchflutet. Als würde eine riesige Last von ihr abfallen. »Ich wünschte, du hättest mir damals gesagt, was bei dir los ist. Oder mich vorgewarnt, dass du verschwinden wirst. Du hast mich in dem Glauben gelassen, du seist tot.«

Meine Augen schließen sich reumütig. »Ich weiß, es tut mir leid. Es ging nicht anders.«

Stille.

»Bitte sag niemandem etwas«, bitte ich sie noch einmal eindringlich. »Sonst findet uns das FBI und dann verhaften sie sowohl Zade als auch mich.«

»Aber sie waren doch nur hinter ihm her«, meint sie nachdenklich. »Agent Malone sagte, dass er Matt umgebracht hat.«

Ich bestätige ihr das nicht, sondern behaupte: »Aber sie haben nach dem Brand gewiss die Leiche auf unserem Grundstück gefunden, und auf dieser findet man meine DNA-Spuren. So auch auf der Tatwaffe. Sie würden mich verhaften, Brooke, und wegen Mordes verurteilen.«

»Das glaube ich nicht«, entgegnet sie. »Agent Malone –«

»Agent Malone ist ein Lügner«, unterbreche ich sie mit bemüht ernster, aufrichtiger Stimme. »Es stimmt, dass er anfänglich nur gegen Zade ermittelt hat, aber dann hielt er mich für seine Komplizin und dachte, dass ich die Ermittlungen sabotiere, weil ich ihn schütze, und so hat er sich gegen mich gewandt. Jetzt würde er mich genauso drankriegen wollen wie ihn. Erst recht, wenn er erfährt, dass ich mit ihm zusammen geflohen bin.«

»Um Himmelswillen, Lauren«, murmelt sie leise. »All das ist total verrückt.«

»Ich weiß.«

»Wer waren die zwei Leichen, die sie in deinem Haus gefunden haben?«, will sie jetzt angespannt wissen.

Ich räuspere mich unbehaglich. »Zwei Obdachlose.«

»Die ihr getötet habt?«, schießt es entsetzt aus ihr hervor, doch ich kann ihrem Tonfall entnehmen, dass sie nicht glaubt, dass ich zu so etwas fähig wäre. Sie kennt mich.

»Nein, natürlich nicht«, erwidere ich bemüht ruhig. »Aber Agent Malone würde es genau so darstellen.«

»Okay ...« Sie wirkt völlig überfordert, was verständlich ist. All diese Informationen und Erkenntnisse muss sie erst verdauen. »Ich werde nichts sagen.«

»Danke«, sage ich erleichtert.

»Ich hoffe, dass du weißt, was du da tust«, meint sie zögerlich. »Ich glaube trotz allem, dass es besser für dich wäre, nach Hause zu kommen.« Zwischen den Zeilen lautet ihre Mitteilung, dass sie denkt, es wäre besser, ich würde von Zade wegkommen.

»Ich weiß, was das Beste für mich ist«, halte ich entschlossen dagegen. »Mach dir keine Sorgen um mich, Brooke. Alles ist gut.« Als sie nichts darauf erwidert, füge ich wehmütig hinzu: »Gratulation zur Verlobung. Ich wünschte, ich könnte bei deiner Hochzeit dabei sein.«

Ich höre Brooke schlucken, bevor sie »Ja, das wünschte ich auch« murmelt. Zade deutet mir, das Gespräch langsam zu beenden, was mir schwerfällt. Ich will den Anschluss zu meiner Schwester nicht verlieren, doch es beruhigt mich, dass er zugestimmt hat, dass wir ab sofort regelmäßig telefonieren können.

»Ich muss jetzt Schluss machen«, presse ich also entschuldigend hervor. »Ich rufe dich wieder an. Versprochen.«

»Okay«, erwidert sie mit trauriger, enttäuschter Stimme. »Ich warte auf deinen Anruf.«

»Ich hab dich lieb.«

»Ich dich auch … Mach's gut, Sis.«

Mit zittrigen Fingern lege ich auf. Mein Innerstes ist dermaßen aufgewühlt, dass es mich wundert, wie ich während des Gesprächs so gefasst bleiben konnte. Sobald die Verbindung gekappt ist, laufen mir unkontrolliert Tränen über die Wangen. Mein Herz schmerzt.

»Shsh«, macht Zade, nimmt mir das Handy ab und dreht mich in seine Richtung. Seine großen Hände legen sich um mein Gesicht und seine Augen gleiten mitfühlend darüber. »Bald rufst du sie wieder an, Amorita. Zumindest weiß sie jetzt, dass es dir gut geht.«

»Ja«, schniefe ich und lasse mich von ihm in den Arm nehmen. Meine Finger krallen sich trostsuchend in seinen Rücken.

»Warum hast du ihr diese Geschichte erzählt?«, will er mit rauer Stimme wissen.

Ich spanne mich ein wenig an und bin froh, dass er mir nicht ins Gesicht blicken kann, als ich leise erwidere: »Weil ich nicht will, dass sie das FBI hinzieht, in dem Glauben, dass mir das helfen würde.«

»Sie ermitteln nicht gegen dich«, erinnert er mich.

»Das meine ich auch nicht.«

»Sondern?«

Ich schließe die Augen und vergrabe das Gesicht noch fester an seiner Brust. »Weil sie mich von dir wegbringen würden. Das würde mir aber nicht helfen.« Mehr schaffe ich nicht, ihm von meinen Gedanken und Gefühlen preiszugeben.

Aber nun weiß er, dass er immer recht hatte – ich will nicht gerettet werden. Ich will gar nicht weg von ihm.

Und ich habe ihm trotz meines Vorsatzes, es niemals zu tun, verziehen.

Zade sagt nichts dazu, doch ich spüre, wie sein Herz ein

wenig schneller schlägt. Seine Hände streicheln sanft über meinen Rücken, ehe er mich noch fester an sich drückt.

Ich hielt es bisher für unmöglich, dass ich mich mit dem Gedanken an eine gemeinsame Zukunft mit Zade anfreunden könnte. Dass ich im Reinen damit sein könnte, selbst zu entscheiden, bei ihm zu bleiben. Und doch ist es so. Ich bereue nicht, meine Schwester belogen zu haben, um bei ihm bleiben zu können, und bereue genauso wenig, mich gegen eine Rückkehr in mein altes Leben entschieden und stattdessen mein neues mit Zade vorgezogen zu haben. Obwohl ich so vieles aus meinem alten Leben vermisse, weiß ich, dass ich Zade mehr vermissen würde.

Das ist verrückt, aber wahr.

»Danke, dass du mir erlaubt hast, sie anzurufen«, flüstere ich gedämpft.

Zade weicht ein wenig zurück, um mich ansehen zu können. In seinen Augen spiegelt sich nichts als Zuneigung und Liebe wider, als er mich innig betrachtet. Seine sonst so scharfen Gesichtszüge erscheinen weich, obwohl sein Blick ernst ist, als er entgegnet: »Danke, dass du mir erlaubst, Teil deines Lebens zu sein.«

Ich blinzele. Das habe ich wohl hiermit zum allererersten Mal tatsächlich.

19
ZADE

$\mathcal{N}$ ach acht Tagen verlassen wir das Motel und ziehen endlich weiter.

Ich hielt es für besser, wieder halbwegs auf den Beinen zu sein – wortwörtlich –, bevor wir nach Amerika einreisen. Würden wir in Probleme geraten, wäre ich mit meiner Schussverletzung hilfloser gewesen, als ich es sein möchte. Der Gedanke, dass ich nur eingeschränkt dazu fähig bin, Lauren zu beschützen, stört mich. Deswegen habe ich ihr gesagt, ich müsse erst ein paar Vorkehrungen treffen, bevor wir weiterziehen.

Diese habe ich auch getroffen. Ich hoffe, dass es sich lohnen wird, mich so sehr bemüht zu haben. Diesmal habe ich nicht in der Eile wahllos irgendeine Bleibe für uns gemietet, sondern gezielt nach einem Haus gesucht, in dem sich Lauren hoffentlich von Anfang an wohlfühlen wird.

Zumal ich nach einem bestimmten Haus gesucht habe. Einem, das ihrem Elternhaus gleicht, welches ihr so wichtig war. Sie liebte dieses Haus, in dem sie aufwuchs, und hatte nie vor, daraus auszuziehen. Es war schwer, ein ähnliches Haus zu finden, doch nach einigen Tagen sprang mir ein nettes Einfamilienhaus in Norddakota ins Auge. Von außen hat es eine große Ähnlichkeit mit Laurens altem Haus – spitzes Ziegeldach, dunkelbraune geschnörkelte Flügelfenster, eine Eingangstür aus Mahagoniholz –, und die Raumaufteilung innen ist vergleichbar mit ihrer alten, aber besser. Es gibt zwei große Bäder in jedem Stockwerk und ein zusätzliches Schlafzimmer.

Ein Kinderzimmer.

Der Gedanke, Lauren irgendwann ein Baby zu machen, beflügelt mich. Ich habe noch nie darüber nachgedacht, Vater zu werden, weil es in meiner Vergangenheit keinen Platz für Kinder gab. Doch nun stehen die Dinge anders. Ich könnte mir ein Leben mit Kind gut vorstellen. In den nächsten Jahren will ich meine Frau jedoch noch für mich alleine haben. Ich bin egoistisch, was ihre Zeit und Aufmerksamkeit betrifft. Ich will alles davon für mich haben.

Obwohl ich keine großen Probleme mehr mit meinem Bein habe, hat Lauren entschieden, zu fahren. Sie ist eine gute Autofahrerin, die sich immer an die Verkehrsregeln und Geschwindigkeitsbegrenzungen hält. Da ich ihr nicht gesagt habe, was genau unser Ziel ist, stellt sie mir neugierig eine Frage nach der anderen. Ich beantworte ihr diese nicht und weise ihr den Weg, bis ich zum integrierten Navigationsgerät greifen muss, als wir Norddakota erreichen. Den restlichen Weg zu unserem Haus kenne ich nicht.

Sofort wirft sie einen Blick auf den Bordcomputer und runzelt die Stirn. »Jamestown? Das sagt mir gar nichts.«

Ich lehne mich wieder im Sitz zurück. »Die Stadt ist nicht sehr groß, aber größer und belebter als Dauphin allemal. Es wird dir dort besser gefallen.«

Sie konzentriert sich wieder auf die Straße. »Wo genau liegt Jamestown?«

»In Norddakota«, sage ich. »Wir befinden uns bereits dort.«

»Oh«, macht sie überrascht.

»Sind dir die Schilder nicht aufgefallen?«

Lauren blinzelt und streicht sich eine Strähne ihres blonden Haars hinters Ohr. Heute hat sie sich nach langem mal wieder ein wenig geschminkt und trägt ihr Haar offen. Ich komme nicht umhin, mir immer wieder zu denken, welches Glück ich mit ihr habe. Sie ist absolut umwerfend, meine süße Amorita.

»Ich war wohl zu sehr damit beschäftigt, dich mit Fragen zu löchern«, meint sie, woraufhin ich amüsiert schmunzele. »Du hast uns dort also ein Haus gemietet?«

Ich nicke. Ich bin ein wenig aufgeregt wegen ihrer Reaktion. Hoffentlich ist es nicht genau das Falsche, das ich gemacht habe, indem ich uns ein Haus gemietet habe, das sie an ihr altes Zuhause erinnert.

»Sind wir dort sicher?«, will sie wissen.

»Vor meinen ehemaligen Brüdern? Ja.«

»Und vor dem FBI?«

Ich betrachte sie von der Seite. Mein Herz schlägt schneller, da heiße Zufriedenheit durch mich hindurchrauscht, da sie das offensichtlich möchte. »Ja. Jamestown liegt immer noch dreizehn Autostunden von Colorado Springs entfernt. Außerdem sucht nach wie vor niemand nach uns.«

Ich erkenne dieselbe Zufriedenheit in ihren Augen, als sie mich kurz anblickt und nickt.

Seit dem Angriff meiner ehemaligen Brüder ist es anders zwischen uns. Nun habe ich tatsächlich das Gefühl, dass sie sich an ihr Leben mit mir gewöhnt. Dass sie freiwillig bei mir ist und auch bei mir bleiben möchte. Sie hat mir das in den vergangenen Tagen immer wieder aufs Neue bewiesen. Außerdem hat sie sich fast hingebungsvoll um mich gekümmert.

Sie ist eine gute Frau, das wusste ich schon immer.

Allmählich baue ich wieder Vertrauen zu ihr auf. Ich hoffe inständig, dass ich das nicht wieder bereue, weil sie mir bloß etwas vorspielt und heimlich plant, mich zu hintergehen. Ich wüsste nicht, was ich dann täte, glaube aber, dass sie ehrlich ist. Sie hat ihrer Schwester weder verraten, wo wir uns aufhalten, noch Anstalten gemacht, mir und unserer gemeinsamen Zukunft zu entkommen. Zudem hat sie Brooke eine Lügengeschichte aufgetischt, die dafür sorgen wird, dass diese uns nicht verrät.

»Wie weit ist Dauphin von Jamestown entfernt?«, will sie nachdenklich wissen.

»Sechs Stunden ungefähr. Warum spielt das eine Rolle?«

Sie zuckt mit den Schultern und klammert sich ans Lenkrad. »Ich weiß nicht, wegen der Sache auf der Tankstelle und unserem Autodiebstahl.«

»Mit diesen Verbrechen wird uns niemand in Zusammenhang bringen«, beruhige ich sie und lege meine Hand auf ihren Nacken, als ich den Arm hinter ihr ausstrecke. Ich kraule sie und genieße, zu sehen, wie sie sich meiner Berührung entgegendrückt. Sie ist viel anschmiegsamer geworden. Viel umgänglicher und sanftmütiger. Das gefällt mir.

Allmählich bekomme ich wirklich ein Gefühl dafür, wie es in den nächsten Jahren zwischen uns sein könnte. Sie verhält sich zum ersten Mal tatsächlich wie die Frau an meiner Seite. Sie stößt mich nicht von sich, sucht keinen Streit, verschließt sich nicht vor mir. Etwas, worauf ich lange gewartet und hingearbeitet habe.

Ich wusste, ich würde mein Ziel irgendwann erreichen.

Noch nie wollte ich etwas so sehr wie die Liebe dieser Frau. Ob sie mich liebt, weiß ich nicht, aber zumindest hegt sie ganz andere Gefühle mir gegenüber als früher. Ich kann es in ihren Augen erkennen, wenn sie mich ansieht. Da ist kein Teil mehr in ihr, der mich verachtet.

»Das Auto ist einfach klasse«, reißt sie mich aus den Gedanken und lächelt vor sich hin, während sie sanft beschleunigt. Wir fahren auf dem Highway und brauchen laut Navi nicht mehr lange zu unserem Ziel. »Du hast das richtige gestohlen.«

Ein raues Lachen entgleitet meinen Lippen. Ich verliere mich in ihrem schönen Anblick und spanne mich am ganzen Körper an, als sie sich zur Seite lehnt, um sich die Wasserflasche vom Fußraum vor meinem Sitz zu schnappen, ehe sie daraus trinkt. Ihre weite Bluse gewährt mir einen unanständigen Blick auf ihre schön geformten Brüste in dem dünnen BH.

Mein Blutkreislauf wird von Erregung und Adrenalin geflutet.

Es fühlt sich wie eine Ewigkeit an, seit ich mich zuletzt in ihr vergraben habe. Ich muss sie unbedingt wieder ficken. Es reicht nicht, dass ich sie in den letzten Tagen immer wieder schmecken durfte. Auch nicht, dass sie es mir so brav vor dem zu Bett gehen mit dem Mund besorgt hat. Ich brauche sie ganz. Ich will sie mit Haut und Haar verschlingen.

Nachdem sie die Abfahrt genommen hat, die das Navi als die richtige angeführt hat, verlassen wir den Highway und fahren weiter über eine Landstraße. Es ist noch hell, da wir früh losgefahren sind, und der Verkehr ist geschäftig.

Ich kann nicht mehr warten, bis wir unser Ziel erreichen.

»Fahr an den Seitenstreifen«, befehle ich ihr, meine Stimme

heiser. Allein mir vorzustellen, wie ich diese Frau wieder ficke, bereitet mir eine schmerzhafte Erektion.

»Hier?«, fragt Lauren verwirrt und blinzelt zur verlassenen Nebenspur.

»Ja.«

Sie blinkt, drosselt das Tempo und lenkt den Wagen auf den Pannenstreifen. Dort kommt sie zum Stillstand. Ihre grünen Augen finden meine, wirken fragend. »Musst du auf die Toilette? Wir hätten auch an einer Tankstelle halten können.«

»Klettere auf die Rückbank«, befehle ich ihr, ihre Frage umgehend, und steige aus dem Wagen.

»Was?«, höre ich sie noch verdutzt fragen, knalle aber bereits die Tür zu. Ich öffne die hintere Wagentür und nehme auf der Rückbank Platz. »Wieso –«

Ich greife durch die Vordersitze hindurch und öffne ihren Gurt. »Ich muss dich haben, Amorita. Jetzt.«

Röte steigt in ihre Wangen, als sie versteht, dass ich sie wie ein notgeiler Teenager auf der Rückbank dieses Autos ficken will. Doch der Gedanke scheint sie nicht abzuschrecken. Das Funkeln in ihren Augen verrät, wie sehr sie sich ebenfalls nach mir sehnt. Sie vermisst es, von mir genommen zu werden.

Trotzdem reagiert sie nicht schnell genug und so nimmt meine Ungeduld überhand. Ich greife mit beiden Händen nach ihr und zerre sie zu mir nach hinten. Lauren quietscht, wehrt sich aber nicht. Ungelenk zieht sie ihre Beine an und quetscht sich durch die Sitze, ehe sie neben mir auf der Rückbank landet. Rasch blickt sie aus dem Fenster.

»Jemand könnte uns sehen«, murmelt sie nervös. »Vielleicht –«

Knurrend, weil ich bereits so erregt bin, da ich mich so sehr nach ihr verzehre, packe ich ihr Haar und ziehe sie an mich. Mein Mund prallt auf ihren, meine Zunge bittet nicht um Einlass. Sie drängt sich zwischen ihre Lippen, wie sich mein Körper automatisch gegen ihren drängt, und erobert ihren Mund. Ein süßer Laut wirbelt in ihrer Kehle, bevor sie aufstöhnt, als ich rabiat ihre Bluse aufreiße und meine Hand in ihre rechte Brust kralle.

Dann schiebe ich ihren langen Rock grob nach oben, lege sie quer auf die lederne Rückbank und platziere mich zwischen ihren weichen Schenkeln, die vor Adrenalin leicht zittern. Hier ist nicht sonderlich viel Platz und mein verletztes Bein ist ein wenig unangenehm angewinkelt, doch nichts könnte mich in diesem Moment davon abhalten, mir diese Frau zu nehmen.

Ich lehne weiterhin über ihr und küsse sie hungrig, während ich ihr Höschen beiseiteschiebe und meine Finger zwischen ihre weichen Schamlippen schiebe. Lauren stöhnt erneut an meinen Lippen. Seidige Nässe ummantelt meine Finger, die ich auf meinem harten Schwanz verteile, als ich ihn ungeduldig aus meiner Hose befreie.

Dann vergrabe ich mich mit einem energischen Stoß bis zu den Hoden in ihr.

Verdammt.

»Du siehst mit meinem Schwanz in dir so sexy aus«, raune ich befriedigt, als ich in ihr verharre und einen Blick dorthin werfe, wo sich unsere Körper vereinen.

Lauren starrt mit glühenden Wangen und verhangenen Augen zu mir auf. Ihr blondes Haar steht wild von ihrem Kopf ab und wird noch unordentlicher, als ich anfange, in sie zu stoßen. Sie rutscht dabei stöhnend auf der ledernen Rückbank auf und ab, doch meine Hände finden ihr zartes Fleisch an den Hüften und halten sie in Position. Mit dem Mund zerre ich den BH von ihren perfekten Titten und sauge eine ihrer verhärteten Knospen zwischen die Lippen. Laurens Finger krallen sich in meinen Hinterkopf, während sie meinen heftigen Stößen mit dem Becken entgegenkommt. Hitze rollt über meinen Rücken, und die Luft im Wagen wird zunehmend stickiger.

Das Gefühl ihrer Wärme, Nässe und Enge treibt mich förmlich in den Wahnsinn. Mein Verstand geht wie jeder Muskel an meinem Körper in Flammen auf. Bald schon spüre ich, wie sich meine Eier zusammenziehen, aber wie immer habe ich noch nicht genug von ihr. Nicht genug davon, sie auf diese Weise zu spüren und zu *meinem* zu machen.

Also greife ich unter ihr durch und hebe sie hoch. Dabei lasse ich mich auf den Sitz fallen, lehne den Rücken nach hinten und ziehe sie auf meinen Schoß. Mein harter Schwanz ist immer noch in ihr vergraben, als sie rittlings auf mir sitzt und keuchend auf mich herabblickt.

Sofort schlingt sie ihre Arme um mich und drückt mir ihre Titten ins Gesicht. Ohne meine Aufforderung dazu, beginnt sie gleich darauf, ihre Hüften zu bewegen. Erst kreisend, dann vor und zurück. Knurrend schließe ich die Augen, lege die Hände auf ihren Hintern und vergrabe das Gesicht zwischen ihren Brüsten. Ich beiße in ihr zartes Fleisch, necke sie mit den Zähnen.

»Fuck«, wimmert sie und bohrt die Nägel in meinen Nacken. »Fester.«

Ich vergrabe die Zähne wieder in ihrem Fleisch, diesmal in ihrer harten Knospe. Lauren stöhnt laut auf und kratzt über meinen Hinterkopf. Dann werden ihrer Bewegungen ekstatischer, drängender. Sie reibt sich abwechselnd an mir und wiegt ihr Becken auf und ab. Ich kann spüren, wie ihre Beine zu zittern anfangen. Ihre Muskeln zucken. Meine Hand findet ihr Haar, krallt sich hinein. Rabiat reiße ich ihren Kopf zurück und zwinge sie, mich anzusehen, als sich ein Orgasmus in ihr entlädt.

Das Grün ihrer Augen stürmt, als sie über mir erzittert. Sie schnappt nach Luft, presst ihre Knie gegen meine Oberschenkel und verzerrt das Gesicht zu einer hübschen, gequälten Maske. Die erotischen Klänge, die dabei über ihre geschwollenen Lippen gleiten, sind wie Musik in meinen Ohren.

Hungrig presse ich meinen Mund auf ihren und helfe ihr nun dabei, mich zu reiten. Ich greife an ihre Hüften und bewege sie auf mir, bis Lauren sich erholt hat und wieder zu bewegen beginnt. Ihr Atem geht schwer und ihr Körper zuckt noch ein wenig. Sie verströmt einen dermaßen anziehenden Geruch und strahlt eine sengende Hitze aus, das ich mich vollkommen benebelt und berauscht fühle. Auch wenn sie sich jetzt nur noch langsam auf mir bewegt, weiß ich, dass ich kommen werde. Es gibt nichts Heißeres als dieser Frau dabei zuzusehen, wie sie es tut.

Mit einem Stöhnen, das von ihren Lippen abgefangen wird, ergieße ich mich in ihr. Die Härte meines Höhepunkts überwältigt mich. Meine Finger bohren sich unnachgiebig in ihren Hintern, während mein Schwanz in ihr pulsiert, als hätte er es eine Ewigkeit nicht mehr getan. Ihre inneren Muskeln melken ihn weiterhin sanft, als ich sie mit jedem Tropfen meines Spermas fülle. Es dauert einige Sekunden, bis ich wieder zu Atem komme und mich im Sitz zurücklehne.

Lauren blinzelt träge, ein befriedigter Ausdruck in den Augen. Meine Finger finden automatisch die Strähnen, die wild in ihr Gesicht hängen und es fast wie ein Vorhang verdecken. Sie ist ruhig, sagt nichts. Das Einzige, das zu hören ist, sind unsere beiden Herzen, die heftig und im Einklang schlagen. Dann bemerke ich, dass mich ihre Finger an meinem Nacken sanft streicheln.

Es ist das erste Mal, dass sie mich liebkost, nachdem wir gefickt haben. Selbst diese minimale Berührung, dieses hauchzarte Streichen ihrer Finger über meine warme Haut, lässt mein Innerstes vor Glück und Freude explodieren.

»Ich liebe dich«, presse ich rau hervor, in der Hoffnung, dass sie diesen Moment vollkommen macht und es erwidert. Ich will diese Worte endlich aus ihrem Mund hören. Sie sagt sie nie zurück.

Ich will, dass sie so fühlt. Dass sie mich liebt.

Lauren erwidert sie jedoch wie immer nicht, sondern küsst mich sanft. Es ist ein kleiner Trost, aber die Freude und das Glücksgefühl in mir ebben unwillkürlich ab. Allmählich muss ich mich wohl mit dem Gedanken anfreunden, dass sie diese besonderen Worte niemals zu mir sagen wird.

Und es vielleicht niemals das sein wird, was sie für mich fühlt. Vielleicht habe ich diese Liebe nicht aufgrund der Art verdient, wie ich mich in ihr Leben gedrängt und zu einem Teil davon gemacht habe; aber ich habe sie verdammt noch mal durch die Art verdient, wie ich um ihre Akzeptanz und Zuneigung gekämpft habe. Unerbittlich.

Dennoch bleibt meine Liebe offenbar eine Einbahnstraße. Vielleicht liebe ich sie auch immer noch nicht auf die richtige Weise. Auf eine Weise, wie es sich eine Frau von einem Mann wünscht. Ich weiß nicht, wie man es richtig tut. Ich habe keine Ahnung, wie man ein guter Partner ist.

»Geht es deinem Bein gut?«, flüstert Lauren schließlich und rutscht von meinem Schoß.

Ich räuspere mich, weil sich eine altbekannte Schlinge um meinen Hals legt und langsam zuzieht. Dann schließe ich meine Hose. »Ja.« Es hat geschmerzt, als sich all meine Muskeln verkrampft haben, aber der Schmerz war nur von kurzer Dauer. Da wir heute Morgen die Nähte gezogen haben, weil die Wunde bereits zusammengewachsen ist, besteht keine Gefahr mehr, dass sie wieder aufreißt.

Ich bin frustriert. So sehr mir ihr Körper früher auch dabei geholfen hat, mir den Weg zu ihrem Herzen zu bahnen, so wenig hilft es jetzt noch, großartigen Sex mit ihr zu haben. Ihr Körper will mich schon sehr lange und sehnt sich nach meinen Berührungen und meiner Inbesitznahme. Durch diese ist es dazu gekommen, dass Lauren sich mir mehr und mehr geöffnet hat. Ihr Verstand hat sich ihrem Körper angeschlossen und mich akzeptiert. Aber etwas fehlt noch.

Wann folgt ihr Herz endlich vollständig seinem Beispiel? Wann lässt es mich komplett hinein? Ich will nicht nur einen Platz darin besitzen, ich will es ganz und gar besitzen. Es soll meinen Namen tragen. Es soll mich zum Schlagen brauchen. Wenn meines stirbt, soll ihres sterben.

Denn mein Herz würde sterben, wäre sie nicht mehr bei mir.

Als ich wortlos aussteige und auf dem Beifahrersitz Platz nehme, tut es mir Lauren gleich. Nachdem sie ihr Äußeres gerichtet und sich hinter dem Steuer angegurtet hat, wirft sie mir einen nachdenklichen Blick zu. Ich erwidere ihn stoisch, will sie nicht an meinen Gedanken und Gefühlen teilhaben lassen.

Sie fragt auch nicht danach, sondern nimmt die Fahrt still wieder auf.

20
LAUREN

*J*ch lenke den neuen Wagen, den Zade für uns besorgt hat, durch ein Geflecht aus Seitenstraßen, immer tiefer in eine beschauliche Stadt hinein, die dennoch nicht annähernd so ausgestorben und trostlos wirkt wie Dauphin. Jamestown ist eine nette, recht grüne Gemeinde mit Altstadt-Flair. Wir fahren an vielen einladenden Geschäften und Menschen vorbei, die sich mit Einkaufstüten durch die Straßen drängen.

Dass wir hier unser neues Zuhause finden sollen, erleichtert mich. Ich finde es bereits jetzt besser hier als in Kanada.

Nach einigen Minuten weiterer Fahrt, in der wir in einer ruhigeren Wohngegend landen, zeigt das Navi mit einem Pfeil nach rechts und beendet die Wegweisung. Ich bringe den Wagen am Straßenrand zum Stillstand und werfe einen Blick an Zade, der seit unserem spontanen Sex auf der Rückbank verdächtig still ist, vorbei aus dem Wagenfenster.

Als ich das Haus betrachte, das neben uns auftürmt, blinzele ich und spüre, wie sich mein Herz zusammenzieht.

Es sieht meinem alten Haus verdammt ähnlich. Ein Zufall?

Hart schluckend und unsicher gleiten meine Augen zu Zade, der seine bereits erwartungsvoll auf mich gerichtet hat. »Das ist unser Haus?«

Er nickt nur.

»Es sieht … irgendwie aus wie mein altes«, spreche ich meinen Gedanken laut aus, bin verwirrt. »Ist das ein Zufall?«

»Nein. Ich habe nach so einem Haus gesucht«, eröffnet er mir und klingt nicht sicher, ob er damit etwas richtig oder falsch gemacht hat. »Komm, lass uns hineingehen.«

Völlig perplex schalte ich den Motor aus und folge ich ihm aus dem Wagen. Während er sich unser Gepäck schnappt, mache ich ein paar Schritte auf das Haus zu. Ein warmes Gefühl breitet sich dabei in meiner gesamten Brust aus. Ich durchquere den kleinen Vorgarten, der meinem Haus gefehlt hat, und betrachte die hübschen, geschnörkelten Fensterrahmen neben der hohen Eingangstür. Zade schließt wortlos auf, als er mich erreicht.

Als sich die Tür öffnet, lächele ich unwillkürlich.

Das Haus ist perfekt. Es ist heimisch, warm eingerichtet und meinem alten so ähnlich, dass ich mich hier sofort wohlfühle. Ich zögere nicht, betrete den Flur und sehe mich rechts in der Küche um. Ich liebe es, dass das Haus eine eigene Küche besitzt wie mein altes. Ich mag diese modernen Wohnküchen nicht. Das Wohnzimmer befindet sich links vom Eingang und ist größer als mein altes. Das Mobiliar, das man hier findet, sieht neuwertig aus. Alles hier ist recht bunt eingerichtet, wie ich feststelle, als ich mir auch den Rest der Räume ansehe. Bei mir zu Hause war es auch farbenfroh.

»Was sagst du?«

Mit aufgeregtem Herzschlag drehe ich mich zu Zade um, der am Türrahmen des Schlafzimmers lehnt, in dem ich stehe. Ein Kingsize-Bett dominiert den Raum. »Ich liebe es hier.«

Das scheint ihn zufriedenzustellen. Seine saphirblauen Augen werden weicher. »Das freut mich.«

Trotzdem bemerke ich die Zurückhaltung in seinen Worten. Er ist irgendwie verhalten und nachdenklich, seit wir es im Wagen miteinander getrieben haben. »Ist etwas?«

»Nein, Amorita«, sagt er, doch ich erkenne die Lüge in seinem ausweichenden Blick. Er dreht sich um und geht zur Treppe, die ins untere Stockwerk führt. »Lass uns auspacken.«

»Okay«, murmele ich verwirrt und folge ihm nach unten. Ich nehme ihm eine der Taschen ab, damit er nicht so schwer trägt, weil ich mich immer noch um sein Bein sorge, und folge ihm wieder nach oben.

Wir räumen in aller Ruhe unsere Kleidung in den Spiegelschrank und unsere Kosmetikartikel in das große Badezimmer neben dem Schlafzimmer. Als wir die leeren Taschen verstaut haben, wende ich mich ihm mit einem sanften Lächeln zu.

»Danke«, sage ich mit warmer Stimme. Ich schätze es wirklich sehr, dass er sich bemüht hat, ein Haus für uns zu finden, das meinem alten ähnelt. Das ist wirklich süß von ihm. »Ich finde es toll hier.«

Zade erwidert mein Lächeln, doch es erreicht seine Augen nicht. »Ich werde ein Nickerchen machen. Danach können wir einkaufen gehen, der Kühlschrank ist leer.«

Irritiert über sein fremdes Verhalten runzele ich die Stirn. Ich beobachte, wie er es sich auf dem großen Bett gemütlich macht, dem es noch an Bettwäsche fehlt. Diese müssen wir wohl auch erst kaufen. Es scheint ihn nicht zu stören. Er zieht seinen Pullover aus und legt ihn gefaltet unter seinen Kopf, ehe er die Augen schließt.

»Brauchst du noch etwas?«, fragt er mich, weil er keine Schritte wahrnehmen kann.

Ich räuspere mich. »Nein.« Dann kommt mir ein Gedankenblitz. »Kann ich Brooke anrufen?«

Ich durfte sie nach dem ersten Telefonat noch einmal anrufen. Doch das Gespräch war nur von kurzer Dauer, weil Zade mir nicht erlaubt hat, länger als sechzig Sekunden mit ihr zu reden. Er sagt, das sei zu unserer Sicherheit, sonst könne man den Anruf nachverfolgen. Er unterdrückt zur Sicherheit auch seine Nummer. Obwohl ich ihm versichert habe, dass Brooke uns nicht verraten und mit dem FBI zusammenarbeiten wird, will er kein Risiko eingehen.

»Später«, antwortet er knapp.

Ich nicke nur und verlasse schließlich den Raum. Ich weiß nicht, warum er so komisch ist, aber irgendetwas liegt ihm definitiv auf dem Herzen. Warum er es mir nicht sagen will, weiß ich auch nicht.

Leise seufzend kehre ich zurück nach unten und hänge seine Lederjacke auf, die er achtlos auf dem hölzernen Schuhschrank abgelegt hat. Da spüre ich plötzlich sein Handy in der Seitentasche.

Mein Herz rast, als ich es impulsiv herausnehme. Ich drücke auf das Display und kann meinen Augen kaum trauen, als ich eine Textnachricht sehe, die noch ungeöffnet ist.

Der Name des Absenders lautet *Sophie*.

Völlig überrumpelt wische ich über das Display und öffne die Nachricht.

Danke für das Geld!!

Geld? Welches Geld? Und warum zur Hölle hält er Kontakt mit Sophie, ohne mir etwas davon zu erzählen?

Einerseits bin ich wütend darüber, andererseits auch froh. Ich habe in den vergangenen Wochen oft an Sophie gedacht und mich gefragt, ob es ihr gut geht. Ich wollte Brooke beauftragen, Kontakt zu ihr herzustellen, um das herauszufinden. Doch wie es scheint, ist das gar nicht nötig.

Warum sieht er in meiner Schwester eine Gefahr, aber in Sophie nicht? Wie lange halten sie bereits hinter meinem Rücken Kontakt? Es ärgert mich immens, dass er Sophie mehr vertraut als Brooke und sie offenbar schon länger wissen lässt, dass wir noch am Leben sind. Sie könnte genauso zur Polizei gehen und uns an die Behörden verraten.

Andererseits ist sie Zade und mir sehr dankbar für alles, was wir für sie getan haben, und so wird sie einen Scheiß auf das geben, was die Leute über ihn sagen. Für sie ist er ein Retter, kein krimineller Bösewicht. Sie vertraut niemandem auf dieser Welt, weil sie niemanden hat – nur uns. Vermutlich dachte sich Zade dasselbe.

Ich scrolle durch seine Nachrichten und beginne systematisch, alle von Sophie zu lesen. Andere gibt es auch nicht. Ich lese auch die, die er ihr geschickt hat. Sie halten den Kontakt bereits seit Colorado Springs. Zade hat ihr mehrmals online von einem geheimen Konto Geld überwiesen, wie es scheint, und sie hat nun eine neue Bleibe gefunden – eine kleine Wohnung nur für sich. Ohne seine finanzielle Hilfe wäre das wohl nicht möglich gewesen.

Ich weiß nicht, ob ich ihn küssen oder ohrfeigen will. Es ist eine gute Tat, dass er dem Mädchen so selbstlos hilft und sie unterstützt, so wie er es ihr einst versprochen hat, aber ich wünschte, er hätte mir davon erzählt. Vermutlich hat er das nicht, weil er wusste, es würde mich aufregen, dass er mehr Vertrauen in sie als in meine Familie hat.

Wenn ich ehrlich zu mir selbst bin, verstehe ich seine Denkweise. Sophie stellt tatsächlich weniger Gefahr für uns dar als Brooke. Sophie glaubt wahrscheinlich kein Wort von dem, was sie in den Zeitungen über Zade und mich behauptet haben. Sie hat uns ganz anders erlebt und kennengelernt. Sie hätte rein gar nichts davon, zu den Behörden zu gehen und denen zu verraten, dass wir noch am Leben sind – Brooke schon.

Insgeheim bin ich total erleichtert und glücklich, nun zu wissen, dass es Sophie gut geht und sie in ihrem Leben vorankommt. Das Mädchen hat ein Happyend verdient.

Meine Augen zucken zur Treppe und schielen nach oben. Zade scheint eingeschlafen zu sein, es ist ganz still im Haus.

Ich könnte heimlich Brooke anrufen. Es ist lächerlich, dass ich nur eine Minute lang mit ihr telefonieren darf. Sie hat versichert, niemandem etwas zu erzählen. Ich glaube ihr.

Und ich vermisse sie.

Kurzerhand verschwinde ich mit dem Handy im unteren Badezimmer, schließe die Tür und tippe ihre Nummer ein. Es läutet und läutet, und als endlich jemand abhebt, knackt es erst in der Leitung, bevor es leise zu rauschen beginnt.

Als es wieder still ist, frage ich: »Brooke? Bist du da?«

»Hey!«, schießt es aus ihr hervor. »Ich bin da. Schön, dass du anrufst.«

Ich lächele und setze mich an den Badewannenrand. »Wie geht's dir?«

»Mir geht's gut«, erwidert sie sanft. »Und dir?« Nun klingt sie angespannt.

»Mir auch«, antworte ich glücklich, weil es stimmt. »Wir sind heute umgezogen.« Das werde ich ihr wohl sagen dürfen.

Mit dieser Information kann sie ohne Details nicht viel anfangen.

Die sie sofort wissen will, als sie fragt: »Ach ja, wohin denn?«

»Das kann ich dir nicht sagen, Brooke. Tut mir leid.«

»Nicht einmal, in welchem Land ihr euch befindet?«, fragt sie enttäuscht.

»Nein, nicht einmal das«, meine ich entschuldigend. »Aber hier ist es wirklich schön. Das Haus —«

Die Tür zum Badezimmer fliegt auf. Zade baut sich mit einem wutentbrannten Blick vor mir auf.

Erschrocken zucke ich zusammen und lasse dabei fast das Handy fallen, das er mir im nächsten Augenblick ohnehin aus der Hand reißt. Er beendet das Gespräch.

»Hey!«, protestiere ich. »Ich wollte nur —«

»Wie lange hast du schon mit ihr gesprochen?«, fällt er mir unruhig ins Wort. Er kontrolliert sofort das Anrufprotokoll und wirkt erleichtert, als er sieht, dass unser Gespräch noch keine volle Minute angedauert hat. »Warum zum Teufel nimmst du heimlich mein Handy, um sie anzurufen? Ich sagte doch, dass du später mit ihr reden kannst.«

»Weil ich ohnehin nicht vorhatte, ihr irgendetwas zu verraten«, verteidige ich mich und erhebe mich vom Wannenrand. Weil er so zornig wirkt, füge ich etwas kleinlauter hinzu: »Tut mir leid, ich wollte dich nicht verärgern.«

»Lauren«, presst er eindringlich hervor. »Du kannst nicht länger als eine Minute mit ihr sprechen. Das habe ich dir bereits erklärt.«

Ich seufze. »Brooke wird uns nicht verraten!«

Zade wendet sich fluchend ab und marschiert durch den Flur. »Das machst du nie wieder, hast du mich verstanden?«

Nun auch aufgebracht laufe ich ihm hinterher. »Ach, aber dass du Sophie schreibst, stellt keine Gefahr für uns dar?«

Zade hält inne. Sein Kopf neigt sich in meine Richtung, als er mit dunkler Stille sagt: »Nein, das tut es nicht.«

»Du beschließt also, was gefährlich für uns ist und was nicht?«

»So ist es.« Sein Tonfall klingt hart. Er steckt sich das Handy in die Hosentasche und steigt die Treppe nach oben. Dabei bemüht er sich, sein verletztes Bein nicht allzu sehr zu belasten. »Ich habe dir erlaubt, mit deiner Schwester Kontakt zu halten. Bring mich nicht dazu, diese Entscheidung zu bereuen.« Etwas Warnendes schwingt in seiner Stimme mit, und im Gegensatz zu früher verdränge ich seine Warnung nicht gleich wieder.

Ich weiß, dass seine Drohungen keine leeren sind. Ich habe auf eigenem Leib erfahren müssen, dass ich ihnen besser Beachtung schenken sollte. Ich will nicht, dass er mir fortan verbietet, den Kontakt mit Brooke zu halten.

Noch einmal werde ich nicht so dumm sein und ihn dazu zwingen, für mich schmerzliche Maßnahmen zu ergreifen. Er bemüht sich wirklich, es mir rechtzumachen und mir entgegenzukommen. Mit allem. Ich will nicht, dass das aufhört.

Also folge ich ihm nach oben und zögere erst, bevor ich mich zu ihm auf die Matratze des Bettes lege. Sein Kopf ruht wieder auf seinem gefalteten Pullover und seine Augen sind geschlossen. Als ich an ihn heranrutsche und einen Arm um seinen Oberkörper lege, öffnet er die Augen und dreht den Kopf zu mir.

»Tut mir leid«, räume ich leise ein, mein Tonfall versöhnlich. »Wenn du es für das Beste hältst, dass ich meine Gespräche mit ihr so kurzhalte, werde ich mich daranhalten. Ich rufe sie auch nicht mehr ohne dein Wissen an.«

»Man kann dich nie auch nur eine Sekunde lang aus den Augen lassen«, wirft er mir unzufrieden vor, hebt dabei aber seinen Kopf und schiebt den Pullover unter meinen. Dann sperrt er mich wieder in dem Gefängnis seiner Arme ein.

»Na ja, zumindest bin ich nicht wieder weggelaufen«, erlaube ich es mir, einen Scherz zu machen, der ihn die Augenbrauen zusammenziehen lässt. Ich lächele trotzdem neckisch. »*A win is a win,* oder wie man so schön sagt.«

Zades Mundwinkel zucken, dann lächelt er ebenfalls.

21
ZADE

*L*auren und ich haben uns in den letzten zwei Wochen, seit wir in Jamestown leben, ein paar neue Gewohnheiten und Hobbys zugelegt. Unter anderem machen wir jetzt zusammen Sport, wie morgens laufen zu gehen, und versuchen es mit Gartenarbeit, indem wir unseren Vorgarten aufpeppen. Wir haben beide keinen grünen Daumen und so sieht der Garten bisher noch etwas jämmerlich aus, aber wir geben uns Mühe. In Selbstverteidigung trainiere ich sie weiterhin täglich, seit mein Bein wieder vollständig abgeheilt ist. Sie wird immer besser darin, und ich plane, ihr bald zusätzlich ein paar Angriffstechniken beizubringen. Inzwischen fürchte ich nicht mehr, dass sie diese an mir anwenden könnte. Sie scheint Spaß am Training zu haben, so wie ich.

Wir haben uns auch über die Zukunft unterhalten. Zurzeit ist es schön, so wie es ist, aber ich weiß, dass Lauren irgendwann wieder einer Arbeit nachgehen möchte. Sie sagt, dass ich ebenfalls eine Beschäftigung bräuchte. Eine andere als sie. Ihr

Vorschlag war, dass ich Frauen wie ihr beibringe, sich vor Männern wie mir zu schützen. Ich soll Selbstverteidigung unterrichten. Sie meint, dass ich gut geeignet dafür wäre. Auf diese Idee wäre ich nicht von selbst bekommen, aber ich finde sie nicht unbedingt schlecht. Lauren möchte als Psychologin arbeiten. Sie fühlt sich nun auch bereit, eine eigene Praxis zu eröffnen. Dabei würde ich sie unterstützen.

All das ist jedoch nur an einem anderen Ort möglich, nicht hier. Am besten in einem anderen Land. Sie versteht das, und so haben wir beschlossen, dass Jamestown nicht das Ende unserer Reise ist. Irgendwann werden wir mit unseren gefälschten Pässen auswandern und uns woanders ein richtiges Leben aufbauen, nicht bloß ein Zuhause. Ich würde das nur für sie tun, denn ich bräuchte nicht mehr vom Leben. Mit ihr zusammen zu sein, reicht mir völlig. Wenn sie mehr braucht, um glücklich zu sein, will ich es ihr geben.

»Müll?«, fragt sie mich, ihre Augen blitzen dabei hoffnungsvoll. Sie hält die Torte, die sie heute für uns gebacken hat, auf dem runden Untersetzer in die Höhe.

Ich räuspere mich und denke lange über meine Antwort nach, um ihre Gefühle zu verschonen. Die Torte schmeckt grauenvoll. Bevor ich noch ein Stück davon esse, würde ich lieber noch einmal angeschossen werden. »Ich muss nicht unbedingt noch etwas davon essen. Außer, du möchtest das.«

Ihr Blick fällt in sich zusammen. »So schlecht war sie auch nicht.«

Ich presse die Lippen aufeinander.

Seufzend und zu meiner Erleichterung wirft sie das staubtrockene, harte Ding in den Müll.

»Danke«, sage ich, worüber sie kopfschüttelnd lächeln muss. »Ich habe mich sehr gequält, sie nicht wieder hochzuwürgen.«

Gespielt empört starrt sie mich an, bevor sie mit einem Küchentuch nach mir schlägt. »Jetzt übertreib doch nicht! Man konnte sie durchaus essen.«

»Ich habe dabei fast ein paar Zähne verloren.«

»Pft«, macht sie, lacht dann aber. Ich ziehe sie für einen Kuss an mich, gegen den sie sich beleidigt wehrt. »Männer, die sich über das Essen ihrer Frauen beschweren, bekommen keinen Kuss.«

»Über dein Essen habe ich mich noch nie beschwert«, raune ich ihr zu und lasse eine Hand auf ihren knackigen Hintern gleiten. »Backen solltest du allerdings nicht mehr.«

Sie beißt mir in die Lippe, als ich meine auf ihre lege.

Schmunzelnd lasse ich sie los. Wir räumen gemeinsam das benutzte Geschirr weg, nachdem wir zusammen gekocht und gegessen haben. Es ist unser Ritual geworden, welches mir von allen am besten gefällt. Nach dem Abwasch macht sie sich meist sofort davon, um ins Wohnzimmer zu gehen und ihre Schwester anzurufen. Da die Gespräche immer nur von sehr kurzer Dauer sein dürfen, erlaube ich ihr, täglich mit ihr zu sprechen. Das scheint sie zu besänftigen.

Doch heute nicht.

Als ich kurz darauf zu ihr ins Wohnzimmer stoße, ist ihr Gesicht kreidebleich und ihre Augen alarmierend aufgerissen. Sie hält das Handy bereits an ihrem Ohr und fragt mit stockender Stimme »Was? W-w-wo?«, bevor sie sich an die Brust greift.

Ich eile sofort zu ihr und lausche den Worten ihrer Schwester.

»Im *Denver Hospital*. Wir sind hier übers Wochenende zu Besuch bei Ronnys Eltern. Es ist heute Nachmittag passiert.«

»Warum hast du mir nicht erzählt, dass du schwanger

bist?«, fragt Lauren und ich kann den Schmerz darüber ihrer Stimme entnehmen. Sie klingt zutiefst gekränkt.

»Keine Ahnung, ich wusste nicht, wie ich es dir sagen soll. Ich fand den Gedanken einfach so traurig, dass du nichts von meiner Schwangerschaft miterleben und mein Kind vermutlich nie kennenlernen wirst«, antwortet Brooke und schluchzt dabei auf. »Aber jetzt wird es kein Kind geben. Ich bin so verzweifelt, Lauren. Ich … ich brauche dich. Hier bei mir. Bitte …«

Laurens grüne Augen suchen augenblicklich meine. Ich erkenne dieselbe Verzweiflung in ihnen, die Brooke fühlt, weil sie offenbar ein Kind verloren hat. Das ist furchtbar und ich fühle tatsächlich mit ihr. So etwas sollte nie jemand durchmachen müssen.

Doch worum mich Laurens Augen bitten, ist trotz meines Verständnisses und Mitgefühls nicht möglich. Wir können nicht nach Denver fahren, um Brooke im Krankenhaus zu besuchen. Das wäre viel zu riskant. In Denver befindet sich der FBI-Sitz, in dem Agent Malone tätig ist. Auch Matt hat dort gearbeitet. Wir waren ständig zusammen in Denver, weil meine Organisation ebenfalls dort ihren Hauptsitz hatte.

»Oh Gott, ich weiß nicht, was ich sagen soll … Das tut mir so leid, Brooke.« Laurens Stimme zittert. »Wie lange musst du noch im Krankenhaus bleiben?«

»Zwei Tage, sagen die Ärzte. Ich bin schwer gestürzt und neben der … Fehlgeburt habe ich mich auf dem Kopf verletzt. Sie wollen eine Gehirnerschütterung und Schlimmeres ausschließen«, erwidert sie weinend. Ich verstehe sie nur schwer, weil sie so aufgewühlt ist. »Bitte, Lauren, kannst du herkommen? Ich brauche dich!«

»Ich versuche es«, verspricht sie ihr und weicht meinem protestierenden Blick gekonnt aus. Außerdem tippe ich mir auf die Uhr, um ihr zu signalisieren, dass sie auflegen muss. »Halte durch, okay? Ich komme.«

»Okay. Aber Lauren«, sie klingt angespannt und zögert, »er soll nicht mit zu mir ins Zimmer kommen. Ich will nur dich sehen.« Mit *er* meint sie mich.

Lauren stimmt zu meinem Unmut zu, und dann verabschieden sich die beiden.

Noch ehe ich ihr erklären kann, warum das nicht möglich ist, wirbelt sie im Sitz zu mir herum und platzt entschlossen hervor: »Das wirst du mir nicht verbieten, Zade! Das ist meine Schwester und sie hat gerade ein Kind verloren, von dem ich nicht einmal wusste! Ich werde für sie da sein, hörst du? Ich habe sie bereits im Stich gelassen und mache das jetzt nicht wieder. Ich will sie nur kurz besuchen, okay?«

»Amorita …«

»Bitte, ich flehe dich an!« Verzweifelt krallt sie sich in meine Arme. »Lass uns nach Denver fahren.«

Ich atme schwer aus. Es fällt mir nicht leicht, ihr das abzuschlagen, zumal ich volles Verständnis dafür habe, weshalb sie zu ihrer Schwester fahren möchte. Ich verstehe, dass etwas Schreckliches passiert ist und Lauren sich schuldig fühlen würde, nicht für sie da zu sein, aber die Alarmsirenen in mir schrillen sofort los.

Denver. Warum muss es genau Denver sein? Ich wollte diese Stadt nie wieder sehen. Alles in mir verkrampft sich bei all den Erinnerungen an meine Zeit dort, die ich nach wie vor nicht schaffe, abzuschütteln. Meine frühere Familie stellt dort, wie ich nun weiß, keinerlei Gefahr mehr für uns dar, aber bei unserem Glück laufen wir dem Bastard Malone über den Weg. Oder irgendjemandem aus Colorado Springs, der uns aus den Zeitschriften kennt. Zwar haben wir uns optisch ein wenig verändert, aber nicht so sehr, dass wir bei genauerem Hinsehen nicht wiederzuerkennen wären.

»Warum ist sie überhaupt in Denver?«, spreche ich meinen Gedanken laut aus und runzele misstrauisch die Stirn. »Du weißt, was in Denver ebenfalls auf uns wartet.«

»Die Eltern ihres Freundes leben dort und sie sind zu Besuch bei ihnen«, eröffnet sie mir. »Daran ist nichts verdächtig, Zade. Ronny stammt von dort.«

Ich zögere. Ihre Augen schreien mich förmlich an, Ja zu sagen, bevor sie mich weiter verzweifelt bearbeitet, um mich umzustimmen.

»Zade, ich flehe dich an«, bettelt sie. »Ich muss sie besuchen, verstehst du das? Sie ist völlig verzweifelt und braucht mich.«

»Ich verstehe das«, antworte ich ruhig. »Aber das Risiko ist in Denver höher als überall sonst.«

»Bitte, lass uns hinfahren«, insistiert sie beharrlich. »Wir fahren bloß zum Krankenhaus, du wartest im Wagen auf mich und ich husche zu ihr ins Zimmer. Niemand wird uns bemerken. Ich verspreche, auch nicht lange bei ihr zu bleiben, okay?«

Ich fahre mir über das Gesicht. Mein Hirn arbeitet auf Hochtouren.

»Ich würde mir und dir nie verzeihen, wenn ich sie jetzt im Stich lasse.«

Meine Muskeln spannen sich an und meine Kiefer mahlen aneinander. »Erpress mich nicht auf diese Weise, Amorita.«

Lauren vergießt still ein paar Tränen, als sie ihre Finger von mir löst. »Ich will dich nicht erpressen. Aber ich will auch nicht, dass wir wieder solche Rückschritte machen.«

Ihre Worte bohren sich in mein Herz und erwärmen es gleichzeitig im Bruchteil einer Sekunde. Was sie sagt, ist ein gewaltiges Zugeständnis. Sie fleht mich förmlich an, nicht dafür zu sorgen, dass sie wieder etwas hat, das sie mir zum Vorwurf machen kann. Wegen dem sie mich verabscheuen kann. Sie würde mir das hier ewig vorhalten, das weiß ich.

Aber sie will, dass es weiterhin so gut zwischen uns läuft. Das will ich auch.

»In Ordnung«, überwinde ich mich, zuzustimmen, woraufhin sie mir um den Hals fällt. Sie krallt sich dankbar an mich und drückt Küsse auf meinen Kopf. Ich liebe ihre Zuwendung, sage aber dennoch warnend: »Du wirst sie nur kurz besuchen und dich vollkommen unauffällig verhalten, verstanden? Wir fahren auf direktem Weg ins Krankenhaus und wieder zurück.«

Heftig nickt sie und weicht zurück. Ihre Tränen trocknen. »Ja, versprochen!«

»In Ordnung«, sage ich wieder, obwohl mir nicht wohl dabei ist. Noch unwohler wäre mir jedoch, wenn zwischen uns wieder ein Krieg ausbricht und sie mich erneut zu hassen beginnt. »Dann lass uns keine Zeit verschwenden. Zieh dich an, und wir fahren los.«

»Danke, danke, danke«, platzt es überglücklich aus ihr heraus, bevor sie mir noch einmal um den Hals fällt. Diesmal erwidere ich ihre Umarmung. Ich kann spüren, wie schnell und unregelmäßig ihr Herz in ihrer Brust schlägt. »Das werde ich dir nie vergessen. Das bedeutet mir sehr viel.«

Nur deswegen tue ich das für sie. Ich weiß, wie wichtig ihr das ist. Brooke ist der Mensch auf dieser Welt, den sie am meisten liebt. Vielleicht als einziges liebt.

»Ich ziehe mich schnell um«, plappert sie hastig und löst sich genauso abrupt von mir. Sie drückt einen schnellen Kuss auf meine Lippen, bevor sie aus dem Wohnzimmer läuft. »Ich liebe dich. Du kannst schon im Wagen auf mich warten.«

Alles um mich herum kommt zum Stillstand.

Meine Sicht verschwimmt für einen Moment und mein Herz hört auf zu schlagen.

Ich liebe dich.

Sie hat es gesagt.

Oder bilde ich mir das ein, weil ich es so unbedingt von ihr hören will?

Nein, sie hat es ganz sicher gesagt. Diese Worte kann ich mir weder einbilden noch könnte ich sie je überhören.

Meine Amorita hat gesagt, dass sie mich liebt, obwohl ich gerade noch gedacht habe, dass sie für Brooke als einzigen Menschen auf dieser Welt so empfindet.

Aber mich liebt sie auch, sofern sie das nicht bloß aus der Situation und ihrer Dankbarkeit heraus gesagt hat.

»Du sitzt ja noch da«, reißt sie mich aus den Gedanken, als sie mit Jeans und weitem Kapuzenpullover im Türrahmen zum Wohnzimmer erscheint. Sie wirkt ungeduldig. »Fahren wir jetzt? Ich habe extra etwas mit Kapuze angezogen, sodass ich mich vor den Kameras im Krankenhaus verstecken kann. Hier.« Sie wirft mir ebenfalls einen Kapuzenpullover zu. »Für dich, auch wenn du nur im Wagen bleiben wirst.«

Ich kann kaum reagieren oder klar denken. Diese drei Worte poltern in meinem Kopf und meinem Herzen. Sie lösen den schönsten Hirnfick aus, den ich je hatte.

Ist ihr überhaupt klar, was sie da vorhin zu mir gesagt hat?

»Zade«, wird sie ungeduldig. »Lass uns losfahren. Wir fahren einige Stunden nach Denver.«

»Ja«, bringe ich endlich mit belegter Stimme hervor und erhebe mich. Ich schlüpfe in den Pullover und marschiere auf sie zu, meine Augen dabei unverwandt auf sie gerichtet. »Wir können gehen.«

»Okay.« Sie schlüpft in ihre Sneakers und reißt die Haustür auf. »Den Autoschlüssel habe ich bei mir.«

Ich nicke nur, steige ebenfalls in meine Schuhe und folge ihr nach draußen.

Dann spüre ich, wie sich ein Lächeln auf meinen Lippen bildet, als ich endlich realisiere und verinnerliche, dass ich nun all das bekommen habe, von dem ich immer geträumt habe. Monatelang, Tag und Nacht.

Mit diesen simplen drei Worten hat sie mir *alles* gegeben.

22
LAUREN

*E*s ist sieben Uhr morgens, als wir in Denver ankommen. Die Fahrt hat fast zwölf Stunden gedauert. Zade und ich haben uns beim Fahren abgewechselt, weil ich darauf bestanden habe, dass er sein Bein nicht so lange belastet. Auch wenn er wieder fit ist und behauptet, keinerlei Schmerzen zu haben, will ich nichts riskieren.

Wir tragen unter unseren Kapuzen schwarze Kappen, die wir uns auf dem Weg hierher gekauft haben, und ziehen sie tiefer in die Stirn, als wir in die Tiefgarage des Krankenhauses fahren. Zade fährt bis zur untersten Etage und parkt den Wagen am dunkelsten Stellplatz ganz am Ende. Hier sind wir außer Sichtweite.

Trotzdem ist mir klar, welches Risiko wir hiermit eingehen. Mein Besuch in einem öffentlichen Krankenhaus in Denver könnte uns alles um die Ohren fliegen lassen.

Aber meine Schwester hat ein Baby verloren, von dem ich nicht einmal etwas wusste, und sich bei einem Treppensturz verletzt. Ich könnte nicht mit mir leben, wenn ich jetzt nicht bei ihr wäre. Selbst wenn ich bloß zehn Minuten an ihrer Seite sein und ihre Hand halten kann, tue ich das. Ich möchte ihr bei diesem tragischen Schicksalsschlag beistehen.

Fast wäre ich Tante geworden. Der Gedanke zermürbt mich und schmerzt mich auf so vielen Ebenen. Allen voran, weil dieses Kind niemals geboren werden wird, und weil ich es nie kennengelernt hätte, wäre es nicht frühzeitig verstorben. Brooke war im vierten Monat. Zum Zeitpunkt unseres Verschwindens aus Colorado Springs wusste sie noch nichts von ihrer Schwangerschaft.

Ich habe so viel verpasst. Ihre Verlobung, ihre Schwangerschaft. Irgendwann wird sie heiraten und tatsächlich ein Kind bekommen, und auch das werde ich verpassen.

Als mein Blick auf Zade fällt, der den Motor ausschaltet und sich einmal flüchtig in der Garage umsieht, spüre ich ein wenig Trost in mir. Ich werde zwar vieles verpassen, aber auch vieles mit ihm erleben. Ich bereue nicht, mich für ein Leben mit ihm und gegen mein altes, ohne ihn, entschieden zu haben.

Doch heute müssen sich diese Leben ein letztes Mal überschneiden, weil Brooke meine kleine Schwester ist und ich es ihr schuldig bin, für sie da zu sein. Wir waren immer füreinander da. Nach meiner Überdosis saß sie ebenfalls an meinem Krankenbett und hat meine Hand gehalten, bevor sie mich bei sich aufnahm und sich um mich kümmerte.

»Ruf sie an und erkundige dich, auf welchem Stockwerk und in welchem Zimmer sie liegt«, befiehlt mir Zade und reicht mir sein Handy. »Du wirst auf direktem Weg zu ihr gehen. Melde dich nirgends an und meide die Kameras.«

Ich nicke zustimmend, bevor ich ihre Nummer wähle. Es ertönt gerade einmal ein Freiton, bevor sie sich meldet.

»Lauren?«

»Ja, ich bin's«, sage ich und merke, ein wenig aufgeregt zu

sein, weil ich sie nun endlich wiedersehe. Ich habe Angst vor ihrer Reaktion. »Ich bin hier. Wo genau kann ich dich finden?«

Sie erklärt mir den Weg zu ihrem Zimmer und nennt mir auch die Zimmernummer.

»Ist Ronny da? Oder seine Eltern?«, will ich angespannt wissen.

»Nein, die Besuchszeit beginnt erst um neun Uhr«, lässt sie mich wissen. »Du musst dich zu mir durchschleichen und an den Schwestern vorbeischmuggeln.«

»Okay.« Ich schlucke. »Dann sehe ich dich gleich.«

»Kommst du allein?«, erkundigt sie sich unsicher.

»Zade wartet in der Tiefgarage auf mich. Keine Sorge«, beruhige ich sie. Ich werfe ihm einen entschuldigenden Blick zu, weil es mir leidtut, dass meine Schwester ihn so sehr ablehnt. Doch natürlich ist ihm klar, warum sie es tut.

»Dann bis gleich, Sis«, beendet sie das Gespräch.

Ich gebe ihm das Handy zurück und zögere damit, auszusteigen. Seine blauen Augen fesseln mich mit ihrer Intensität. Mein ganzer Körper ist steif und angespannt. Diese Situation ist nicht leicht für mich. Ich habe aus unterschiedlichen Gründen Angst.

»Du schaffst das, Amorita«, spricht mir Zade Mut zu, als könne er wie immer meine Gedanken lesen. Er legt mir eine Hand auf den Nacken und zieht mich an sein Gesicht, bevor er mir beruhigend in die Augen schaut. »Du gehst zu ihr, nimmst sie in den Arm und versicherst ihr, dass alles gut wird. Das wird es irgendwann immer. Sag ihr ein paar schöne Sachen und tröste sie. Sie wird sich freuen, dich wiederzusehen.«

»Danke«, flüstere ich aufrichtig dankbar, schließe die Augen und erwidere den sanften Kuss, den er mir auf den Mund drückt. Im ganzen Wagen duftet es nach ihm, was mich unwillkürlich ruhiger werden lässt, als ich es bemerke. Sein

Duft ist wohltuend und erdet mich. Auch seine sichere Haltung und die Ruhe, die er ausstrahlt, lassen meine krankhafte Nervosität abnehmen.

»Willst du nicht doch mitkommen? Bis vor das Zimmer?«

Entschieden schüttelt er den Kopf. »Mein Foto war zu oft in der Zeitung, Amorita. An mein Gesicht erinnert man sich besser als an deines. Ich kann mich hier in Denver nirgendwo blicken lassen.«

Verständnisvoll nicke ich. Es wäre vermutlich viel zu riskant, sollten ihn die Kameras aufzeichnen. Trotzdem hätte ich ihn gerne bei mir.

»Alles wird gut gehen, oder?«, frage ich ihn hoffnungsvoll. »Niemand wird mich sehen und Alarm schlagen, und dich wird auch niemand im Auto entdecken.«

»Ja.« Seine Augen halten meine erneut gefangen, als er mit dem Daumen über meine Unterlippe streicht, bevor er mich loslässt. »Ich werde hier auf dich warten. Merk dir, wo der Wagen steht, und schau, dass dich keine der Schwestern bemerkt.«

Ich nicke wieder und greife nach dem Türgriff. Dann halte ich aus einem Impuls heraus noch einmal inne. Mein Magen zuckt nervös und ich spüre, wie sich mein Herz wie ein wildes Tier gegen meine Brust wirft, als ich mich sagen höre: »Ich habe gemeint, was ich vor unserer Abfahrt gesagt habe.«

Die Luft zwischen uns verändert sich spürbar. Mein Herz pocht laut neben meinem Ohr. Ich weiß genau, welche Worte meine Lippen verlassen haben. Ich weiß auch, dass ein winziger Teil in ihm denkt, es wäre nur der Situation und meiner Dankbarkeit geschuldet gewesen.

Das stimmt nicht.

Ich wage einen Blick in sein Gesicht und werde von einer Wärme erfasst, die ich so noch nie zuvor gespürt habe.

Alles, was ich sehe, ist pure, ungefilterte Glückseligkeit in seinen Augen. Sie sind weich und leuchten. Sein ganzes Gesicht hat sich erhellt, obwohl er nicht lächelt.

Ich tue es, als ich mich schließlich abwende und aus dem Wagen steige. Ich werfe einen letzten Blick durch das Fenster zu ihm zurück, mein Körper kribbelt angenehm. Als wäre er nun von einer Last befreit, die ich bereits länger mit mir herumgeschleppt habe.

Mit gesenktem Blick husche ich zum Treppenhaus, die Stufen hinauf bis ins Krankenhaus hinein und durch den Krankenhausflügel zu den Fahrstühlen. Ich fahre in den sechsten Stock hinauf und drehe mich ruckartig zur Seite, als ein älterer Mann – ein Patient – im fünften Stock zu mir in den Lift steigt. Er murmelt »Guten Morgen«, was ich nuschelnd erwidere, ehe ich mich rasch an ihm vorbeidränge und kurz darauf aussteige.

Sofort entdecke ich zwei Schwestern rechts am Ende des Ganges und wende mich in die andere Richtung, stets darauf bedacht, mein Gesicht vor den Kameras zu verstecken. Ich suche an den Wänden die Nummern der Zimmer und werde fündig. Zu meiner Erleichterung muss ich nach links weiterlaufen. So unauffällig wie nur möglich bewege ich mich schnellen Schrittes durch den breiten Gang und stoße impulsiv eine Tür vor mir auf, als aus einer anderen weiter vorne eine Schwester heraustritt.

Mit rasendem Puls drücke ich mich an die Wand neben der Tür. Ich befinde mich in einer Art Schwesternzimmer. Nach gut einer Minute wage ich einen Blick durch den Türspalt nach draußen. Der Gang ist verwaist.

Eilig trete ich wieder aus dem Raum und setze meinen Weg fort. Ich ziehe die Kappe tiefer in meine Stirn und halte den Kopf gesenkt. Als ich glaube, Schritte hinter mir zu hören, werfe ich verstohlen einen Blick über die Schulter, doch niemand ist zu entdecken.

Und dann finde ich mich auch schon vor Zimmer 6023 wieder.

Mit einem tiefen, zittrigen Atemzug drücke ich die Tür auf.

Das Krankenbett ist leer, der Bezug unbenutzt. Stirnrunzelnd betrete ich das Zimmer und schließe die Tür hinter mir. Es ist ein Einzelzimmer. Ich entdecke eine geschlossene Tür gegenüber dem Bett und rufe leise: »Brooke?« Bestimmt ist sie auf der Toilette.

»Ich bin hier«, kommt zu meiner Erleichterung zurück, ehe sich die Tür öffnet.

Unwillkürlich stutze ich. Jegliche Freude über unser Wiedersehen verpufft zu Staub, obwohl mein Herz bei ihrem vertrauten Anblick aufblüht. Sie zu sehen, tut wahnsinnig gut. Ich habe so oft in den vergangenen Wochen an sie gedacht und mir ausgemalt, wie es wäre, sie wiederzusehen.

Brooke trägt normale Kleidung, kein Krankenhemd. Sie sieht weder mitgenommen noch verletzt aus. Alles, was ihre Augen ausstrahlen, ist Nervosität.

»Was hast du getan?«, platzt es intuitiv aus mir heraus. »Brooke, was hast du getan?«

»Ich habe dir geholfen.« Eilig kommt sie auf mich zu, als ich fassungslos einen Schritt vor ihr zurückweiche. »Lauren, jetzt ist alles vorbei! Sie werden Zade Raoni verhaften und du bist endlich wieder frei.«

Ich glaube, ohnmächtig zu werden. Irgendetwas rauscht und piept in meinen Ohren.

Brooke redet unbeachtet dessen weiter auf mich ein: »Es tut mir leid, dass ich dich anlügen musste, aber ich sah keine andere Möglichkeit! Du hast einem Treffen unter normalen

Umständen nie zugestimmt und wolltest mir euren Wohnort nicht verraten. Agent Malone sagte, dass du bestimmt kommen würdest, wenn mir etwas wie das zugestoßen wäre …«

»Du … du hast Agent Malone informiert?« Meine Stimme klingt meilenweit entfernt und fremd.

»Gleich nach unserem ersten Telefonat«, gesteht sie mir zu meinem Entsetzen. Ihre grünen Augen funkeln schuldbewusst, doch sie klingt entschlossen, als sie weiterspricht: »Ich wollte wissen, ob es stimmt, was du sagst. Ich dachte, dass Zade Raoni dich zwingen würde, diese Geschichte zu erzählen. Ich wollte dir helfen! Ich bin deine Schwester und konnte doch nicht tatenlos dabei zusehen, wie du in Gefangenschaft bei einem Mörder lebst! Als Agent Malone mir dann erklärte, dass nichts von dem wahr ist, was du behauptet hast – dass niemand gegen dich ermittelt und je ermitteln würde –, wusste ich, dass er dich gegen seinen Willen bei sich festhält und zwingt, mich zu belügen. Also haben wir fortan versucht, deinen Anruf zurückzuverfolgen, aber das hat nie funktioniert. Das FBI hat zwar immer mitgehört, aber du hast zu schnell wieder aufgelegt. Und so haben wir einen Plan geschmiedet, wie wir dich von ihm befreien …«

»Brooke«, schießt es überfordert aus mir heraus. Schwärze kriecht in den Rand meines Sichtfeldes. »Du verstehst nicht, was du getan hast. Ich habe nicht gelogen, was Zade betrifft. Er hält mich nicht gefangen. Ich habe dich mit dieser Geschichte bloß belogen, damit du nicht zum FBI gehst und sie uns nicht finden und trennen. Das war meine Entscheidung.«

»Was?« Ungläubig und erschüttert schüttelt sie den Kopf, als wollte sie nicht wahrhaben, was ich sage. »Nein, du hast dich an Agent Malone gewandt und wolltest seine Hilfe, bevor dich dieser Irre entführt und dein Haus niedergebrannt hat. Du –«

»Ja, das war früher!« Beinahe schreie ich, so aufgewühlt bin ich. »Aber jetzt ist es anders! Ich wollte nicht mehr gerettet werden. Ich brauche keine Hilfe. Ich … ich liebe ihn.«

Als ich die letzten Worte ausspreche, verliert ihr Gesicht an Farbe, bis es leichenblass ist.

»Lauren, was sagst du da …«

»Ich will mit ihm zusammen sein«, gebe ich ihr noch einmal deutlich zu verstehen. »Er ist nicht schlecht zu mir. Ich brauche keine Hilfe.«

Meine Schwester sieht mich an, als bräuchte ich die sehr wohl.

»Brooke«, flüstere ich erstickt und spüre, wie mir Tränen in den Augen brennen. Mein Herz krampft. »Sag mir, wo sie sind. Ich muss Zade warnen.«

Sie schweigt, wirkt völlig vor den Kopf gestoßen.

Ich gehe auf sie zu und packe sie an den Schultern, ehe ich daran rüttele und flehentlich frage: »Hast du ihnen gesagt, wo er ist? Sag es mir, Brooke! Sind sie bereits hier im Krankenhaus?«

»Agent Malone ist hier«, eröffnet sie mir überfordert. »Ich habe ihn angerufen, nachdem du mich angerufen hast, und ihm gesagt, dass Zade in der Tiefgarage wartet. Von ihm war die Idee, dass ich dich darum bitte, allein zu mir zu kommen.«

Damit er ihn sich in der Zwischenzeit schnappen kann.

Oh mein Gott.

»Lauren, warte!«, schreit Brooke. »Wohin gehst du? Agent Malone hat Verstärkung gerufen. Sie wird bereits auf dem Weg sein! Es ist zu spät.«

»Ich muss ihn warnen«, murmele ich panisch. »Wir müssen hier sofort weg.«

Als ich die Tür aufreiße, reißt mich Brooke verzweifelt am Arm zurück. »Lauren, bitte geh nicht! Es … es tut mir leid, ich wollte dir nur helfen! Ich dachte, dass du Hilfe bräuchtest!«

»Ich weiß.« Mit einem tiefen Atemzug nehme ich ihr Gesicht in beide Hände und starre ihr in die vertrauten Augen voller Reue. Ich kann sehen, wie sehr es ihr leidtut, dass sie mich reingelegt hat, nun da sie erkennt, dass sie mir damit geschadet hat. »Das weiß ich, Brooke, und ich danke dir dafür. Vor wenigen Monaten hätte ich alles dafür getan, um von ihm wegzukommen, aber inzwischen würde ich alles dafür tun, um bei ihm zu bleiben. Ich weiß, dass du das nicht verstehen kannst, aber ich wünsche mir, dass du mir einfach vertraust und meine Entscheidung akzeptierst. Und dass du verstehst, dass ich jetzt gehen muss.«

Brooke schluckt hart, eine Träne kullert über ihre Wange. »Es tut mir leid, Lauren. Ich dachte, dass ich das Richtige tue.«

Ich schließe die Augen, ziehe sie in eine feste Umarmung und murmele, dass ich das weiß, bevor ich mich von ihr löse und rückwärts zur Tür gehe. »Ich liebe dich. Pass auf dich auf.«

Ich kann sehen, wie ihre Welt einstürzt, als ich die Tür aufreiße und verschwinde. Aus dem Zimmer, ihrer Reichweite und ihrem Leben. Mich durchfährt derselbe Schmerz.

Sie hat mich verraten, doch sie hatte dabei keinerlei schlechte Intention. Sie wollte mir zur Flucht verhelfen, weil sie Zade für den Bösewicht hält, der mir mein Leben geraubt hat.

Das war er auch und das hat er auch, aber sollte ich ihn jetzt verlieren, ist es meine Welt, die in sich zusammenfallen würde wie ein Kartenhaus.

Dass ich Brooke gerade vielleicht zum letzten Mal gesehen habe, bricht mir das Herz, doch zu denken, dass ich Zade heute womöglich zum letzten Mal gesehen habe, betäubt mich förmlich.

Ich bewege mich nicht mehr unauffällig und langsam durch die Gänge, sondern renne. Ich renne zu den Fahrstühlen und drücke hastig den Knopf. Nichts tut sich. Ungeduldig schlage ich darauf ein.

Hoffentlich ist es nicht schon zu spät.

23
ZADE

*M*it einem tiefen Atemzug lehne ich mich im Autositz zurück. Lauren ist erst seit zwei Minuten fort und schon vermisse ich sie. Ich will sie bei mir haben, will sie nicht aus den Augen lassen. Es ist lange her, seit ich sie zuletzt irgendwohin ohne mich gehen ließ. Es fühlt sich nicht gut an, die Kontrolle auf diese Weise abzugeben. Die Minuten, in denen ich hier hilflos auf sie warten muss, fühlen sich schnell wie Stunden an.

Ich will sie zurück und sicherstellen, dass sie mir niemand wegnimmt. Mein Bedürfnis nach Kontrolle ist genauso groß wie mein Bedürfnis nach ihr. Es ist ungesund, wie sehr ich mich quäle, bloß weil ich diese Frau für ein paar wenige Minuten freigeben musste.

Insgeheim weiß ich, dass sie zurückkommen wird. *Jetzt* weiß ich es sicher.

Ich denke an ihre Worte und spüre, wie mir dieses warme Gefühl immer noch tief in der Brust sitzt. Das Gefühl ist unbeschreiblich.

Lauren hat gesagt, dass sie mich liebt. Sie sagte es nicht bloß aus Dankbarkeit. Sie meint es so.

Sie liebt mich.

Der Gedanke hilft mir dabei, ruhiger zu werden. Sie wird nicht vor mir weglaufen. Sie kommt zu mir zurück.

Meine Augen zucken zum Rückspiegel, dann zu den Seitenspiegeln. Ich behalte die Umgebung wachsam im Auge. Es befinden sich in der untersten Ebene der Tiefgarage nicht sehr viele Fahrzeuge, doch die Garage ist groß und ich sehe nicht jeden Winkel davon.

Als ich über meine Schulter schaue, fällt mir ein Schatten auf. Er bewegt sich schnell zwischen den Fahrzeugen, verschwindet dann hinter einem davon.

Ich rutsche im Sitz nach unten und beobachte die Stelle, an der ich ihn zuletzt gesehen habe. Er taucht nicht mehr auf. Impulsiv schaue ich mich links und rechts davon um, kann jedoch keine Gestalt wahrnehmen.

Nicht jeder Schatten ist verdächtig, sage ich mir gedanklich. Es könnte ein Besucher des Krankenhauses sein. Oder ein Mitarbeiter.

Trotzdem werde ich unruhiger, je länger ich niemanden entdecken kann. Wohin ist der Schatten verschwunden? Wäre es nur ein Besucher, müsste ich ihn doch wieder sehen oder hören, wie er in eines der Fahrzeuge steigt. Aber es bleibt totenstill in der Garage und die Person taucht nicht wieder auf.

Als würde sie sich vor mir verstecken.

Instinktiv öffne ich meine Wagentür und steige aus. Ich greife an meine Kappe und ziehe sie tiefer in meine Stirn. Dann schließe ich die Wagentür und marschiere zum Kofferraum. Ich öffne ihn, um mich zu bewaffnen. Nur zur Sicherheit.

»Dass ich dich noch einmal wiedersehe, Raoni.«

Das Blut gefriert in meinen Adern, als ich die vertraute Stimme hinter mir wahrnehme. Ich muss mich nicht umdrehen, um zu wissen, wer hinter mir steht. Das Geräusch des Entsicherns einer Waffe stellt mir alle Nackenhaare auf.

»Du hättest es besser wissen müssen, als hierher zurückzukommen«, fährt der Bastard Malone fort, dann macht er einen Schritt auf mich zu und ich kann den Lauf der Waffe zwischen meinen Schulterblättern spüren. Jeder meiner Muskeln ist mit einem Mal zum Zerreißen gespannt. »Hände so, dass ich sie sehen kann.«

Ich ziehe die Hände langsam zurück und lasse meine Waffe, wo sie ist.

Ich brauche sie nicht, um diesen Bastard fertigzumachen. Ich werde ihn mit bloßen Händen zermalmen.

»Wie du diese hübsche, unschuldige Frau dazu gebracht hast, bei dir sein zu wollen, ist mir ein Rätsel«, lässt er mich mit durch und durch zufriedener Stimme wissen. Er denkt, er hätte unseren Kampf bereits gewonnen, noch ehe er gestartet hat. Er täuscht sich. »Ich weiß nicht, was du ihr erzählt hast, aber offenbar nur Lügen.«

»Wie kommst du darauf, dass sie freiwillig bei mir ist?«, äußere ich mich nun, bin dabei vollkommen ruhig.

Sollte das hier schiefgehen, will ich nicht, dass er und alle anderen wissen, dass Lauren mit mir zusammen sein wollte. Niemand soll schlecht von ihr denken. Sie soll weiterhin ein Opfer in den Augen aller Menschen sein.

»Ich habe die Telefonate mit ihrer Schwester mitgehört«, verkündet er mir. »Es war für mich ganz deutlich herauszuhören. Du musst ihr eine Kopfwäsche verpasst haben.«

Ich sage nichts dazu. Wut zerrt an mir, da Brooke uns doch verraten hat, obwohl Lauren sie so inständig darum bat, es nicht zu tun.

»Keine Sorge, nachdem ich dich erledigt habe, werde ich dafür sorgen, dass Lauren die Hilfe bekommt, die sie braucht. Ich werde mich persönlich darum kümmern, dass sie dich als das Monster, das du bist, in Erinnerung behält.«

Er will mich und meine Amorita trennen.

Der Gedanke allein lässt alle Sicherungen in mir reißen und meine Nerven durchbrennen.

Ich wirbele herum, packe seine Hand mit der Waffe und knalle meinen Kopf gegen seinen. Meine Stirn prallt hart in sein Gesicht, trifft ihn auf dem rechten Auge. Fluchend stolpert er zurück, und ich greife ihn sofort wieder an. Meine Faust saust in seine hässliche, verzerrte Fresse, dann trifft mich seine Waffe hart auf der Nase.

Wir kämpfen miteinander, während Blut spürbar aus meiner Nase und über meinen Mund tropft. Ich versuche, ihn der Waffe zu entledigen, doch er krallt sich darum und attackiert mich mit wilder Entschlossenheit. Obwohl er mir gut fünfzehn Jahre voraushat, ist er durch seinen Job bestens in Form. Er steckt meine vielen Schläge gekonnt weg und macht es mir schwer, ihn zu Boden zu bringen. Aber ich bin genauso gut in Form, und so prügeln wir uns durch die Garage, bis ich ihm einen Tritt mit dem Fuß in den Magen verpasse und er mit dem Rücken gegen ein Auto knallt.

Meine Hand packt ihn an der Kehle, drückt zu. Seine Augen werden tiefschwarz und hasserfüllt.

»Niemand nimmt sie mir weg«, knurre ich mit mehr Hass in mir, als er je empfinden könnte, und sehe befriedigt dabei zu, wie er zu röcheln beginnt. Ich presse ihn mit dem Körper gegen das Fahrzeug und greife mit der anderen Hand nach der Waffe in seiner Hand. Er zappelt wild und versucht, sich zu befreien. »Lauren gehört mir. Wir gehören zusammen.«

»Du elender, kranker Hurensohn«, beschimpft er mich mit

erstickter Stimme. Plötzlich reißt er den Ellbogen nach oben und schlägt ihn mir auf die bereits blutende Nase. »Verreck' in der Hölle.«

Siedender Schmerz erfasst mich und meine Sicht verschwimmt für den Bruchteil einer Sekunde. Dieser reicht aus, sodass er sich von mir losreißen und auf mich stürzen kann. Sein Gewicht prallt auf mich, als wir zusammen zu Boden stürzen, dann schaue ich direkt in den Lauf seiner Waffe.

Ein Geräusch lässt den Bastard über mir innehalten, und meine Augen zucken nach links.

Es ist Lauren.

24

LAUREN

Ich sprinte in den Fahrstuhl, als er endlich in meinem Stock hält, und schlage auf den untersten Stock für die Garage. Als er nach einer gefühlten Ewigkeit ein Ping von sich gibt, drücke ich mich durch die sich öffnenden Metalltüren und laufe ins Treppenhaus. Ich fluche dabei vor mich hin, obwohl ich am liebsten laut schreien und weinen würde.

Agent Malone ist hier irgendwo im Krankenhaus, vielleicht sogar bereits in der Tiefgarage. Was, wenn er Zade bereits gefunden und verhaftet hat? Wenn wir Glück haben, ist sein Team noch nicht vor Ort.

Was, wenn aber doch?

Scheiße, was soll ich dann bloß tun?

Es brennt heiß in meiner Brust. Dass Brooke trotz meiner vielen Bitten, es nicht zu tun, das FBI hinzugezogen hat, macht mich rasend vor Wut. Ich kann ihr das jedoch nicht einmal vorhalten oder ihr diese furchtbare Lüge übelnehmen, die sie mir aufgetischt hat, da ich dasselbe für sie täte, würde ich denken, dass sie meine Hilfe braucht. Ich würde alles dafür tun und sagen, um sie aus solch einer Situation befreien.

Für sie war meine Situation eine, aus der ich befreit werden muss – so wie für vermutlich alle anderen Menschen, die wüssten, was in den letzten Monaten zwischen Zade und mir vorgefallen ist. Jeder von ihnen würde mir raten, die Chance zur Flucht vor ihm zu ergreifen und meine Freiheit zu wählen.

Aber keiner von ihnen könnte verstehen, wie ich für ihn empfinde. Keiner könnte die Beziehung zwischen uns verstehen. Könnte das in ihm sehen, das ich inzwischen sehe. Diesen sanften, verliebten Mann, der die Schatten seiner Vergangenheit endlich hinter sich lassen will. Der nichts als ein ruhiges und friedliches Leben mit mir führen will. Der niemandem – und schon gar nicht mir – etwas zuleide tun will.

Ich muss ihm helfen. Wir müssen es hier raus schaffen, bevor uns Agent Malone oder einer seiner Männer erwischt.

Ich stolpere über eine Stufe, als ich die Treppe in die letzte Etage der Tiefgarage hinunterlaufe, kann mich aber im letzten Moment noch fangen und stürme zur Tür. Gewaltsam reiße ich sie auf und blicke mich keuchend um. Unser Wagen parkt am anderen Ende, ich kann ihn von hier aus nicht sehen.

Nun ein wenig langsamer und wieder bedeckt bewege ich mich durch die Garage und lausche meiner Umgebung. Ich kann Geräusche aus der Ferne wahrnehmen und beschleunige meine Schritte. Ich kann nicht zuordnen, woher die Geräusche genau kommen.

Dann höre ich etwas ganz deutlich und mein Herz reißt entzwei.

»Verreck' in der Hölle.«

Es ist Agent Malones Stimme. Dann ertönt ein Aufprall.

Panisch renne ich dem Geräusch entgegen. Nachdem ich

mich zwischen zwei Autos hindurchgedrängt habe, sehe ich es plötzlich.

Zade auf dem Boden inmitten der Garage. Agent Malone über ihm, eine Waffe in der Hand.

Sie zielt genau auf seine Stirn.

»Nein!«, entfährt mir bei dem Anblick ein lauter Schrei, meine Stimme überschlägt sich vor Furcht. Sie erstickt mich förmlich von innen heraus.

Mein Atem wird in meiner Lunge zu Eis, als Agent Malones Blick den meinen auffängt und ich all die böswillige Entschlossenheit in seinen Augen erkenne. Sie lechzen nach Rache und Vergeltung.

»Bitte nicht! Aufhören!«, kreische ich und stürme auf die beiden zu. »Frederick, bitte, nimm die Waffe runter!«

»Bleib dort stehen!«, ruft er mir zu, doch ich denke nicht einmal daran. Ich erkenne Blut in Zades Gesicht und spüre, wie sich meine Kehle zuschnürt. Es rinnt ihm aus der Nase. Auch in Agent Malones Gesicht sind Spuren eines Kampfes zu erkennen. Sie müssen sich geprügelt haben, kurz bevor ich gekommen bin. Er hat ein Veilchen und einen geschwollenen Wangenknochen.

»Bitte«, schreie ich verzweifelt und beginne, hysterisch zu weinen. Ich bekomme kaum Luft und bin mir auch nicht sicher, ob man meine Worte versteht, als ich flehe: »Lass ihn gehen, Frederick, bitte! Lass ihn einfach gehen …«

Als dieser mich daraufhin mit einem enttäuschten Vorwurf in den Augen ansieht, nutzt Zade die Gelegenheit und wirft ihn von sich ab. Dabei tritt er ihm mit dem Fuß ins Gesicht, woraufhin Blut aus seiner Nase spritzt, und zögert nicht, nach seiner Waffe zu greifen, die Agent Malone krampfhaft festhält.

Ich schreie wieder auf, als sich beide zusammen auf dem Boden rollen und um die Waffe ringen. Zade hat die Oberhand und schlägt Agent Malone immer wieder mit der blanken Faust ins Gesicht. Ich höre es knacken und erzittere, während Magensäure meinen Hals hochsteigt. Die Brutalität, mit der Zade auf ihn losgeht, ist erschreckend.

Noch erschreckender ist mein Gedanke, dass es mir egal ist, wie Zade diesen Kampf gewinnt – Hauptsache, er gewinnt ihn.

Agent Malone hat offensichtlich aber nicht vor, das geschehen zu lassen, denn er kämpft unerbittlich um die Waffe in seiner Hand und wehrt sich gegen Zades Schläge. Dabei verpasst er ihm einen genauso harten mitten ins Gesicht, woraufhin ich zusammenzucke.

»Aufhören, bitte ... Aufhören!« Keiner der beiden reagiert auf mich.

Ich stürze mich mitten hinein in ihren Kampf. Obwohl ich furchtbare Angst davor habe, dass sich ein Schuss aus der Waffe lösen könnte, greife ich danach und zerre all die Finger davon weg. Die beiden wälzen sich so wild auf dem Boden, dass sie mich dabei umschmeißen. Das lässt Zade für einen Augenblick seine Aufmerksamkeit auf mich richten, was Agent Malone sofort ausnutzt.

Er tritt ihn von sich, reißt den Arm mit der Waffe nach oben und zielt auf seine Brust. Ich kann den eisernen Entschluss, abzudrücken, in der düsteren Maske seines Gesichts erkennen. Ohne darüber nachzudenken, rappele ich mich vom Boden auf und werfe mich vor Zade, der sich ebenfalls langsam erhebt.

»Nein!« Meine Stimmbänder bringen nicht mehr als ein heiseres Krächzen zustande, da mein Hals von meinen vielen Schreien und dem Schluchzen kratzt und ganz wund ist. »Frederick, nimm die Waffe runter!«

»Weg von ihm.« Er presst die Worte mit solch einer

Schärfe in der Stimme hervor, dass es mir kalt den Rücken hinunterläuft. »Lauren, ich sagte, du sollst zur Seite gehen.« Jetzt zerschneiden mich seine Worte.

»Nein.« Wie ein Schutzschild baue ich mich vor Zade auf, meine Wangen tränenüberströmt. »Wenn du ihn erschießen willst, musst du auch mich erschießen.« Solche Worte je aus meinem Mund kommen zu hören, hielt ich für unmöglich. Mein letzter Funke Vernunft zersplittert in mir.

Wenn er Zade umbringt, sterbe ich innerlich sowieso. Dann lieber gleich mit ihm. Ich habe in den letzten Jahren genug Dramen und Tragödien durchgestanden. Diese würde ich nicht auch noch überstehen.

Agent Malone wirkt beinahe enttäuscht, als er meinen verzweifelten Blick stumm erwidert, ehe er verständnislos sagt: »Du weißt, dass dieser Mann ein Mörder ist. Ein Schwerkrimineller. Er hat Matt getötet. Was also tust du hier, Lauren?«

Ich habe absolut keine verschissene Ahnung, aber ich weiß, dass es das Richtige ist, was ich tue. Das, wonach alles in mir verlangt. Zade hat mich mehrmals mit seinem Leben beschützt, und dasselbe tue ich jetzt auch für ihn, zumal es allein meine Schuld ist, dass wir in diesem Schlamassel gelandet sind. Ich bat ihn, auf mein Gefühl zu vertrauen, doch mein Gefühl hat sich bei Brooke getäuscht.

»Alles wird gut, Amorita«, höre ich Zade mit gefasster, beinahe zu ruhiger Stimme hinter mir hervorpressen, ehe er mich sanft beiseiteschiebt. Ich wehre mich gegen seinen Griff, da wird dieser energischer. Zur Seite stolpernd blicke ich ihn verzweifelt an. Das Blau seiner Augen strahlt einen beängstigenden Frieden aus, als er mich bittet: »Schau weg.«

Ich keuche.

Er hat sich damit abgefunden, zu sterben. Damit, dass unser Weg hier endet. Ich kann es seinem Blick entnehmen und der Art, wie er mich betrachtet. Als wolle er sich ein letztes Mal jeden meiner Gesichtszüge einprägen, damit es das Letzte ist, das er vor Augen hat, wenn sein Herz aufhört zu schlagen.

Mir wird klar, dass Agent Malone nie vorhatte, Zade zu verhaften. Er wollte ihn von Anfang an beseitigen, weil er wusste, er hätte keine Beweise gegen ihn in der Hand. Die hatte er schon damals nicht, als ich versucht habe, sie mit ihm zusammen zu sammeln. Wir konnten ihm nichts nachweisen und das hat sich bis heute nicht geändert. Aufgrund seiner früheren Tätigkeit hat er einen Straffreiheitsdeal erhalten, den Mord an Matt konnte man ihm nicht zuordnen, die Leiche des von ihm erschossenen Einbrechers wurde niemals gefunden – selbst wenn, würde sie auf mich als Täterin hinweisen und nicht auf ihn –, und durch die mitgehörten Telefonate wurde ihm wohl klar, dass ich nicht mehr gegen Zade aussagen würde.

Er hat somit nichts gegen ihn in der Hand. Zumindest nichts Schweres, das ihn tatsächlich eine lange Zeit hinter Gitter bringen würde. Für die Brandstiftung, sofern man ihm diese nachweisen könnte, würde er keine lange Zeit ins Gefängnis wandern. Die beiden Leichen, die in meinem Haus verbrannt sind, liefern durch ihren Zustand gewiss keine Beweise für seinen Mord an ihnen.

Durch die in meinem Kopf polternden Gedanken erinnere ich mich an etwas. Etwas, das ich lange schon vergessen hatte.

Etwas, wofür einer von uns zweifellos für eine sehr, sehr lange Zeit ins Gefängnis wandern würde, und das wären nicht Zade und ich.

»Kansas«, platzt es aus mir heraus, woraufhin Zade die Stirn runzelt, während Agent Malones Gesichtszüge für den Bruchteil einer Sekunde entgleiten. »Ich weiß alles darüber. Matt hat es mir erzählt.«

Er starrt mich an. Prüfend, kalkulierend. Ich kann sehen, wie eine Ader an seinem Hals zuckt. »Ich weiß nicht, wovon du sprichst.«

»Deine früheren Kollegen dort aber bestimmt schon«, erwidere ich bemüht gefasst und selbstsicher. »Wusstest du, dass Matt von allen Dokumenten eine Kopie erstellt und diese bei mir zu Hause versteckt hat? Er hatte auch einen USB-Stick mit all dem Beweismaterial. Nur für den Fall, dass du jemals versuchen solltest, ihm das anzuhängen. Deswegen hat er mir davon erzählt. Damit ich weiß, wer dahintersteckt, sollte ihm auf tragische Weise etwas zustoßen.«

»Du lügst«, behauptet er, doch die Unsicherheit und Nervosität in seinen hektischen Augen verraten, dass er bereits weiß, dass ich es nicht tue.

Was er nicht weiß, ist, dass all die Beweise für seine Korruption in meinem Haus verbrannt sind. Seinetwegen sind viele Männer ins Gefängnis gewandert, die dort womöglich gar nicht hingehören. Er wollte einen früheren Fall unbedingt beenden, um damit auf der Karriereleiter nach oben zu klettern – was er dann auch tat –, und so hat er Beweismaterial verschwinden lassen, das Fragen über die Schuld der Verdächtigen aufkommen lassen würde. Zudem hat er eine potenzielle Zeugin, die die Theorie des FBI' widerlegt und die Verdächtigen entlastet hätte, mit Einschüchterungstechniken dazu gebracht, aus der Stadt zu verschwinden und keine Aussage vor Gericht zu machen.

»Ich habe alles mitgenommen, bevor Zade und ich Colorado Springs verlassen haben«, lüge ich. »Wenn du ihn erschießt, werde ich dem FBI alles überreichen, was ich habe. Ich werde ihnen alles erzählen, was ich weiß.«

Nun richtet er seine Waffe auf mich, und sofort macht Zade einen Schritt auf ihn zu, doch er warnt ihn umgehend:

»Noch einen Schritt weiter und ich erschieße sie.« Wutverzerrt blickt er zu mir. »Ich erschieße euch einfach beide.«

»Und dann erschießt du auch Brooke? Denn sie weiß ebenfalls davon und hat Kopien«, lüge ich so selbstbewusst wie nur möglich weiter. »Keine Ahnung, ob ihr Freund ebenfalls davon weiß, aber die Dokumente sind irgendwo in deren Wohnung. Erschießt du ihn dann auch, bevor du die Wohnung verwüstest und danach suchst?«

Agent Malone zögert, bevor er einen lauten Fluch von sich gibt und das Gesicht mit der Erkenntnis, dass er diesen Kampf verliert, beinahe schmerzhaft verzieht. Schließlich nimmt er die Waffe widerwillig runter und betrachtet mich voller Verachtung. Vielleicht ahnt er, dass ich lüge, doch uns ist beiden klar, dass er das Risiko nicht eingehen kann. Sollte ich nicht lügen, würde das ihn und seine Karriere zerstören, geschweige denn sein Ansehen beim FBI. Was mit ihm als ehemaligen Agenten im Gefängnis geschehen würde, will ich gar nicht wissen.

»Ich wollte dir wirklich helfen, Lauren«, presst er verächtlich hervor, dabei steckt er seine Waffe weg. Erleichtert atme ich auf. »Ich dachte, dass dir vielleicht noch zu helfen ist, aber anscheinend ist dem nicht so.«

»Ich denke, wir sollten einfach alle mit der Vergangenheit abschließen«, lautet meine Antwort darauf, bevor ich mich an Zade lehne, der an meine Seite tritt. Er stellt sich ein wenig vor mich, als wolle er mich weiterhin vor Agent Malone beschützen, obwohl dieser sich bereits rückwärts von uns entfernt. »Und sie ruhen lassen. Für immer.« Etwas Warnendes schwingt in meinen Worten mit.

»Das müssen wir wohl.« Mein alter Bekannter lächelt dunkel. »Für euch wäre es besser, das an einem Ort weit weg von hier zu tun.«

Als in der Etage über uns quietschende Reifen ertönen,

blicke ich panisch zu Zade. Er lauscht den Geräuschen, seine Miene verdunkelt sich.

»Ihr solltet euch beeilen, wenn ihr es noch hier rausschaffen wollt«, rät uns Agent Malone düster, bevor er in einen unscheinbaren Mittelklassewagen steigt, in dem er hier wohl auf uns gewartet hat. »Ich kann sie hinhalten, aber nicht lang.«

Dass er das für sich und nicht für uns tut, ist uns klar. Trotzdem ergreifen wir die Chance zur Flucht, noch ehe uns seine Leute erreichen.

Wir lassen unseren Wagen zurück und laufen zum Treppenhaus. Dort hechten wir zur obersten Etage der Tiefgarage und lauschen an der geschlossenen Tür.

Da öffnet sich plötzlich eine Tür hinter uns – die, die ins Krankenhaus hineinführt. Es ist Brooke, die heraustritt. Unsere Blicke treffen augenblicklich aufeinander, und wir halten beide angespannt inne. Zade blickt ebenfalls zu ihr, seine Miene eine unlesbare Maske.

Ich befürchte bereits, dass sie versuchen könnte, mich aufzuhalten, doch stattdessen sagt sie: »Sie suchen auch im Krankenhaus nach euch. Falls sie hierherkommen, halte ich sie auf.«

Mein Herz blüht voller Dankbarkeit für ihre Hilfe und ihr Verständnis für meine Entscheidung auf. Ich schenke ihr ein Lächeln, das sie schwermütig erwidert.

Als Zade und ich uns sicher sind, dass sich in dieser Ebene der Garage keine Gefahr für uns befindet, stürmen wir nach draußen.

Zade bricht einen Wagen auf und schließt ihn kurz. Er braucht nicht lange dafür, und so schaffen wir es binnen weniger Minuten aus der Garage heraus. Ich erlaube mir erst wieder, einen richtigen Atemzug zu nehmen und Erleichterung zu empfinden, als wir uns weiter und weiter vom Krankenhaus entfernen und hinter uns keine Sirenen ertönen.

Dann finden meine Augen Zades, die bereits auf mich gerichtet sind.

Ich lächele, und er tut es auch.

»Jetzt weiß ich, dass du die Worte so gemeint hast, Amorita.«

Mein Lächeln vertieft sich, während mein Herz immer noch wild in meiner Brust pumpt.

Das, was ich gerade für ihn getan habe, ist wohl der größte Liebesbeweis, den er je von mir erhalten wird. Ich habe noch nie einem Menschen einen solchen Liebesbeweis gemacht. Es war auch noch nie nötig, und ich glaube auch nicht, dass ich mich für Matt auf diese Weise geopfert und um sein Leben gekämpft hätte. Ebenso wenig denke ich, dass er das für mich getan hätte.

Zade würde es jeden Tag aufs Neue tun. Er würde alles opfern, um mich zu retten.

So wie er alles, was ich besaß, geopfert hat, um uns zu retten.

Wie es scheint, müssen wir nun beide alles opfern, um uns zu retten. Ich denke an das perfekte Haus, das er extra für mich gesucht hat, und empfinde eine Spur von Wehmut.

»Wir werden das Land verlassen müssen«, spricht er mit rauer Stimme aus, was ich denke, und greift nach meiner zitternden Hand. Er legt sie sich auf die Lippen und drückt einen Kuss auf meine Knöchel, während er mit hohem Tempo aus der Stadt fährt. »Und nie wieder zurückkehren können.«

Ich drücke seine Finger. »Ich weiß.«

»Jetzt wird offiziell nach uns gefahndet werden, weltweit.«

»Ich weiß.«

»Bist du bereit dafür, Amorita? Bereit dafür, wieder alles

zurückzulassen und ein letztes Mal zu fliehen, und bereit für ein Leben nur mit mir, bis wir alt und grau sind und zusammen sterben?«, fragt er mich, seine Augen hypnotisch auf meine gerichtet.

»Ja«, flüstere ich mit einer Entschlossenheit, die sich gut anfühlt. Keine Schuld, keine Unsicherheit, keine Gewissensbisse und keine Scham überschatten sie mehr. »Wie sagtest du einmal? *Bis in den Tod.*«

Er lehnt sich an einer roten Ampel zu mir und umfasst meinen Nacken. Seine Lippen schweben unmittelbar vor meinen, als er wie einen Schwur raunt: »Mein für immer, dein auf ewig und wir beide bis in den Tod, Amorita.«

NACHWORT

MEINE LIEBEN LESER!

Das Ende einer Reise macht mich immer etwas wehmütig. Gerade bei Lauren und Zade bin ich, was das Ende ihrer Geschichte anbelangt, unschlüssig gewesen. Eintausend Möglichkeiten kreisten durch meinen Kopf, wie ihre Geschichte enden könnte. Wie viel soll ich eurer Fantasie überlassen, wie viel soll ich vorwegnehmen? Was würde gut passen und was nicht?

Mein Herz hat Frieden in diesem Ende gefunden. Mein Ziel war dasselbe wie Zades und dieses habe ich erreicht. Dass sich Lauren eingesteht, dass sie Zade liebt, und endlich auch offen zu ihren Gefühlen stehen kann, war dieses Ziel. Dass sie ihre weitere gemeinsame Reise jetzt beidseitig gewollt antreten, sollte so sein. Ich persönlich mag es ja, wenn ich mir ein paar Details eines Happyends selbst ausmalen kann. In diesem Fall könnte es Lauren und Zade während ihrer letzten, endgültigen Flucht überallhin treiben. Wie das »*bis in den Tod*« aussieht, überlasse ich demnach eurer Fantasie.

Landen sie in der Karibik und lassen es sich an einem Strand gutgehen? Wird Lauren unter falschem Namen als Psychologin arbeiten und Zade, wie von ihr vorgeschlagen, Frauen darin unterrichten, sich selbst zu verteidigen? Werden sie irgendwann Kinder bekommen, oder wird Sophie vielleicht eines Tages zu ihnen reisen?

Alles ist möglich.

Die Playlist zur Reihe und zu anderen meiner Bücher findet ihr auf Spotify. Der QR-Code zu meinem Spotify-Account:

Ich bedanke mich bei jedem einzelnen von euch für die gemeinsame Reise und verabschiede mich zur nächsten!

XOXO,
eure Roxxi

BUCHEMPFEHLUNG: TOXIC ROMANCE

SOMETHING BITTER IN HIS SWEETNESS

Good Girl meets Bad Guy ...

Der Auftakt einer toxischen Liebesgeschichte, die viel Spice und Aufregung garantiert! Auch du wirst dich nicht gegen die toxische Anziehung wehren können ...

»Willst du nicht verstehen, dass Männer wie ich Mädchen wie dich kaputt machen? Du bist perfekt für jemanden wie mich. Deswegen wollte ich dich sofort. Deine schüchterne Art, diese Unsicherheit und Nachgiebigkeit ... Du würdest mir aus der Hand fressen. Alles tun, was ich verlange, und es irgendwann nicht einmal mehr in Frage stellen. Du würdest so viel einbüßen, Baby. So sehr unter mir leiden. Unter meiner Liebe.«

Als ich Julian Hart zum ersten Mal begegne, ist mir nicht klar, dass er mein Leben völlig auf den Kopf stellen wird. Obwohl er mir sagt, dass er keine traditionellen Beziehungen eingeht, verfalle ich ihm mit Haut und Haar. Er warnt mich sogar vor sich, doch ich schenke seiner Warnung keine Beachtung. Alles an diesem Mann zieht mich an, als wäre ich eine Motte und er das Licht.

Doch in ihm steckt nicht viel Licht, wie mir bald schon klar wird. Seine Begierden sind dunkel, sein Temperament ist feurig und seine Besitzansprüche sind hoch. Giftig sind nicht nur seine grünen Augen. Er nennt sich selbst einen Kontrollfreak, aber ich erkenne ziemlich schnell, wie untertrieben diese Bezeichnung ist.

Und als ich ihn endlich für mich gewinne, wird mir auch bewusst, was es tatsächlich bedeutet, die Frau an seiner Seite zu sein.

Ich hätte seiner Warnung Beachtung schenken sollen.

Denn in seiner Süße steckt so viel Bitteres …

Der Roman endet mit einem Cliffhanger. Es handelt sich um den ersten Band einer dreiteiligen Reihe. Vorbestellung für den Folgeband coming soon!

BUCHEMPFEHLUNG: DARK ROMANCE

PEACH BLOSSOM: DARK ROMANCE

Düster und spicy ... Eine enemies to lovers-Romanze!

In meiner Familie gibt es einen ungelösten Kriminalfall nach dem anderen. Erst wurde mein Vater auf brutale Weise ermordet und nun ist mein Bruder spurlos verschwunden. Seit Monaten erhalte ich kein Lebenszeichen von ihm und alles deutet darauf hin, dass es ihm wie unserem Vater ergangen ist. Doch in seinem Fall gibt es eine wichtige Spur, die mich nach London führt. Zu einem Mann, dessen dreckige Geschäfte eine Warnung für jeden sind, sich besser nicht mit ihm anzulegen. Callahan Mullan. Der attraktive Ire ist kein unbeschriebenes Blatt in England. Sein Job ist es, Probleme jeder Art aus dem Weg zu räumen. Welch seltsamer Zufall, dass mein Bruder wie vom Erdboden verschluckt ist, seit er Kontakt zu diesem ominösen Kerl aufgenommen hat. Und ich glaube nicht an verdammte Zufälle. Ich bin entschlossen, zu tun, was nötig ist, um herauszufinden, was hinter Parkers Verschwinden steckt. Selbst wenn ich dafür auch ein paar dreckige Dinge tun muss ... Wie mit dem Feind ins Bett zu steigen.

Dark Romance. Explizite Szenen. Ungeschönte Aussprache.

Der Roman ist in sich abgeschlossen.

Vanilla Blossom: Dark Romance

Der Spin-off von „Peach Blossom: Dark Romance"

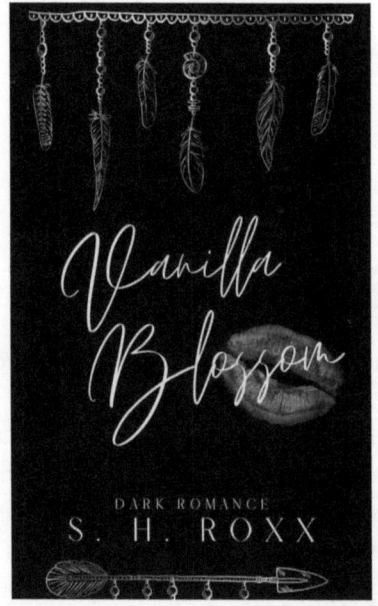

Bad Guy meets Bad Girl ... Eine Dark Romance der etwas anderen Art mit zwei absolut verrückten Charakteren!

Schwarzer Humor. Viel Spice. Endlose Spannung.

Mein Bruder hat seine Traumfrau in Peaches gefunden und nun sind beide der Meinung, dass ich ebenfalls eine Partnerin brauche – vermutlich nur, damit sie ihre Ruhe vor mir haben. Ich bin mir sicher, dass es auf diesem Planeten keine einzige Frau gibt, die mit meiner etwas spezielleren Persönlichkeit und meinem gewöhnungsbedürftigen Job klarkommt.

Bis ich sie treffe. Genevieve.

Die abgefuckteste Frau, die ich je kennengelernt habe, mit einem Temperament, das sogar mit meinem mithalten kann. Sie kämpft wie eine Maschine und kann mit bloßen Blicken töten.

Sie ist absolut perfekt für mich. Leider erkennt sie nicht auf Anhieb, dass wir füreinander geschaffen sind, aber ich habe den Plan, das zu ändern. Noch nennt sie mich einen verrückten Stalker, doch schon bald werden ihr meine besonderen Bemühungen schmeicheln. Meine Vanilleblüte gehört bereits mir.

Und für sie werde ich über Leichen gehen.

Explizite Szenen, ungeschönte Aussprache, gegen die Regeln.

*Es handelt sich hierbei um einen Spin-off von "Peach Blossom: Dark Romance". Beide Romane sind unabhängig voneinander lesbar und in sich abgeschlossen. Für das perfekte Lesevergnügen empfiehlt es sich jedoch, mit dem Vorgänger zu starten.